CHV

Thomas Glavinic

Das bin doch ich

Roman

Carl Hanser Verlag

7 8 9 10 11 10 09 08 07

ISBN 978-3-446-20912-1

Satz: Fotosatz Amann, Aichstetten
Druck und Bindung: Ebner & Spiegel, Ulm
Printed in Germany

»Hell is empty,
And all the devils are here.«

Shakespeare, The Tempest

Eins

Ich gehe ins Bad. Bevor ich die Unterhose ausziehe, wende ich mich vom Spiegel ab. Den Kopf starr geradehaltend, damit mein Blick nicht doch noch auf mein Geschlechtsteil fällt, steige ich in die Duschkabine. Unter den üblichen Verrenkungen dusche ich. Beim Rausgehen, als ich den Blick in den Spiegel nicht vermeiden kann, kneife ich die Augen zusammen. Ich recke den Hals und trockne mich ab. Die Verkrampfung löst sich erst, als ich wieder angezogen bin.

So geht das schon lange. Ich bin Hypochonder, und seit ich vor eineinhalb Jahren gelesen habe, eines der Anzeichen für Hodenkrebs sei ein leicht geschwollener Hodensack, vermeide ich es, meine Hoden anzusehen, beim Duschen, beim Umziehen, beim Schlafengehen sowie bei bestimmten Gelegenheiten, bei denen man eigentlich nicht anders kann, als hinzusehen. Ich kenne mich. Wenn ich meine Hoden ansehe, bilde ich mir bestimmt ein, etwas habe sich verändert. Manchmal träume ich sogar davon, ich träume von wahren Ballonhoden. Ich will das nicht, ich will nichts von Hodenkrebs hören, ich will an überhaupt keine schweren Krankheiten denken, ich ertrage das nicht, generell nicht und derzeit schon gar nicht.

Ich setze mich an den Computer, keine Emails. Nicht überraschend, wenn man bedenkt, daß ich erst vor einer Viertelstunde nachgeschaut habe. Enttäuscht bin ich trotzdem. Ich warte auf nichts Bestimmtes, aber ich hätte nichts dagegen, wenn mir jemand schreibt. Vor einer Woche habe ich meinen fünften Roman beendet. *Die Arbeit der Nacht* ist die Geschichte von Jonas, der eines Tages erwacht und feststellt, daß alle anderen Menschen verschwunden sind. Meine Agentin hat das Manuskript an verschiedene Verlage geschickt, und nun heißt es warten. Ich bin schlecht im Warten, deswegen mache ich schon am Nachmittag eine Flasche Wein auf.

Mir fehlt die tägliche Beschäftigung am Schreibtisch. Ich schleiche durch die Wohnung, rufe fünfmal in der Stunde Mails ab, suche nach Ablenkung. Else sagt, ich habe einen Dachschaden, ich soll mit Stanislaus spazierengehen. Sie sagt es oft, sie sagt es auch jetzt. Eigentlich hat sie recht. Sie zieht ihn an, ich ziehe mich an, und wir gehen.

Stanislaus ist zwanzig Monate alt. Ich schiebe ihn im Kinderwagen um den Block. Spannend finde ich das nicht, deshalb überlege ich, wen ich anrufen könnte. Die Finkin fällt mir ein, wir wollen sie ohnehin nächste Woche besuchen. Ich rufe an, sie klingt verschlafen.

»Habe ich dich aufgeweckt?«

»Ja.«

Ich schaue auf die Uhr, es ist vier Uhr nachmittags. Eine Weile reden wir Belangloses, daneben weist mich Stanislaus auf Kräne und Bagger hin. Ich bitte die Finkin, in Villach für Else und mich ein Hotelzimmer zu reservieren.

Ich habe den Spazierweg unbedacht gewählt, und so kommen wir am Spielplatz vorbei. Stanislaus beginnt Theater zu machen, er will hinein. »Da! Da!« zeigt er. Er tut mir leid, aber ich muß ihn vorbeischieben, Else soll nachher mit ihm gehen. Ich kann nicht mit ihm auf den Spielplatz, denn ich habe Angst, gegenüber irgendeinem Kind, das zu meinem Sohn böse ist, tätlich zu werden. Überhaupt sind die meisten Kinder so verwünschte Bestien, daß ich nicht einmal in die Nähe des Spielplatzes kommen will. Mir reicht schon der Anblick herumlungernder Vierzehnjähriger mit Kampfhund und Zigarette, ich könnte sie alle schlachten und ausweiden und ihre Teile in die Müllcontainer stopfen. Nicht zuletzt, wer weiß, ich bin zwar fast einsneunzig groß, aber nicht besonders kräftig, außerdem kann man in der heutigen Zeit nicht ausschließen, daß die Kids stärker sind als man selbst, und wer will schon von Kindern verdroschen werden.

»Ooo-haa!«

Ich schaue Stanislaus an.

»Ooo-haaa!«

Da war wirklich etwas.

»Oooo-haaa!«

Ich assoziiere Telefon, ich kontrolliere, ob in der Ablage des Kinderwagens das Spielzeugtelefon liegt. Es liegt nicht dort.

»Thooo-maaas!«

Ich erschrecke heftig. Es ist die Stimme der Finkin. Aber die Finkin ist in Villach, sie kann mich nicht hier in Wien auf der Straße rufen. Das bedeutet, die Stimme ist in meinem Kopf. Ich habe dreimal in meinem Leben Stimmen in meinem Kopf gehört, und es war jedesmal so furchtbar, daß ich nun kurz vor einer Panikattacke bin.

»Thooo-maaas! Reeede mit miiiir!«

In meiner Jackentasche. Die Finkin sitzt in meiner Jakkentasche und spricht. Mit mir ist bald alles vorbei. Ich spinne.

... ach so, jetzt verstehe ich, schnell hole ich mein Mobiltelefon aus der Tasche, und um Geistesgegenwart zu beweisen, sage ich: »Habe ich dich aufgeweckt?«

»Thomas, bist du betrunken?«

»Nein, ich – «

»Du weißt aber schon, daß du gerade bei mir ein Hotel bestellt hast?«

»Ja sicher!«

»Weiß Else, daß du mit Stanislaus unterwegs bist?«

Ich versuche ihr die Sache mit der Tastatursperre zu erklären, aber so recht überzeugt klingt sie nicht. Wir machen uns auf den Rückweg.

Zu Hause spiele ich mit Stanislaus, dann wird es Zeit, und ich ziehe mich um. An der Tür bittet mich Else, nicht zu spät nach Hause zu kommen. Ich verspreche es. Sie erinnert mich daran, daß Thomas Maurer die Lesung von Jonathan Safran Foer moderieren wird. Ich schaue sie fragend an.

»Na, weil es immer spät wird, wenn du Thomas triffst.«

»Diesmal nicht.«

»Das sagst du jedesmal.«

»Aber diesmal sicher nicht.«

»Das sagst du auch jedesmal.«

Im Rabenhof-Theater setze ich mich in eine der leeren hinteren Reihen. 150 Besucher. Für eine Literaturveranstaltung in Wien sehr viel, vor allem bei 15 Euro Eintritt. Das Weinglas muß ich unter dem Sitz verstecken, da Gläser und Flaschen im Saal nicht erlaubt sind. Ich lege die Beine über die Lehne des Stuhls vor mir. Die Kante schneidet mir in die Waden.

Drei Personen sitzen auf der Bühne: Der Moderator Thomas Maurer, der Schauspieler Nicholas Ofczarek, und der Autor selbst, Jonathan Safran Foer. Maurer stellt dem Autor Fragen. Na bravo, denke ich, ein englischer Abend, und das mit meinen miserablen Sprachkenntnissen. Aber was habe ich erwartet? Deutsch wird der Mann nicht können, und außer mir spricht sowieso jeder unter Vierzig perfekt Englisch. Und so ist es auch, der Autor macht einen Scherz, und alle im Saal lachen laut, denn sie müssen ja zeigen, daß sie den Witz verstanden haben, besonders zu Anfang. Ich habe ihn nicht kapiert.

Foer liest aus seinem Buch vor. Die Leute sind amüsiert und lachen und nicken. Jesusmaria, Lesungen sind ja schon auf Deutsch heikle Veranstaltungen, wo bin ich hier? Ist das ganze Land in der Lage, die Feinheiten des hier vorgetragenen Werks zu erfassen? Waren die alle als Austauschkinder in Ohio? Ich schleiche hinaus und hole mir noch Wein.

Der Autor liest auf Englisch, der Schauspieler liest auf Deutsch, dann darf das Publikum Fragen stellen. Foer antwortet mit freundlicher Gelassenheit. Der Mann ist der weltweit bestbezahlte Autor unter Dreißig, schreiben Journalisten, weil Journalisten so etwas gern schreiben. Diese Gelassenheit kann aber durchaus mit Erfolg zu tun haben, wenn auch nicht zwingend mit finanziellem. Ich beneide ihn um sie, denn in mir tobt ständig etwas, und ich frage mich, was mich eigentlich zusammenhält. Nein, ich frage mich das nicht, ich weiß es ja, es ist das Schreiben, und deswegen muß ich etwas unternehmen, ich kann nicht einfach einen Roman zu Ende bringen und eine Weile nichts tun.

Nach der Veranstaltung sitze ich in einem der roten, bequemen Fauteuils im Foyer. Maurer fragt, ob ich noch mitgehe. Ich weiß nicht, ob ich Lust habe. Ich gratuliere ihm, er hat einen ganzen Abend mit englischer Moderation durchgestanden. Er freut sich. Nicht über mein Lob, sondern weil er selbst weiß, daß er gut war.

Ein SMS von Daniel: *Bin auf der Shortlist für den Deutschen Buchpreis.*

Ich schreibe zurück: *Und du wirst den Preis auch kriegen.*

Daniel hat gerade ein Buch veröffentlicht, das *Die Vermessung der Welt* heißt. Ich habe ihm prophezeit, er werde davon 80.000 Exemplare oder mehr verkaufen. Er sagt, ich spinne. Ich spinne nicht, das heißt, ich spinne schon manchmal, aber hier nicht. Und den Deutschen Buchpreis, den Preis für den besten Roman des Jahres, wird er wohl auch gewinnen. Erst gab es die Longlist: die besten 20 Titel, von einer Jury gewählt. Jetzt sind es noch 6, die Shortlist. Bei der Buchmesse in Frankfurt wird der Gewinner bekanntgegeben werden. Ich kann mir nicht vorstellen, daß es jemand anderer sein wird als er.

Es ist ein bißchen seltsam für mich, zuzusehen, wie Ruhm und Erfolg meines Freundes von Woche zu Woche größer werden. Vor einigen Jahren war ich für kurze Zeit der etwas weniger Unbekannte und Erfolglose. Jetzt hat er schon 25.000 Exemplare seines neuen Buches verkauft, und ich stehe ohne Verlag da.

Thomas Gratzer, der Rabenhof-Chef, sagt, ich soll noch mitkommen. Er drängt, ich sage okay. Wir gehen zu seinem Auto. Jemand ruft ihn zurück, er soll gleich den Autor mitnehmen. Und so kommt, was ich befürchtet habe: Ich muß Englisch sprechen.

Vorne am Steuer Gratzer, im Fond Foer und ich. Weil ja irgend etwas geredet werden muß, erzähle ich meine Londoner Lieblingsgeschichte. Als ich dort die Übersetzung meines ersten Romans präsentierte, bat ich die Anwesenden um Entschuldigung dafür, auf Deutsch zu ihnen zu sprechen, mein Übersetzer werde gewiß so freundlich sein, meine Worte zu dolmetschen. Ich redete also über mein Buch, dann nickte ich meinem Übersetzer zu. Er entschuldigte sich, er könne nicht. Sein Sprechdeutsch sei leider schlechter als sein Lesedeutsch.

Foer will es nicht glauben. Aber die Geschichte ist wahr, und ich erzähle noch, wie sie weiterging. Ich mußte also den ganzen Abend vor ein paar Dutzend Journalisten auf Englisch bestreiten. Tage später las ich in einem Zeitungsartikel über die Veranstaltung den Satz: »In his reasonable but not perfect English Mr. Glavinic said ...« Foer lacht wieder, winkt ab: »No no, it's more than reasonable.« Ich Trottel freue mich auch noch.

Er ist vor einem Jahr schon einmal in Wien gewesen. Hat Werner Schlager interviewt, ob ich ihn kenne. Moment, du hast Werner Schlager in Wien interviewt? Ja, ob Schlager hierzulande berühmt ist. Ein großartiger Spieler. Und so unterhalten wir uns über Werner Schlager, den auch ich beeindruckend finde, während vorne Gratzer verzweifelt einen Parkplatz sucht und vermutlich nicht weiß, daß Werner Schlager Tischtennis-Weltmeister war. Er findet keine Lücke, so läßt er uns vor der Tür des Gasthauses *Wild* aussteigen.

Foer und ich sitzen nebeneinander. Er bestellt Fisch und Wasser, ich ein Glas Wein. Er fragt mich, ob dies eine typisch österreichische Gastwirtschaft ist. Bedauernd schüttele ich den Kopf: »It's a bit too clean and the waiter is too polite.«

Verstohlen betrachte ich die Berühmtheit neben mir. Foer wirkt besonnen, klug, geistreich. Er hat das, was Karl May ein »feines, durchgeistigtes Gesicht« nennt, und das erinnert mich nicht ganz leidlos daran, daß ich das nicht habe, daß man meinem Gesicht nicht Bildung abliest oder Geistestiefe oder Scharfsinnigkeit oder die Lektüre von Tausenden Büchern, sondern – naja, irgend etwas anderes.

Maurer stößt zu uns, nun sitzen am Tisch etwa zehn Personen – Buchhändler, Verlagsleute, Mitarbeiter des Rabenhofs. Mit mir geht es schon bergab, ich beginne mich aufzuspielen. Die nette Pressefrau vom Kiepenheuer-Verlag, die den Autor betreut, bitte ich, ihren Chef, den ich einmal flüchtig kennengelernt habe, von mir zu grüßen. Sie nickt, aber gern. Von wem sie ihn grüßen lassen soll, will sie nicht wissen, aber das fällt mir erst später auf.

Maurer, der Connaisseur, sucht den Weißwein aus. Foer sagt, er bevorzugt Rotwein, will aber keine Flasche bestellen. Wir überreden ihn zu einem Glas Veltliner, er sagt, es schmeckt ihm, aber er nippt nur daran. Was ist denn das für ein Kerl, ich rede auf ihn ein wie ein russischer Bauer, er soll sich ordentlich einen ansaufen, und er lächelt und hält die Hand über das Glas. Wenigstens haben wir ihm das Erlebnis eines Nationalgetränks verschafft. Maurer ist sehr durstig (oder bin ich auch durstig?), und es kommt die nächste Flasche. Ich trinke, höre dem Gast zu, bewundere nebenbei neidvoll sein dichtes Haar und bemühe mich, nicht herumzuschreien oder andere Dinge zu tun, die einen gebildeten, wohlerzogenen jungen Mann aus den Vereinigten Staaten schockieren könnten. Was bedeutet es wohl für einen erfolgreichen amerikanischen Schriftsteller, den Coetzee und Rushdie ein Wunderkind nennen, in Wien im Gasthaus *Wild* zu sitzen und Wiener Literaturinteressierten beim Trinken zuzusehen?

Gegen Mitternacht, als die sechste Flasche kommt, verabschiedet er sich, er muß am nächsten Morgen nach München fliegen. A pleasure to meet you. Ich hatte auch mal eine Lesung in München, es kamen zwölf Leute.

Es wird allmählich dunkler um mich, die Gedanken werden langsamer.

Ein SMS von Else. Die chinesische Alkoholikerin aus dem Keller ist durchgedreht und läutet bei uns Sturm. Ich versuche aufzustehen, komme nicht hoch, ich schreibe zurück: *Stell die Klingel ab.* Sie: *Wann kommst du?* Ich: *Bald.*

Wieder verabschiedet sich jemand. Händeschütteln, hinsetzen, weitertrinken. Ich höre zu. Das Thema lautet Literaturveranstaltungen in Wien. Ich weiß überhaupt nicht, mit wem ich da rede. Ohne es selbst zu merken, ziehe ich mich aus dem Gespräch zurück. Es wird immer dunkler. Gegen zwei schaue ich auf. Gratzer sitzt da und spricht, Maurer sitzt da und spricht. Da kann auch ich nicht weit sein. Ich bin nämlich immer der letzte, der geht.

Im Taxi – irgendwie ist es mir gelungen, das Lokal zu verlassen – zieht es. Ich bitte den Fahrer, sein Fenster zuzumachen, er ist Ausländer und versteht mich nicht. Ich klopfe gegen meine Scheibe, will ihm damit sagen, er soll seine hochkurbeln, darauf senkt er mit einem fröhlichen Ausruf per Knopfdruck auch noch meine Scheibe. Ich gebe es auf.

Ohne mir bewußt zu machen, wie spät es ist, schreibe ich meiner Agentin ein SMS: *Was Neues?*

Zwei

Bis zwei Uhr früh spiele ich *Civilization*, dann gehe ich zu Bett. Es wird halb drei, es wird drei, und ich wälze mich noch immer herum. Es ist zu dunkel im Zimmer, und mir geht eine Geräuschquelle ab, ein Radio, ein Fernseher. Wäre ich allein, würde ich mich vor Gespenstern fürchten. Wäre ich allein, könnte ich auch das Licht einschalten, um mich nicht mehr zu fürchten. Aber dann würde Else neben mir aufwachen, und zwei Menschen würden sich von einer Seite auf die andere werfen.

Finde ich einen guten Verlag? Wird mein Buch der Erfolg, den ich mir wünsche? Komme ich auf die Buchpreisliste?

Mir wird bewußt, daß derartige Gedanken den Schlaf nicht befördern. Ich rufe bestimmte, seit Jahren für diesen Zweck gespeicherte surreale Bilder ab. Nützt nichts.

Gegen halb vier beginnt Stanislaus zu weinen. Gerade war ich eingeschlafen, jetzt bin ich munter und ahne, nun wird es keinen Schlaf mehr geben.

Else taumelt nach nebenan. Stanislaus läßt sich nicht beruhigen. Ich gehe hinüber. Sie drückt ihn mir in die Arme. Ihr ist übel, sie muß sich sofort wieder hinlegen. Am Abend zuvor war sie mit ihrer Freundin Linda aus, böhmisches Essen, einen Schnaps hinterher, dazu zwei Bier, das kann für eine Magenverstimmung schon mal reichen.

Stanislaus grinst mich an. »Auto!« »Haus!« »Mama!« »Papa!« Er ist hellwach. Eine jener Nächte, in denen er Nähe braucht.

Damit Else schlafen kann, verständigen wir uns darauf,

daß sie sich ins Gästezimmer legt. Den Jungen nehme ich zu mir. Das bedeutet, mir stehen ein paar wüste Stunden bevor, aber ich muß ja morgen nicht arbeiten. Dabei würde ich gern. An einem Roman schreiben. Aber er ist fertig, und kein neuer in Sicht.

Ich kann kaum die Augen offenhalten. Stanislaus liegt auf mir. Bohrt mir seine Schulter in den Kehlkopf. Küßt mich ungeschickt. Rutscht von meiner Brust, schmiegt sich an meine Seite. Ich weiß nicht, wieviel Zeit vergeht, bis er schläft. Eine Stunde, vielleicht mehr. Wahrscheinlich ist es schon nach fünf. Na, egal. Wie ich ihn so umarme, spüre ich die Energie dieses kleinen Körpers, auch im Schlaf liegt er kaum eine Sekunde wirklich still, immer ist ein Teil in Bewegung.

Um elf fährt Else mit Stanislaus zu ihrer Mutter nach Graz. Ich setze mich an den Computer. Etwas kneift mich im Schritt. Ich würde gern nachsehen, aber ich traue mich nicht. Das Kneifen wird immer schlimmer. Ich gehe duschen, blind wie immer, ich habe Glück, nach dem Duschen ist das Kneifen weg.

Zwölf Uhr. Ich habe Zeit. Um vier treffe ich eine Kinderärztin, die sich auf meinen Artikel im *Standard* gemeldet hat. Eigentlich handelte er von Hochstaplern, aber ich erwähnte darin meine Iatrophobie und Hypochondrie, und daß ich es bedauere, keine Ärzte zu Freunden zu haben. Ein Freund hat mir diesen Tip gegeben, gegen Hypochondrie helfe so etwas. Also habe ich vor einiger Zeit begonnen, in Nebensätzen diverser Artikel nach Freundschaften zu rufen. Dr. Thallner hat als erste geantwortet.

Ich spiele wieder *Civilization*. *Civ I* habe ich 1995 gekauft, seit 2001 gibt es *Civ III*. Manchmal vergehen Monate, ohne daß ich die CD einlege, dann wieder verbringe ich zwei

Wochen lang die Abende am Computer. Ich spiele, wenn ich deprimiert bin, wenn ich auf etwas warte, oder wenn ich gerade ein Buch fertiggeschrieben habe und das nächste noch nicht mehr als eine Ahnung ist.

Um halb drei löse ich mich von meinem Konflikt mit den Deutschen, deren Panzer mir zu schaffen machen. Ich stecke das Buch ein, das ich gerade lese, und gehe zum Naschmarkt.

Im *Indian Pavillon* esse ich. Es ist das dritte Mal in dieser Woche, und wir haben Mittwoch. Als es mir auffällt, ärgere ich mich. Ich bin wie ein Kind, alles muß seinen Gang gehen. Das Essen ist ausgezeichnet dort, aber jeden Tag? Ja, denn woanders könnte es ja schlecht schmecken und dann wäre ich verärgert usw. Thomas Glavinic ist ein Achtjähriger, und ich muß mit ihm leben.

Während des Essens lese ich in *Der Hauptmann und sein Frauenbataillon*. Mein Gewissen humpelt vorbei. So nenne ich einen Mann, der täglich auf dem Naschmarkt bettelt. Sein Alter kann ich nicht schätzen. Mit Drogen hatte oder hat er vermutlich zu tun, er sieht ziemlich ramponiert aus. Lücken im Gebiß, schleppende Sprache, zudem hat er einen kleinen Buckel und hinkt. Vermutlich hat ihn jeder, der regelmäßig den Naschmarkt aufsucht, schon gesehen, er ist der einzige der Naschmarktbettler, dem ich etwas gebe. Im Grunde ist er überhaupt Adresse all meiner Wohlfahrtshandlungen. Ich spende ab und zu fürs Rote Kreuz, und wenn es irgendwo Hochwasser gibt, hole ich mir einen Überweisungsschein. Aber regelmäßig gebe ich nur dem Buckligen. Ohne daß ich mehr von ihm und seinem Leben wissen möchte. Einmal wollte er mir Bücher verkaufen. »Satiren«, sagte er, »schau mal.« Ich schüttelte den Kopf. »Du bist wohl eher kein Leser?« fragte er verständnisvoll, und ich nickte.

Der Bucklige sieht mich fragend an. Ich zeige auf meinen Teller. Er schlägt sich gegen die Stirn, entschuldigt sich. Ihm ist eingefallen, daß er von mir immer etwas bekommen kann, aber nicht, während ich esse, meine Regel. Seine Entschuldigung ist mir unangenehm, ich spüre seine Angst, mich zu verärgern. Jetzt fühle ich mich schlecht. In Hinkunft muß ich ihm auch beim Essen etwas geben. Er merkt es sich nicht, und ich will ihn nicht demütigen.

Daniel ruft an. Er liegt bei 35.000 Verkauften. Mir bleibt die Luft weg, der Mann hat schon 75.000 Euro verdient. Ich gratuliere und verspreche ihm, später zurückzurufen, eine Verabredung.

Ich bestelle noch eine Tasse Kaffee. Das *Amacord* ist mir fremd, ich kenne es nur, weil mein niederländischer Übersetzer hier gern herkommt. Um diese Zeit sind nicht viele Leute da. Am Nebentisch sitzt eine Frau mit einer Freundin, in der Ecke ein Junge mit einem Laptop. Mir gegenüber trinkt eine Frau mittleren Alters mit derber Körpersprache Cola, raucht Zigaretten und liest in der *Wirtschaftswoche*. Beim Eintreten hat sie sich nicht umgesehen, schenkt mir auch weiterhin keine Beachtung. Die ist es nicht. Sieht auch nicht gerade wie eine Ärztin aus. Eher wie jemand, der viel und vorwiegend mit den Händen arbeitet.

Viertel nach vier. Wir hätten doch unsere Handynummern austauschen sollen. Ich lese weiter. Mehrmals muß ich so laut lachen, daß sich Leute nach mir umdrehen. Nur die Frau gegenüber starrt in ihre Zeitung. Wenn jemand hereinkommt, schaue ich auf. Keine Frau ohne Begleitung, zweimal ein Mann, einmal ein Paar.

Hat sich da jemand einen Scherz erlaubt? Mein Artikel handelte immerhin von Hochstaplern. Ist jemand auf die

Idee gekommen, mich auf diese nicht unelegante Weise an der Nase herumzuführen? Eine Ärztin zu erfinden, die mir bei meinen eingebildeten und realen Krankheiten mit Rat und Tat zur Seite stehen wolle?

Der Gedanke packt mich, und ich beginne den an der Theke stehenden Männern böse Blicke zuzuwerfen. Vielleicht ist einer davon der Unhold, wegen dem ich hier sitze. Ich forsche in den Gesichtern. Niemand, den ich kenne. Keine Fotohandys, kein verstohlenes Grinsen. Ich beruhige mich wieder. So viel Aufwand wird niemand wegen mir treiben. Außer Daniel, aber der ist gerade in Berlin.

Die Frau gegenüber hat ausgetrunken und gezahlt, trotzdem bleibt sie sitzen. Sie sieht auf die Uhr, ich ebenfalls. Es ist halb fünf vorbei. In diesem Augenblick begreife ich. Sie ist es. Und mir wird klar, warum ich sie nicht angesprochen habe. Es ist ihre Ausstrahlung. Sie wirkt so in sich zerrissen und unterschwellig aggressiv, daß ich keine Lust habe, mit ihr zu reden. Egozentrisch, nervös, unglücklich, enttäuscht. Und enttäuscht nicht erst, seit sie sich von ihrem Blind date versetzt fühlt, sie ist schon so gekommen.

Nachdem sie gegangen ist, bleibe ich aus Pflichtbewußtsein noch bis fünf sitzen. Ich könnte mich auch getäuscht haben. Außerdem fesselt mich das Buch.

Es regnet. Ich überlege: Zu essen habe ich nichts zu Hause, später werde ich Hunger bekommen. Ich laufe *noch* einmal zum Inder. Zugleich ärgere ich mich wieder über mich. Aber es ist, als weigerte sich ein Teil meines Gehirns, über Alternativen auch nur nachzudenken.

Auf dem Heimweg höre ich plötzlich in der Nähe wildes Gebrüll. Ich schaue auf und sehe einen glatzköpfigen Riesen, sein Oberkörper ist nackt, er hat eine Tarnhose an und trägt Springerstiefel. Er hält Autos auf und schreit die Fahrer an. Einem läuft er nach, er hämmert auf das Autodach, der Fahrer rast in Panik davon. Der Irre kommt zurück, sieht mich an, und ich falle beinahe um, solcher Wahnsinn leuchtet aus diesem Blick.

Keine zehn Meter von mir entfernt steht ein Kerl, der den Stahlkörper eines Söldners hat, mitten in einer hochaggressiven Psychose steckt und mich böse ansieht.

Er macht einen Schritt auf mich zu. Ich stehe da wie gelähmt. Ein Auto hupt ihn an, er zuckt zusammen, dann geht er auf das Auto los, und es stört ihn nicht, daß es zufällig ein Lkw ist. Ich laufe davon. Auf der Straße bildet sich ein enormer Stau, der Irre blockiert den gesamten Verkehr auf der Wienzeile. Ich bin unschlüssig, was macht man in so einem Fall? Zum ersten Mal seit längerer Zeit bin ich froh, als ich einen Polizisten sehe.

»Guten Tag, ich wollte Ihnen nur sagen ...«

»... daß da vorne viele Schwarzafrikaner sind, die dealen. Nicht wahr? Das wollten Sie sagen. Ja? Nicht wahr?«

Posteingang (1)

Ingrid Thallner <Angst?> 2k

nun, schade. seltsame sache. wieso sind sie nicht aufgetaucht?
so viel angst kann man vor ärzten gar nicht haben dass man einfach nicht zu einem treffen ins cafe geht.
nun, sie werden schon ihre gründe gehabt haben. müssen es auch nicht sagen.
schönen tag noch,

ingrid thallner

Liebe Ingrid Thallner,

waren Sie etwa die Dame, die die Wirtschaftswoche gelesen, geraucht und Cola getrunken hat? Nicht nur, weil ich zumindest zwei dieser drei Handlungen als arztuntypisch qualifiziert habe, sondern weil Sie mir nie einen Blick zugeworfen haben, kam ich nicht auf den Gedanken, Sie anzusprechen. Ich saß ja als einziger Mann im Lokal und war überzeugt, Sie würden mich schon nicht übersehen.
Wirklich schade! Es tut mir sehr leid. In den nächsten Tagen habe ich viel zu tun – vielleicht ergibt sich in einer oder zwei Wochen wieder Gelegenheit für eine Zusammenkunft.

Liebe Grüße

TG

Ich spiele zwei Stunden *Civilization*, dann steige ich wieder ins Netz ein.

Posteingang (4)

Gier. Adrenalin. Wer? Meine Agentin? Jemand, der mich zu einer Lesung einladen will? Eine Studentin mit einer Anfrage für ihre Dissertation?

Ingrid Thallner	Re: Re: Angst?	16k
Ingrid Thallner	noch was	2k
Ingrid Thallner	<leer>	2k
Ingrid Thallner	<leer>	2k

da hört sich doch alles auf.
da sitzt ein mann im cafe, der mich nicht beachtet, in sein buch vertieft ist, kaffee trinkt und ab und zu telefoniert.

die kerle an der theke mustern mich mit geilem grinsen – hm. der junge mit dem laptop macht auch nicht den eindruck eines journalisten, der auf jemanden wartet.
habe mehrfach nachgedacht ob einer der anwesenden der journalist sein könnte und bin nur auf sie gekommen, aber sie haben in ihrem buch gelesen, gekichert und mit dem gesicht gezuckt sodass ich sicher war, sie seien es nicht.
ausserdem habe ich nicht den nerv, alleinsitzende (alleinstehende?) männer in cafes anzustarren.
nun. es scheint, als hätten wir beide eine schüchterne ader. nein, sie als journalist wahrscheinlich nicht, ich sehr wohl. bei ihnen nennt man das sicher einfach taktvoll.
rauchen … wirtschaftswoche … cola … was davon machen ärzte denn nicht? ich glaube eher, dass sie etwas an meinem äußeren an meinem arztsein zweifeln hat lassen, nicht wahr? was war es denn? meine figur? dass ich nicht hohe schuhe trug? die wirtschaftswoche allein kann's doch nicht gewesen sein, oder?
habe mich zu Hause geärgert, dass ich nicht bis fünf gewartet habe, denn ich weiss ja, sie haben einen sohn, und mit kindern kann es bald mal verspätung geben.
aber wir wären vermutlich bis 6 so dagesessen.
ich hätte sie nie angesprochen. dafür bin ich einfach zu feige. und ich hätte es mir nie verziehen, wenn sie es nicht gewesen wären.
der fehler war, wir hätten unsere telefonnummern austauschen sollen. Meine ist 0650/ ….
irgendwie ist die sache ja zum lachen. dennoch tut es mir sehr sehr leid dass es so gekommen ist.
ganz liebe grüße

ingrid thallner

Das zweite Email.

ach ja, das hatte ich vergessen: ich habe sogar eigens meinen »kurier«-regenschirm zu Hause gelassen und eine regenjacke angezogen, um sie nicht zu verunsichern! ☺

… weil Sie ja beim »Standard« arbeiten, Herr Glavinic, ergänze ich. Die weiß überhaupt nicht, daß ich Schriftsteller bin, die hält mich wirklich für einen Journalisten! Ich hole mir Kaffee. Das Telefon läutet, ich zucke zusammen. In akutem Verfolgungswahn fürchte ich, es könnte die Verrückte sein, die irgendwie meine Nummer herausbekommen hat. Es ist jedoch Karin Graf, meine Agentin. Für *Die Arbeit der Nacht* sieht es gut aus. Das Gespräch heitert mich auf, trotzdem muß ich ständig daran denken, was wohl in den zwei übrigen Mails steht.

… und wahrscheinlich habe ich mein bösestes gesicht gemacht (weil ja verunsichert und natürlich von minute zu minute mehr sauer), und deswegen wollten sie mich nicht ansprechen … (klingt sehr logisch, ich hätte mich ja auch nicht angesprochen!) ☺

Und das vierte:

… aber nicht, dass sie glauben ich wäre zu schüchtern ein handy zu bedienen. die nummer haben sie jetzt ja. ich hätte auch heute noch zeit, bis spät abends. wenn sie wollen, können sie auch gern zu mir kommen. fürchten brauche ich mich ja nicht, oder? ☺ ich lege mich jetzt in die wanne, nehme aber das handy mit ins bad.

seien sie herzlich gegrüßt von ihrer

ingrid thallner

Drei

Am Nachmittag gehe ich essen (indisch). Dann zu Fuß zur U1 in die Taubstummengasse, ein für meine Verhältnisse gar nicht so kurzer Spaziergang, weil ich mir einbilde, die U1 hält am Kardinal-Nagl-Platz. Es ist aber die U3. Ich muß am Stephansplatz umsteigen.

Es ist gräßlich warm, die Anzeige in der Station steht auf 22°C. Weil ich wie üblich Angst habe zu frieren, halte ich zwei Sweatshirts in der Hand. Mir fällt auf, wie blöd das ist, und ich verstehe, daß es einen Zusammenhang gibt zwischen ständiger Nahrungsaufnahme im indischen Restaurant am Naschmarkt und der Furcht, zu wenige Schichten anzuziehen. Immerhin merke ich es langsam selbst.

Am Kardinal-Nagl-Platz ausgestiegen, ein paar Schritte zum Rabenhof-Theater. Dort liest an diesem Abend der größte Starautor der westlichen Welt.

Thomas Gratzer, der Chef, und Roman Freigaßner, der Dramaturg des Hauses, begrüßen mich mit jener grölenden Herzlichkeit, die sie für den gebräuchlichen Umgang unter Künstlerkollegen halten. Roman springt um mich herum, schreit, schlägt mir gegen die Schulter, erzählt mir eine Geschichte, ich weiche zurück, er drängt mir nach, bis ich an der Wand stehe, mit seiner Selbstgedrehten durchlöchert er mir beinahe das Sakko. So geht das immer, mich beglückt diese Vorstellung nicht, aber ich mag ihn und bringe es nicht fertig, ihm zu sagen, daß ich normal reden will mit den Leuten, also auch mit ihm.

Der größte Starautor der westlichen Welt ist noch nicht

da, dafür treffe ich in der Garderobe Daniel, der mit seinem Kumpel Marco gekommen ist, sowie die FAZ-Kritikerin, die die Einführung halten wird. Sie ist elegant und attraktiv und auch sehr klug. Mir gefällt ihr Gesicht. Schon wieder so eines, dem man ansieht, daß seine Besitzerin denkt. Wahrscheinlich fällt mir das deswegen auf, weil ich zuvor meines im Spiegel gesehen habe.

Mit Daniel und Marco setze ich mich ins Foyer. Der Wein an der Bar ist nicht ganz mein Fall, aber ohne Alkohol halte ich solche Veranstaltungen nicht aus, also trinke ich Gespritzten (Weißweinschorle). Marco trinkt Heineken, Daniel Apfelsaft.

Eine Frau grüßt mich freundlich. Ich grüße zurück, ohne mich zu erinnern. Nach einer Weile fällt es mir ein. Sie war auch in der Foer-Runde im Gasthaus *Wild*. Romans Freundin, Nora. Sie ist sauber und frisch wie ein Apfel. Mich fesseln solche Frauen, ohne daß ich mich für sie interessieren würde: Sie wirken, als würden sie täglich zweimal je zwei Stunden lang baden, natürlich in einer Wanne, in der ein ph-neutrales Zitrus-Joghurt-Gemisch schäumt. Sie treiben Sport, trinken nur Mineralwasser, putzen sich fünfmal am Tag die Zähne und haben perfekt manikürte Fingernägel. Dazwischen oder parallel dazu lernen sie Spanisch oder lesen medizinische Fachbücher. Noch dazu sind sie wirklich nett. Jedenfalls haben sie Mütter, die auf sie stolz sein können. Solche Frauen faszinieren mich auf eine unkörperliche Art. Das klingt ironisch, ist aber nicht so gemeint.

Daniel begrüßt seine Lektorin, die auch die des größten Starautors der westlichen Welt ist. Wir werden einander vorgestellt, sie setzt sich kurz zu uns. Was soll ich sagen, sie hat *Die Arbeit der Nacht* kommentarlos abgelehnt, und obwohl sie mir sympathisch ist, werde ich mich wohl nicht lange mit ihr unterhalten, denn wer meine Bücher ablehnt, ist des Teufels.

Die Lesung beginnt, wir setzen uns in die letzte Reihe, wo mehr Platz ist. Ich nehme zur Kenntnis, daß ich schon betrunken bin. Vier Gläser, mehr waren es nicht. Das ärgert mich, und ich gehe schnell hinaus, um mir noch eines zu holen.

Zu meinem Erstaunen spricht der größte Starautor der westlichen Welt Deutsch, und zwar ein gutes. Daniel und Marco neben mir frohlocken dennoch immer, wenn Englisch gesprochen oder gelesen wird, es ist vergleichbar mit dem Verhalten von Menschen früherer Generationen, wenn im Fernsehen Mr. Spock auftrat. Mir ist das alles schon egal, ich hole mir noch Wein. Eine innere Stimme raunt mir zu, daß ich mich auf einen Abgrund zubewege, aber ich kümmere mich nicht darum.

Nach der Lesung finde ich mich auf einem Barhocker wieder. Neben mir sitzt Klaus Nüchtern, der Redakteur der Stadtzeitung *Falter*. Der Kulturstadtrat, Mailath-Pokorny, steht auch herum, er ist zwei Meter groß und sieht aus wie ein Kasuar. Der größte Starautor der westlichen Welt, der ein Karl-Kraus-Kenner ist, begrüßt ihn mit dem Ausruf: »Servus, Pokorny!« Der Stadtrat versteht die Anspielung nicht und ist irritiert. Hinter mir schütten Gratzer und Freigaßner Wein in sich hinein, allerhand ausgeflipptes Volk ist da, es wird gesoffen und gebrüllt. In Ermangelung irgendeiner anderen sinnvollen Tätigkeit greife ich an Nüchterns Hinterteil, er fährt herum, als hätte ich ihn mit einem Messer gestochen. Er schimpft, ich lache.

Im *Neu-Wien* setze ich mich so, daß ich niemanden bitten muß aufzustehen, wenn ich zur Toilette will. Mir gegenüber sitzen Daniel und der größte Starautor der westlichen Welt. Neben dem größten Starautor der westlichen Welt sitzt der Stadtrat, dem sein Leibfotograf hin und wieder Anweisung gibt, näher nach links oder nach vorne zu rükken. Links vom Stadtrat sitzt die FAZ-Kritikerin, eine ungünstige Position, um am Tischgespräch teilzunehmen. Die deutsche Lektorin sitzt rechts von Daniel, links draußen schreien Herr Gratzer und Herr Freigaßner herum, und neben mir sitzen der Schauspieler Maertens (rechts) und Klaus Nüchtern (links).

Ich nehme mir vor, es nun ruhiger anzugehen, zumal ich das Gefühl habe, im Raum leuchte allenfalls eine 20-Watt-Birne. Ich habe das Gefühl zu schielen. Erst mal ein Glas, denke ich und will Wein, aber der Stadtrat hat das Aussuchen übernommen und läßt sich Zeit. Gratzer schreit: »Glavinic! Der Glavinic soll den Wein aussuchen!« Ich werde nervös. Ich gehe zur Toilette und bestelle auf dem Rückweg einen Gespritzten. Die Biertrinker haben bereits ihre Gläser, und der Stadtrat studiert noch immer die Karte.

Mailath-Pokorny hält eine Ansprache. Auf Deutsch. Er bringt seine Hoffnung zum Ausdruck, daß es dem Gast in der schönen Wienerstadt gefällt – »Haben Sie schon etwas gesehen?« – und daß er bald wiederkommen möge. Zur Feier des Tages habe man für alle Gulasch bestellt, Gulasch mit Serviettenknödel. Der Leibfotograf des Stadtrats blitzt und blitzt, vereinzelt wird geklatscht. Dann kommen die Teller, alle am Tisch essen, die meisten von den Österreichern hören auch beim Essen nicht auf zu rauchen. Ich esse auch, denn ich weiß nicht, was ich sonst tun soll, wie sieht denn das aus, einfach weiterzutrinken, während die anderen Gulasch mit Serviettenknödel essen, es muß ja nicht jeder glauben, mit mir sei schon alles vorbei.

Aber trotzdem, trotz Gulasch, bei mir wird es immer dunkler. Ich unterhalte mich mit Nüchtern, aber der fühlt sich in Anwesenheit des größten Starautors der westlichen Welt so unsicher, daß er mich ständig neckt und herausfordert. Ich bin zu betrunken, um nicht darauf einzusteigen, und unser Gespräch ist ein sinnleeres.

Nicht so uns gegenüber, da unterhalten sich Daniel und der größte Starautor der westlichen Welt, natürlich auf Englisch, gerade über das Wesen der Phrase. Von links schiebt sich immer wieder der Stadtrat ins Blickfeld des größten Starautors der westlichen Welt: »Wissen S', bei uns in Wien ißt man gern ein Gulasch!«

Der größte Starautor der westlichen Welt nickt und lächelt und schenkt dem Stadtrat einen Blick, mit dem man Geisteskranke zu beruhigen pflegt. Daniel betrachtet interessiert die Stukkaturen an der Decke, während der größte Starautor der westlichen Welt über kulinarische Besonderheiten Österreichs informiert wird. Als der Stadtrat verstummt, dreht sich der größte Starautor der westlichen Welt wieder zu Daniel, und die beiden beginnen über Thomas Bernhard zu sprechen. Der größte Starautor der westlichen Welt schätzt Bernhard sehr und insbesondere dessen Humor. Daniel widerspricht zum Glück.

Unterdessen habe ich fünf weitere Gespritzte getrunken und unterhalte mich ohne direkten Sichtkontakt quer über den Tisch mit den Leuten vom Rabenhof. Jeder redet so vor sich hin, was dem jeweiligen Gegenüber das Gefühl geben muß, angesprochen zu werden, und wirklich, die deutsche Lektorin auf der Rabenhofseite und der größte Starautor der westlichen Welt auf meiner wirken zunehmend befremdet. Außerdem reden wir nicht gerade leise. Die üblichen Provokationen und Beleidigungen werden ausgetauscht. Ich merke selbst, daß wir uns benehmen wie Kinder, die einen Besucher durch schlechtes Betragen auf sich aufmerksam machen wollen, doch ich kann mein Verhalten nicht mehr kontrollieren.

Gerade als ich das denke, höre ich mit einem Ohr, wie der Stadtrat über seine beiden Kinder spricht. Das interessiert mich, und ich frage, ob sie bei der Geburt fünfundsechzig Zentimeter lang waren, was nicht mit Begeisterung aufgenommen wird. Ich notiere mir, was ich bisher getrunken habe, doch zwischen dem einen und dem nächsten Strich geht mir auf rätselhafte Weise der Zettel verloren. So höre ich, wie sich Nüchtern dem größten Starautor der westlichen Welt vorstellt, der seinerseits in der Zwischenzeit mit Daniel über Materialismus zu sprechen begonnen hat.

Nüchtern sagt, er arbeite für eine Stadtzeitung, die man mit der *Village Voice* vergleichen könnte. Ich will etwas einwerfen, aber ich bringe nur ein Lallen hervor. Von der linken Seite schreit Gratzer: »Glavinic, trink einen Kaffee!« Das wäre wirklich nicht unvernünftig, aber trotz meines jämmerlichen Zustands nehme ich noch das Lächeln wahr, mit dem der größte Starautor der westlichen Welt Nüchtern bedenkt, ein wirklich freundliches Lächeln, in dem nicht einmal Herablassung liegt, weil Herablassung zuviel an Entgegenkommen wäre.

So möchte ich auch lächeln können.

Der Stadtrat beugt sich zum größten Starautor der westlichen Welt und sagt: »Es gibt noch immer viele Fiaker in der Stadt!«

Ja, er hätte einige gesehen, antwortet der, schenkt sich Rotwein nach und dreht sich wieder zu Daniel.

Mich sticht der Hafer, und ich versuche dem größten Starautor der westlichen Welt irgend etwas über Capote auseinanderzusetzen. Leider spreche ich Englisch, und mehr Vokabeln als »Truman« und »Capote« fallen mir nicht ein, was von brüllendem Gelächter der Rabenhofleute begleitet wird. Ich probiere es auf Deutsch, aber sogar mir wird deutlich, was für ein Fiasko das ist. Jetzt kriege auch ich ein Business smile des größten Starautors der westlichen Welt. Daniel sagt zu ihm: »Thomas hat ein sehr gutes Buch geschrieben, das wäre etwas für dich, der *Kameramörder*«, was mich so enthusiasmiert, daß ich dem größten Starautor der westlichen Welt gleich von meinem Erstling erzähle, *Carl Haffners Liebe zum Unentschieden*, der immerhin ins Englische übersetzt ist. Den soll er lesen, der *Kameramörder* ist zwar besser, jedoch nur auf Deutsch erhältlich.

»Aber er«, Daniel sticht mit dem Finger nach links, wo der größte Starautor der westlichen Welt mich anlächelt und anlächelt und anlächelt, »liest Deutsch!«

»Ach ja«, sage ich und ziehe mich eine Weile, von den Rabenhofleuten laut geschmäht, aus dem Gespräch zurück.

»Wir haben hier eine gute Luft«, sagt der Stadtrat zum größten Starautor der westlichen Welt. Der Mitarbeiter der Wiener Village Voice bestätigt das. Der größte Starautor der westlichen Welt nickt und sagt mit unverändertem Lächeln leise zu Daniel: »Ich wäre lieber tot als hier.« Dann reden sie weiter über Materialismus. Mir fällt eine schöne Stelle aus dem *Schwejk* ein, an der der betrunkene Feldkurat sagt: »Alkohol trinken ist gemeiner Materialismus!«, und aus einem mir selbst nicht erklärbaren Bedürfnis heraus, für Scherz und Laune zu sorgen, versuche ich sie zu erzählen, aber wieder gelingt mir nicht mehr als ein Stammeln.

Nachdem ich einige Zeit von Dunkelheit umgeben war, fallen mir an der rechten Tischflanke leere Plätze auf. Ich erinnere mich, jemandem die Hand gegeben zu haben, darunter auch der deutschen Kritikerin. Mir wird bewußt, daß erneut schreckliche Dinge um mich herum vorgehen. Der Mitarbeiter der Wiener Village Voice scheint mich schon eine Weile zu piesacken, so unsicher habe ich ihn noch nie gesehen. Er nennt mich klein und dick. Da ich allenfalls dicklich, aber nicht klein bin, sage ich ihm, er rede Blödsinn. Die Rabenhofleute brüllen dazwischen, lachen und johlen, und ich sage dem Mitarbeiter der Wiener Village Voice, er solle sich nicht immer so intensiv mit meinem Körper auseinandersetzen. Das Wort Homosexualität fällt. Entrüstet ruft er: »Was? Ich? Wer hat denn mir vorher am Oasch gegriffen?«

In diesem Augenblick beugt sich der größte Starautor der westlichen Welt vor und sagt lächelnd zur deutschen Lektorin: »Ulrike, could we leave now?«

Nachdem er sich von allen, auch mir, mit unerschütterlicher Freundlichkeit verabschiedet hat, setze ich mich wieder und stiere vor mich hin. Ich unterhalte mich mit jemandem, weiß aber nicht, wer es ist, bis ich das Kasuargesicht erkenne. Auch die Rabenhofleute sind geblieben. Der Stadtrat spricht mit Gratzer. Irgendwann finde ich mich erneut in einem Streit mit jemandem vom Rabenhof wieder (ich habe längst die Fähigkeit eingebüßt, Stimmen voneinander zu unterscheiden), und ich beschließe, es ist genug. Ohne mich von jemandem zu verabschieden und ohne zu bezahlen, marschiere ich aus dem Lokal.

Im Taxi ist das Fenster offen. Ich bitte den Fahrer, es zu schließen. Es ist ihm völlig egal.

Vier

Ungeschickterweise habe ich mich im Sommer bereit erklärt, als Jurymitglied zu fungieren. Nicht für Literatur, nein, ich soll mitbestimmen, wer den Wiener Filmpreis bekommt. Zur Auswahl stehen 22 Dokumentar- und Spielfilme. Die begutachte ich seit einigen Tagen, weil die Jurysitzung näher rückt. Etwa die Hälfte ist erledigt, und ich habe das Grauen gesehen.

Else ist mit Stanislaus für zwei Tage in Graz. Ich trinke im *IO* Kaffee, dann setze ich mich zu Hause vor den Fernseher und schiebe Film Nummer 13 in den DVD-Player. Ein dokumentarisch aufgebauter Spielfilm. Oder umgekehrt? Er handelt von einem Kärntner Slowenen, der in Wien lebt und aus irgendeinem Grund sein Heimattal nahe Klagenfurt besuchen muß. Er fährt mit dem Zug. Ja nun, wie wird das dargestellt? Wien, Klappe, neue Szene Heimattal? Nein, man sieht die halbe Zugfahrt. Irgendein uninteressanter Kerl, der in einem Zugabteil sitzt, während draußen der Semmering zu sehen ist. In der Art geht es weiter. Nach einer halben Stunde reicht es mir. Ich notiere mir ein paar Worte dazu und nehme mir Film Nummer 14 vor.

Das Telefon läutet, es ist Daniel. Wir reden eine Stunde, ich habe ohnehin keine große Lust, zu den diesjährigen Meisterwerken des deutschsprachigen Avantgardefilms zurückzukehren. Daniel ist nervös. Erstens steht die Verleihung des Deutschen Buchpreises an, zweitens hat der größte Starautor der westlichen Welt ihn um seine Emailadresse gebeten, er will ihm schreiben. Jetzt wartet Daniel.

»Du verstehst das nicht«, sagt er, »ich verehre den Mann wirklich.«

Ich stelle mir vor, ich rufe meine Mails ab, und da steht:

Posteingang (1)

Mario Vargas Llosa   Kamera Morder   16k

Ja, das wäre ein Erlebnis.

Hunger. Ich gehe zum Naschmarkt. In der festen Absicht, ein anderes Lokal als den Inder zu besuchen. Ich schleiche umher und finde nichts Einladendes. Ich erwäge, ins *Umar* zu gehen, der Fisch dort ist gut, aber wer ißt schon allein Fisch? Wo zum Teufel soll ich nur hin?

»Guten Tag«, sagt Herr Chandihok freundlich.

Am Abend rufe ich mir ein Taxi. Es soll mich zum Theater im Hundsturm bringen. Wie, Theater? hat Else am Telefon gefragt, du gehst ins Theater? Ihr Erstaunen ist nachvollziehbar, denn ich gehe nie ins Theater. In diesem Punkt hatte Werner Schwab recht: Theater ist metaphysisches Bodenturnen. Aber ich will einmal eine Performance von Elke Krystufek erleben. Aufmerksam wurde ich auf die Veranstaltung durch ein Foto im Magazin *profil*, das die Künstlerin zeigt, natürlich nackt, denn Frau Krystufek ist für ihre freizügigen Darbietungen bekannt.

Es ist eiskalt und dunkel, das Taxi kommt erst nach einigen Minuten. Die Fahrt verläuft ohne Gerede, das und die Tatsache, daß der Fahrer nicht riecht, versöhnt mich und läßt mich von acht auf zehn Euro aufrunden. In der kalten Jahreszeit riecht in Wien so mancher Taxifahrer, und man freut sich, wenn mal einer keine hygienischen

Auffälligkeiten zeigt, den Weg findet und keine Torheiten über Politik redet (Inländer) bzw. nicht alle vor ihm fahrenden Frauen als Huren beschimpft (Orientale).

Viele Leute vor dem Haus. Am Abgang zur Kasse drückt mir eine Person (ob Mann, ob Frau, wer weiß es) ein Faltblatt in die Hand. Zerstreut lese ich und erfahre, daß der Abend von Elke Krystufek gemeinsam mit einer Schauspielgruppe »erarbeitet« worden ist, und im Zentrum des Abends stehen Gedichte von Elfriede Jelinek. Neben der Person mit den Faltblättern steht eine zum Clown geschminkte und gewandete Frau auf einem Podest aus Bierkisten und deklamiert ein Gedicht. LISAS SCHATTEN! ruft sie theatralisch, LISAS ARME, und den Rest höre ich nicht, weil ich eingeschüchtert bin und froh, daß mein Handy läutet und ich nach draußen gehen kann, um zu telefonieren.

Es ist Thomas Maurer. Wir reden über die bevorstehende Premiere seines neuen Programms. Er schweigt sich darüber aus, aber ich merke, ganz im reinen ist er nicht damit. Ich entschuldige mich, ich müsse das Gespräch beenden, um ins Theater zu gehen.

»Theater? Was gibt man?«

Ich lese vom Zettel: »Lisas Schatten. Eine Inszenesetzung einiger Gedichte Elfriede Jelineks, gemeinsam erarbeitet von Elke Krystufek und der Schauspielgru ...«

»Sehr gut«, unterbricht mich Maurer, »da siehst du wenigstens eine nackte Scheide.«

In Wahrheit sagt er nicht Scheide, er drückt sich volksnäher aus.

»Meinst du?«

»Natürlich, das ist bei Krystufek-Abenden immer so.«

Die Clownsfrau steht noch immer da. LISAS SCHAT-

TEN usw., und ihr Ton ist so albern, so aufgesetzt und bemüht künstlerisch, daß ich gern schon unten wäre an der Kasse. Aber vor mir eine Menschenschlange. Ich stelle mich an. Nichts tut sich. Ich kann die Kasse sehen. Da sitzt ein bärtiger junger Kerl, der aussieht, als würde er gewöhnlich beim Kommunistenfest Rum ausschenken, und blättert in Listen.

Die Abfertigung der Interessenten dauert rätselhaft lange. Was, frage ich mich, kann so schwierig sein, hier Karte, da Geld, und der Nächste bitte. Aber es dauert. Nur alle paar Minuten kann ich eine Treppenstufe tiefer steigen. Um acht soll die Vorstellung beginnen.

Ich betrachte die Leute vor mir. Hauptsächlich junge Menschen, jedenfalls unter Vierzig. Kunstinteressiertes Publikum, schwarze Kleidung, einige Parkas, viel fettiges Haar. Von hinten schallt LISAS SCHATTEN, gefolgt von weniger verständlichem Geheul. Mir wird allmählich heiß in der Menge.

Als ich noch sieben oder acht Stufen vom Bärtigen entfernt bin, tritt aus einer Seitentür eine Frau heraus. Sie ist auf jene Art geschminkt, die dem routinierten Besucher dramatischer Veranstaltungen anzeigt, daß diese Person etwas zu erzählen hat, daß sie die Trennlinie zwischen Schauspieler und Besucher nicht respektieren wird. Gut, ich gebe zu, ich übertreibe, so etwas sieht man niemandem an. Aber ich rieche so etwas. Und weiß schon, was jetzt kommt.

Die Frau rudert entrückt mit den Armen wie eine Betrunkene beim Tanzen, sie schneidet Grimassen, dann blickt sie die in der Schlange Wartenden herausfordernd an. Ich starre auf einen imaginären Punkt über dem Kassenhäuschen. Nicht mich, denke ich, nicht mich, nichtmichnichtmichnichtmich. Und höre von hinten: LISAS SCHATTEN! LISAS …

Die Frau steigt die Treppe hoch. Jedem blickt sie ins Gesicht. Sie bleibt stehen. Neben mir. Beugt sich zu mir. Und während ich noch denke: Wieso nicht der Kerl zwei Reihen weiter, wieso nicht die beiden Frauen vor mir, wieso nicht die beiden Frauen hinter mir, und während ich genau in diesem Moment feststelle, um wie viel mehr Frauen als Männer hier versammelt sind, raunt mir die Frau laut zu – ein theatralisches Paradoxon, am Theater wird laut geraunt und laut geflüstert und leise geschrien – raunt sie mir zu:

»Hast du …« wisper, wisper … »HAST DU bschbschschschhhhhh? CHAST DU ÖS bschschhhhhsch? ODERR CHASCHT DU NÄCHT bschschschsch?« Und wisper, wisper, bsss.

Alle starren uns an, tuscheln. Ich werfe der Frau jenen Blick zu, den man denen zuwirft, von denen man will, daß sie wissen, daß man sie für total bescheuert hält. Sie steigt die Treppe weiter hinauf.

»Habe kein Wort verstanden«, sage ich erleichtert zu den Frauen hinter mir.

»Wir auch nicht«, nicken sie. »Das sollte wohl auch so sein.«

Langsam, langsam rücke ich dem Bärtigen näher. LISAS SCHATTEN ist trotzdem noch überlaut zu hören. Ich frage mich, wie man es schafft, eine halbe Stunde vor sich hinzufaseln und nicht müde zu werden. Noch drei, noch zwei, noch einer, dann endlich bin ich an der Reihe.

»Hast du reserviert?« fragt mich der Bärtige.

Ich schüttle den Kopf. »Gibt es noch Restkarten?«

»Eine Warteliste gibt's.«

LISAS SCHATTEN! LISAS HÄNDE ...

»Ich weiß nicht, ob ich da draufstehen will. Wie lang ist sie denn? Wissen Sie schon, bis wann sich entscheidet, wie viele Karten ...«

Ein Mann, offensichtlich zu den Veranstaltern gehörend, drängt sich neben mich. Er sagt zum Bärtigen: »Du kannst ruhig mehr Karten verkaufen, das geht sich schon aus.«

»Da macht uns die Feuerpolizei Schwierigkeiten.«

»Die Feuerpolizei ist nicht da.«

Sie diskutieren. Die Schlange hinter mir reicht hinauf bis zur Eingangstür, wo noch immer die Clownsfrau auf der Bierkiste steht. Der hinzugekommene Mann geht wieder fort.

»Haben Sie nun eine Karte für mich?« frage ich zögerlich.

»Auf die Warteliste kann ich dich setzen.«

»Aber ich mag nicht auf die Warteliste. Ich glaube, ich gehe lieber wieder.«

»Ja gut, aber ich setze dich auf die Warteliste. Wie heißt du?«

Ach, warum nicht, denke ich, vielleicht kennt er mich ja. Oh, der Autor, warum haben Sie das nicht gleich gesagt, hier bitte die Karte, und hätten Sie Lust, später mit uns etwas essen zu gehen ...

Thomas Glavinic, sage ich und schaue ihm in die Augen.

Klawenetsch, schreibt er.

»Gut. Du kannst dir nachher die Karte abholen.«

»Und wann genau?«

»Kurz vor acht.«

Ich sehe auf die Uhr. Es ist 20.10 Uhr. Hinter mir treten Dutzende Leute von einem Fuß auf den anderen. Ich lächle dem Bärtigen zu, bedanke mich freundlich und gehe nach oben, vorbei an der Bierkiste, hinaus auf die Straße. Ich warte, ob zufällig ein Taxi vorbeikommt. Hinter mir gellt: LISAS SCHATTEN! LISAS HÄNDE! LISAS ...

Fünf

Ausnahmsweise habe ich meine Pflichten rechtzeitig erfüllt, ich habe vorgestern den letzten der dreiundzwanzig Viennale-Preis-Filme angesehen, und heute abend findet die Jurysitzung statt. Mein Favorit steht fest: *Spiele leben* heißt er, ein Film über einen spielsüchtigen Mann, der sich in eine heroinsüchtige Frau verliebt. Deren Darstellerin, wow. Sie heißt Birgit Minichmayr, und außer mir, ich habe mich umgehört, scheint sie jeder zu kennen, offenbar habe ich wirklich keine Ahnung vom Film in Österreich. Für diesen Streifen werde ich stimmen.

Das gute Gewissen gegenüber meiner Verantwortung als Jurymitglied hilft mir jedoch nicht über den Kater hinweg, der die Folge des gestrigen Abendessens bei Freunden ist. Als Else mich um elf weckt, ziehe ich mir beleidigt das Kissen über den Kopf. Doch es hilft nichts, um zwölf habe ich einen Termin. Ein Mittagessen mit Herbert Prohaska, dem berühmtesten und besten Fußballer in der österreichischen Geschichte.

Mit starrem Hals und zusammengekniffenen Augen gehe ich duschen. Nach einer Weile stelle ich den Regler auf zwanzig Grad. Else kommt nachschauen, weshalb ich so tobe. Sie tippt sich gegen die Stirn. Stanislaus ist begeistert, er bleibt und sieht mir zu, wie ich mich abtrockne und dabei einen Spitzentanz aufführe.

Beim Anziehen merke ich, wie heiß mein Gesicht noch immer ist. Katerhitze. Mir ist übel. Am liebsten würde ich absagen. Das geht natürlich nicht. Den größten Fußballer in Österreichs Geschichte zu treffen ist eine Ehre. Großer Gott, da habe ich einmal im Leben so einen absurd interessanten Termin, und dann bin ich verkatert wie die Hölle.

Mails, nichts Vernünftiges dabei. Bei *Perlentaucher* lese ich, jemand schreibt in der *Süddeutschen*, Daniel sei der beste Autor seiner Generation. Ich zucke zusammen. Das bin doch ich! mein erster Gedanke. Halt! Ich zwinge mich zu denken. Daniel hat ein wunderbares Buch geschrieben. Er verdient sich alles Lob, das er bekommt. Ich kann ihm diesen Zeitungsartikel schon mal verzeihen. (So wie die *Titanic* mal eine Umfrage in der Fußgängerzone machte: *Sollen wir den Juden endlich verzeihen?* Und 80 Prozent kreuzten Ja an.)

Ich frage mich, wie viele Autoren sich jetzt richtig ärgern, wenn schon ich mich für einen Moment erniedrigt fühle. Aber vielleicht schätze ich das falsch ein, vielleicht bin gerade ich derjenige, der sich damit am intensivsten auseinandersetzen muß, eben weil wir Freunde sind. Ich fühle mich im Stich gelassen. Es ist, als hätten sich zwei zu einer Reise verabredet, und dann nimmt der eine den früheren Zug.

Nachdem ich mich eine Weile selbst bemitleidet habe (noch immer kein berühmter Schriftsteller, noch immer nicht reich, noch immer kein neuer Verlag), schleppe ich mich ins *Tancredi*. Toni, der Sportredakteur, ist schon da. Ich habe ihn bei seiner kürzlich erschienenen Prohaska-Biographie ein wenig unterstützt. Es folgte ein Artikel von mir in der *Presse*, der Prohaska so gut gefiel, daß er mich kennenlernen wollte. Und ich will ihn erst recht kennenlernen, denn als Kind habe ich ihn im Stadion angefeuert. Später wurde er Teamchef der Nationalmannschaft, jetzt kommentiert er jede Woche im TV die Champions League und Länderspiele. Welcher französische Schriftsteller in meinem Alter würde nicht gern mit Michel Platini zu Mittag essen? Welcher deutsche nicht gern mit Franz Beckenbauer? Okay, das vielleicht doch nicht, sagen wir: mit Wolfgang Overath oder Günter Netzer? Auch wenn man sich für Fußball nicht mehr so stark interessiert wie in Kindheit und Jugend, die alten Helden aus der Nähe zu sehen reizt.

Wir bestellen die Getränke, ich nehme Mineralwasser. Wein wäre mir lieber, aber wie sieht denn das aus, um zwölf Uhr mittag noch vor dem Essen Alkohol zu trinken. Dann kommt Prohaska und bestellt sich ein Glas Bier. Er fragt, ob ich die Krawatte eigens wegen ihm umgebunden hätte, ich verneine und erkläre ihm, ich trage regelmäßig und gern Krawatten. Das stimmt auch und beschert mir mit unerbittlicher Regelmäßigkeit abfällige Kommentare von Thomas Maurer und dem Mitarbeiter der Wiener Village Voice.

Toni, ein typischer Sportjournalist, der sich, bedingt durch Termindruck und Redaktionsschlußzeiten, hauptsächlich von Pizza ernährt, bestellt Backhendl. Prohaska und ich wollen die Goldbrasse. Die Kellnerin nickt. Kurz darauf kommt Peter, der Wirt, der zugleich Chefkoch ist, an unseren Tisch und entschuldigt sich, Brasse sei aus, er biete uns eine feine Lachsforelle an.

Prohaska verzieht das Gesicht. »Nein, Lachs mag ich nicht.«

»Aber das ist kein Lachs«, erkläre ich eifrig, »Lachsforelle ist eine Forelle.«

»Das weiß ich«, sagt Prohaska.

»Das kriegen wir schon hin«, beharrt Peter, »eine sehr gute Forelle, halb gar, wird wunderbar, mit Fenchel und Calamari, Sie werden sehen, es wird Ihnen schmecken!«

»Halb gar?« wiederhole ich. »Das mag ich nicht.«

»Aber ja«, sagt der Wirt, »eine sehr gute Forelle, sie wird dir schmecken!«

Er deutet mit den Händen, ruhig Blut, wir machen das schon.

»Statt der Calamari hätte ich gern Kartoffelpüree«, sage ich.

Unser Gespräch dreht sich in der Hauptsache um Fußball. Dazwischen sprechen wir über Essen und Wein. Ich erzähle von meinem Turnlehrer, der vor der Klasse verkündete, jemand, der in Leibesübungen eine schlechtere Note bekomme als Befriedigend, sei beinamputiert. Ich hatte ein Nicht genügend, und er mußte sich entschuldigen. Die Geschichte sorgt kurz für Heiterkeit. Gleich sind wir wieder beim Sport. Eigentlich rede ich nicht so wahnsinnig gern über Fußball, aber diese Gelegenheit kann ich nicht auslassen. Manchmal führen Toni und Prohaska eine kurze Nebenunterhaltung über ein aktuelles Thema, von dem ich zuwenig weiß, dann widme ich mich meinem Kater, der immer heftiger wird. Ich habe Kopfschmerzen und hänge meinen Gedanken nach. Ich horche auf, als der Name Vogel fällt, Peter Vogel. Der Schauspieler Peter Vogel, so erfahre ich, hat vor Jahrzehnten seinen Sohn zum Training von Austria Wien gebracht.

»Peter Vogel, der hat sich doch aufgehängt«, sage ich vor mich hin. »Der Schauspieler, hat sich der nicht aufgehängt? Der war doch krank oder so, oder depressiv, und dann hat er sich ...«

Ich schaue auf. Der größte Fußballer der österreichischen Geschichte stochert in seiner Lachsforelle und nickt ausdruckslos. Es fällt auf, denn gewöhnlich lacht er. Oder lächelt. Es ist wahr, ich kenne keinen Menschen, der ständig so vergnügt aussieht wie er. Ich beeile mich, zum Thema Fußball zurückzukehren. Dann lasse ich die beiden reden und widme mich meinen Kopfschmerzen.

Es ist sehr interessant, eine Ikone zu treffen. Aber fast ebenso interessant wie die Person finde ich zu beobachten, wie ihr andere Leute begegnen. Vor kurzem sah ich Prohaska bei einer Veranstaltung. Er signierte in einer Ecke seine Biographie. Rund um ihn standen Männer unterschiedlichen Alters, hörten ihm zu und starrten ihn an. Oder hörten ihm nicht zu, doch sie starrten ihn an. Keiner näherte sich ihm auf mehr als zwei Meter. Es muß sonderbar sein, so zu den Leuten sprechen zu müssen anstatt mit ihnen.

Auch jetzt sehe ich diese Distanz, und sie geht nicht von Prohaska aus. Toni nimmt sie ihm gegenüber ein, obwohl er sein Biograph ist. Wenn er, sich an mich wendend, über ihn spricht, sagt er »der Herr Prohaska«. Es soll respektvoll sein, es ist auch respektvoll, aber es ist mehr als das. Darin liegt ein Zu-ihm-Aufschauen, das weniger soziale als psychologische Ursachen hat. Prohaska »*ist* einfach mehr«, würde Toni wohl sagen, wenn er sich bewußtmachen würde, was er da tut. Prohaska ist natürlich, redet natürlich, und trotzdem knien ringsum die Leute nieder. Das kann auch nicht immer angenehm sein.

Am Nachmittag lege ich mich eine Stunde ins Bett. Die Kopfschmerzen lassen nach. Ich fahre ins Hilton, wo sich während des Festivals die Viennale-Zentrale befindet. Zu früh. In der Halle trinke ich ein Glas Wein. Daniel ruft an. Ich frage, ob ihm der größte Starautor der westlichen Welt schon gemailt hat. Hat er nicht. Wir reden über den Buchpreis. Morgen abend ist es soweit. Ich garantiere Daniel, er gewinnt. Er sagt nein. Ihn wollen sie nicht. Er ist bei 55.000.

Ich bemerke, es ist schon fünf nach acht und ich muß noch den Konferenzraum finden, hastig verabschiede ich mich.

55.000. Und ich warte, daß mich Karin Graf anruft.

Nicht in einem Konferenzraum, sondern in einem einfachen Hotelzimmer treffe ich die Mitjuroren, die mir die freundliche Viennale-Organisatorin vorstellt: Herrn Kaindlgruber von der ORF-Kultur, die Filmkritikerin der Oberösterreichischen Nachrichten, einen Kinobesitzer. Es fehlt nur Frau N., die ebenfalls beim ORF arbeitet und vor einem halben Jahr ein belletristisches Werk bei einem kleineren österreichischen Verlag veröffentlicht hat. Sie schreitet gegen halb neun in Rock und Stiefeletten ins Zimmer und umarmt Herrn Kaindlgruber, Küßchen, Küßchen.

Sogleich beginnt die Diskussion. Jeder nennt fünf Filme, die für ihn in Frage kommen. Ich sage nur drei, was mir das erste Naserümpfen der Filmkritikerin beschert. Es wird ein Punkt angesprochen, der mir bei der Auswahl Schwierigkeiten bereitet hat: Zwei Drittel der Arbeiten sind Dokumentarfilme, bloß sieben oder acht kann man als Spielfilme bezeichnen. Es gibt aber nur einen Preis zu vergeben. Die Organisatorin sieht das Problem, es wird aber trotzdem nicht mehr als einen Preis geben, und uns obliegt die Entscheidung, ob für einen Spielfilm oder eine Doku.

Für mich steht fest, was ich will: einen Spielfilm, ich möchte Kunst auszeichnen. Ich weiß, daß es künstlerische Dokus gibt, kunstvoll gearbeiteten Journalismus, aber von kunstvoll gearbeitet kann man bei den zur Auswahl stehenden Streifen nicht so recht sprechen.

»Ich bin für eine Doku«, sagt Frau N. »Ich lebe in einem rechtskonservativen Land, und dagegen muß man etwas tun!«

Ringsum macht sich Zustimmung breit. Der Trend geht eindeutig in Richtung Doku. Ich fordere Unterstützung für *Spiele leben* ein. Herr Kaindlgruber stimmt mir bei, die Filmkritikerin und der Kinobesitzer lehnen ab. Frau N. legt sich für *Operation Spring* ins Zeug, eine sympathische, nicht besonders gut gemachte Doku über eine Drogenrazzia im Jahr 1999 und deren Folgen. Aus dem Film geht hervor, daß 130 Schwarzafrikaner zu teilweise mehrjährigen Haftstrafen verurteilt wurden, obwohl ihre Unschuld erwiesen ist. Es geht um einen Justizskandal. Wichtiges Thema, keine Frage, aber der Film, naja, er wird nicht bleiben.

»Ja, ich finde auch, daß man diesen Film auszeichnen sollte«, sagt die Filmkritikerin. »Es wäre ein Zeichen!«

Herr Kaindlgruber nickt. »Ich bin auch dafür.«

Der Kinobesitzer gibt meinem Einspruch recht, der Film sei so schlecht gemacht, daß die Wahl auf uns zurückfallen würde. Er regt an, keinen Preis zu vergeben. »*Wir, die Jury, haben uns die Entscheidung nicht leichtgemacht, doch wir sind übereingekommen, in diesem Jahr den Wiener Filmpreis nicht zu vergeben*, so etwas in der Art, das wäre auch ein Zeichen!«

»Durchaus, ein Zeichen, daß wir arrogante Trottel sind«, sage ich, was mir einen unfreundlichen Blick des Kinobesitzers einträgt. »Wir sind doch nicht die Jury von Cannes, ein Preis von 7000 Euro sollte einen Preisträger finden.«

»Das sehe ich auch so«, sagt Frau N., »und deshalb bin ich für *Operation Spring*! Wenn der Film prämiert wird, muß der ORF das auf Sendung bringen, er muß über den Film berichten, das wünsche ich dem ORF, und ich wünsche es diesem rechten Land!«

Meine Kopfschmerzen sind längst wieder da, und sie werden stärker.

»Das hätte wirklich etwas Gutes«, sage ich. »Wir könnten uns nächstens das Anschauen ersparen und gleich die von der Kommunistischen Jugend eingereichten Filme auswählen.«

Die Filmkritikerin neben mir japst nach Luft. Die übrigen Jurymitglieder brummen zornig auf. Ich schenke mir ein Glas Mineralwasser ein. Frau N. fragt, ob man rauchen darf. Keiner sagt etwas. Ich verziehe mich ins Badezimmer. Gedämpft höre ich von draußen die Stimmen meiner Mitjuroren. Wieso habe ich mich auf so etwas eingelassen?

Die Diskussion zieht sich in die Länge. Mittlerweile bin ich als einziger für *Spiele leben* und als einziger gegen *Operation Spring*. Frau N.s Argument ist immer dasselbe:

»Es ist wichtig, ein politisches Zeichen zu setzen.«

»Ist es wirklich wichtig?«

»Ja natürlich!« ruft Frau N.

»Ist es nicht auch eine politische Aussage, einen künstlerischen Film zu prämieren und ihn einem schlecht gemachten Dokumentarfilm vorzuziehen?«

Die Filmkritikerin wird energisch: »Aber wir können hier ein Zeichen setzen!«

Ich kann ihnen nicht einmal einen Vorwurf machen, ich rede ja vermutlich selbst Blödsinn. Aber immerhin ahne ich es. Und jetzt wird mir endlich klar, warum ich mich schon die ganze Zeit über so unwohl fühle. Nicht weil sie andere Meinungen haben als ich, nicht weil sie einen schlechten Film auszeichnen wollen, nicht weil sie eitel sind. Mich stört, daß sie auf alles eine Antwort haben, prompt und ohne Zögern. Sie sind sich ihrer Meinungen so sicher.

Frau N. fragt wieder, ob man hier rauchen darf. Und wieder antwortet niemand.

Wir verlegen die Zusammenkunft in die Halle. Eine Entscheidung muß bald fallen, weil die Filmkritikerin der

Oberösterreichischen Nachrichten noch heim nach Linz muß und den Zug nicht versäumen darf. Frau N. sagt, sie hat Kopfweh, und will deshalb einen Whisky. Sie studiert die Getränkekarte, dann bestellt sie Wasser, denn der Whisky kostet 14 €. Ich bestelle mir Wein, viel Wein. Die Diskussion beginnt von neuem. Eigentlich ist es keine Diskussion, jemand sagt müde einen Satz, dann blicken mich alle flehend an. Nach dem dritten Glas ist es mir zu blöd, und ich willige ein. Allgemeines Aufatmen. Herr Kaindlgruber wird beauftragt, die Laudatio zu verfassen.

»Da sollten wir unsere Bedenken hinsichtlich der Qualität des Films erwähnen!« fordert der Kinobesitzer.

»Gute Idee«, sagt Herr Kaindlgruber. »Etwas wie: Die politisch-moralische Botschaft des Films ist brisant, die Umsetzung hält nicht Schritt ... Jury hat es sich nicht leicht ... Zeichen setzen ...«

Ich blende mich aus dem Gespräch aus. Mittlerweile geht es mir recht gut, und ich kichere vor mich hin. Gerade als ich gehen will, kommt Hans Hurch, der Viennale-Direktor, vorbei.

»Wie ist es gelaufen?« fragt er Frau N. »So wie du grinst, hast du dich durchgesetzt.«

Frau N. setzt sich zurecht, sie lächelt breit, ihre Augen funkeln. »Ein wichtiger Film.«

»Welcher?«

»*Operation Spring.*«

Hurch wischt sich den Bart. »Gute Wahl. Sehr gute Wahl.«

Die Filmkritikerin verabschiedet sich. Ich winke dem Kellner, aber der übersieht mich. Kaindlgruber fragt mich nach Daniel. Ich schwärme von seinem neuen Roman. Frau N. mischt sich ein, sie liest ihn gerade, große Literatur ist das nicht, große Literatur ist *Spieltrieb* von Juli Zeh. Aber es ist schon recht ordentlich. Daniel kann eben nicht über Emotionales schreiben. Weil er, sie kennt ihn nämlich persönlich, und das sogar ganz gut, selbst ein Mensch ist, der zu seinen Emotionen nicht steht oder sie unterdrückt oder ähnliches, den genauen Wortlaut höre ich nicht mehr, weil ich mich darauf konzentrieren muß, meine Mimik zu kontrollieren.

Im Taxi sende ich Daniel ein SMS: *Habe mit der Jury über dein Buch gesprochen. Frau N. findet, du bist emotional gehandicapt.*

Ring-ring.

Gespräch mit Daniel während der Taxifahrt, große Heiterkeit.

Mir ist noch nicht nach Heimkehr und Bett. Ich gehe ins *a²*, das Lokal bei mir an der Ecke, fühle mich schon beim Eintreten erleichtert. Die Kellnerin fragt mich, ob ich an der Theke stehenbleibe. In diesem Moment erspähe ich einen meiner neuen Nachbarn aus dem Haus allein an einem der Tische. Mir fällt sogar sein Name ein: Marvin. Ich frage, ob er etwas dagegen hat, und setze mich. Begeistert schlage ich ihm auf die Schulter, ich freue mich wirklich, ihn zu sehen, obwohl ich noch nie mehr als zwei Sätze mit ihm gewechselt habe. Aber er ist etwa in meinem Alter, er hat wie ich Frau und Kind, und ich sehe ihn immer wieder mal allein und offensichtlich erschöpft im Lokal sitzen. Es ist Zeit, daß wir mal zusammen trinken. Denke ich, und bestelle Wein.

»Na, wie läuft es mit der Tochter?«

»Zur Zeit ... etwas anstrengend ... Ich –«

»Wem sagst du das? Stanislaus ist elf Monate älter! Oh oh, und was noch auf dich zukommt, hehe!«

Freimütig offenbare ich ihm, es werde noch schlimmer, die schlimmste Zeit stehe ihnen erst bevor. Meine Behauptung belege ich mit Beispielen. Ich bestelle noch ein Glas. Es kann sein, daß ich etwas zu laut spreche, denn Marvin zuckt immer wieder zusammen und sieht mich ängstlich an, obwohl er ein Riesenkerl ist, größer und breiter als ich. Ich frage ihm Löcher in den Bauch, er muß mir von seiner Anstellung bei einer sozialdemokratischen Politikerin erzählen. Er sagt, der Job geht ihm auf die Nerven und er ist darin unglücklich. Ich bestätige, das ist auch wirklich das Allerletzte, und ermuntere ihn, sich nach Veränderung umzusehen.

Ich halte Jasmin, die Kellnerin, fest und bitte um das dritte Glas. Sie fragt den Nachbarn, ob er auch noch einen Wunsch habe. Apfelsaft, flüstert er.

»Und wie geht es so weiter mit euch?« schreie ich fröhlich.

»Nächsten Sommer. Beginnt mein Karenzjahr. Rita. Sie will wieder. Arbeiten.«

»Um Gottes willen!« rufe ich. »Du bist aber sehr mutig!«

Ich versichere ihm, er ist dann gerade in der schlimmsten Zeit, also wenn seine Tochter am lästigsten, wildesten, anstrengendsten und unfolgsamsten ist, mit ihr allein. Sie wird nicht auf dich hören, sage ich, sie wird machen, wonach ihr der Sinn steht, sie wird brüllen und auf den Tisch klettern und vom Schrank springen und sich den Kopf einschlagen, und dann wird sie wieder brüllen. Und du wirst kochen und putzen und Wäsche waschen, und sie wird 24 Stunden auf deinen Nerven herumreiten.

»Ich bewundere das«, sage ich, während er mich mit flakkernden Augen ansieht, »ich könnte das nicht, ehrlich. Ich finde das großartig von dir! Wenn ich nur einen Tag mit

Stanislaus allein bin, bin ich kurz davor, mich zu erschießen oder wenigstens ihn beim Fenster hinauszuwerfen, ehrlich! Sich monatelang einem Kind zu widmen, allein, das ist toll, du bist ein fabelhafter Kerl!« Und schlage ihm wieder auf die Schulter. »Versprich mir, daß du zu uns runterkommst, bevor du ausflippst, versprich es mir!« Ich presse ihm meine Finger in den Oberarm. »Versprich es!«

»Ich muß dir was sagen«, röchelt er. »Ich bin nicht immer so. Still. Sorry. Ich bin ziemlich ... ich bin ... ich habe ... ein paar Joints durchgezogen ... bin total hinüber. Eigentlich bin ich. Hergekommen ... ja. Her gekommen ... weil ich allein sein ... allein sein wollte.«

Sechs

Ich habe von dem indischen Weltklasseschachspieler Viswanathan Anand geträumt. Man nennt ihn »Vishy«. Ich sagte zu ihm: »Hello, Wischi«, worauf er behauptete, ich spreche seinen Namen falsch aus, er heißt Ffffischi. Das ist solcher Blödsinn, daß ich mich wundere, warum ich nicht sofort aufgewacht bin, doch der Traum ging weiter. Da war noch etwas Kurioses, aber was? Sowieso seltsam, wieso Anand? Ich bin doch Iwantschuk-Fan.

Ich habe keine große Lust, aufzustehen, aber ich muß. Meine Agentin, Karin Graf, erwartet mich zu einem Gespräch in München, es gibt gute Neuigkeiten für mein Buch.

Ich schaue auf die Uhr. Fünf Minuten noch. Ich überlege. Ja – der Traum ging weiter. Ein junges Paar will mich zu einem Sexabend überreden. Der Mann hat eine seltsam hohe Stimme. Er ruft mich an und beklagt sich, ich habe versprochen, mit seiner Frau zu schlafen. Ich antworte, mir paßt das nicht. Er insistiert, ich hätte es doch versprochen. Ich sage, heute nicht, vielleicht morgen, und dann bin ich zum Glück aufgewacht.

Ich dusche, ziehe mich an, frühstücke, wie immer mit Stanislaus auf dem Schoß. Morgens etwas Eigenes zu essen fällt ihm nicht ein, da trinkt er seinen Kakao. Dafür ißt er seinem Papa das halbe Frühstücksbrot weg. Das heißt, er ißt das Brot nicht, er leckt die Butter ab, was er mit lautem »Puta! Puta!«-Geschrei kommentiert. Solange er das tut, fahre ich mit ihm nicht nach Spanien auf Urlaub.

Ich schleppe meine Tasche zum Bus. Ich denke über den Kannibalen Meiwes nach, ausgelöst durch einen Passanten, der ihm ähnlich sieht. Ich überlege, daß viele der Menschen, die mir da entgegenlaufen, sich vermutlich beim Anblick ihrer Entgegenkommenden Verschiedenes denken. Sich bei meinem Anblick etwas denken, so wie ich es ja auch bei ihnen tue. Der eine will mich vielleicht verhauen, der andere beschimpfen, der dritte auslachen. Einer wie Meiwes aber, der will mich *fressen*. Das ist schon ein beunruhigender Gedanke.

Einfacher wäre es natürlich, jetzt nach Schwechat zu fahren und in ein Flugzeug zu steigen, aber Flugangst, schreckliche Flugangst. Also Westbahnhof.

Dort folge ich einem Ritual. Zunächst leiste ich mir den Luxus, meine Tasche für drei Euro ins Schließfach zu sperren. Zum einen, um die Hände frei zu haben, vor allem aber, weil ich in der Furcht lebe, in Geschäften den Diebstahlsdetektor am Ausgang anschlagen zu lassen, und dann müßte ich meine Tasche ausräumen, und womöglich fände sich darin ein Gegenstand, den ich in dem betreffenden Geschäft gestohlen haben könnte usw. usw. Jedenfalls muß die Tasche weg. Dann kaufe ich die Fahrkarte, um das Unangenehmste hinter mich gebracht zu haben. Es folgt der schöne Teil: durchs News & Books zu streifen und einen Packen Zeitschriften zu kaufen und vielleicht ein, zwei Bücher dazu.

Zuerst sehe ich mich bei den Romanen um. Von mir haben sie wie üblich keinen. Ich gehe zu den Sachbüchern. Es passiert, was mir in Bahnhofsbuchhandlungen immer passiert, ich nehme ein Buch, das mich eigentlich nur mäßig interessiert, das ich mir woanders nicht kaufen würde, aber die Aussicht auf eine lange Zugfahrt läßt mich leichter zugreifen. Bei den Zeitschriften kenne ich dann überhaupt keine Hemmungen mehr. Eine Ausgabe von *Schach*, ein *Clever & Smart* (glücklich erwische ich eines, das ich noch nicht habe), die *FAZ*, die *Süddeutsche*, den *Spiegel*, das *Volltext*, ein Reisemagazin mit schönen Fotos, ein Trekkermagazin mit schönen Fotos, eine Männerzeitschrift. Ich zahle dreißig Euro. Manchmal werde ich gefragt, wieso ich für Lesungen so viel verlange, und ich antworte wahrheitsgemäß, ich habe viele Auslagen.

Eine Dreiviertelstunde vor Abfahrt steht der Zug schon da. So mag ich es. Ich suche mir einen Platz, selbstverständlich im Großraumwagen, in einem Sechserabteil entsteht viel leichter Konversation. Ich breite mich aus, damit nur ja niemand auf die Idee kommt, den Platz mir gegenüber zu beanspruchen. Ich knacke eine der Bierdosen, die ich mir am Bahnsteig besorgt habe. Was zuerst lesen? *Schach*.

Außer mir ist niemand im Waggon, es ist still, ich fühle mich wohl. Mit einer einzigen Einschränkung: Ich habe einen Ohrwurm, der mir zunehmend auf die Nerven geht.

Von hinten kommt ein Mann, der zwei Reihen hinter mir Platz nimmt. Mich ärgert das. Der Waggon ist groß genug, um sich gegenseitig vom Leib zu bleiben, warum kann sich der Kerl nicht ans andere Ende setzen?

Nachdem ich den ersten Artikel gelesen habe, schaue ich auf. Von meinem Platz aus fällt mein Blick automatisch auf die Schiebetür, durch die man in den nächsten Waggon gelangt. Hinter der Scheibe sehe ich das Gesicht einer alten Frau. Sie scheint mit mir zu sprechen, sie sieht mich an, und ihr Mund bewegt sich. Die Hand hat sie zur Faust geballt, und mit der Faust vollführt sie kreisförmige Bewegungen, als würde sie über die Scheibe wischen. Dabei bewegen sich ständig ihre Lippen.

Die spinnt komplett, denke ich, und lese weiter.

Ich schaue auf die Uhr an meinem Mobiltelefon. Abfahrt in fünfundzwanzig Minuten. Von hinten trampeln weitere Fahrgäste heran. Ich trinke ostentativ mein Bier, damit sie mich für einen Säufer halten und nicht näher kommen. Ich sehe zur Tür. Dahinter steht noch immer die Alte, und noch immer ist sie am Wischen und am Brabbeln. Ich kann gar nicht hinsehen, so grotesk ist der Anblick.

Mitten im Bericht über die deutsche Schach-Bundesliga kapiere ich. Ich schaue zur Tür. Die Alte steht noch immer da. Ich springe auf, laufe hin. Die Tür klemmt, ich muß mich anstrengen, um die beiden Flügel auseinanderzudrücken.

»Maria und Jesus, endlich, danke, vielen Dank! Die Tür ist nicht mehr aufgegangen! Die eine nicht und die andere nicht! Plötzlich ist sie zugefallen, Maria und Jesus, ich habe gerufen, aber der junge Mann hat sich nicht gekümmert! Niemand ist gekommen! Vielleicht hat jemand zugesperrt! Schon so lange ...«

Ich stammle eine Entschuldigung und haste zu meinem Platz zurück. Zu meiner Erleichterung humpelt sie an mir vorbei nach hinten. Ich höre, wie ihr Klagen leiser und leiser wird. Eine Weile kann ich mich nur schwer auf den Artikel konzentrieren. Ich frage mich, wie es mir entgehen konnte, daß da eine alte Frau zwischen den Waggons steckt. Aber ich frage mich auch, wie sie es angestellt hat, sich da einzusperren. Ich mache die zweite Dose auf.

Als der Zug abfährt, ist der Waggon voll. Auch der Platz mir gegenüber ist besetzt. Eine dünne, blasse Frau um die Vierzig, die sich weder durch das Bier noch durch meine Miene hat abschrecken lassen. Mit dem schmalen Gesicht und der Brille und dem distanzierten Blick sieht sie aus wie eine katholische Fundamentalistin. Sie öffnet ein mitgebrachtes Plastikgeschirr, zieht eine Gabel heraus und beginnt zu essen. Ich sehe Nudeln in ihrem Mund verschwinden. Sekunden später riecht der ganze Waggon nach einer unerträglich intensiven Variante von Spaghetti Bolognese. Es ist ein wahrhaft gotteslästerlicher Gestank. Die Frau ißt ungerührt. Sie blickt über die Köpfe der Mitreisenden hinweg und kaut langsam.

Wenn das bis München so bleibt, geschieht ein Unglück, das weiß ich. Ich bin ein friedfertiger Mensch, aber auch ein Knecht meiner Idiosynkrasien. Schon jetzt fühle ich Mißmut gegen diesen Bauerntölpel da mir gegenüber, diese dumme Frau mit ihren stinkenden Nudeln. Ich ertrage diesen Anblick keine fünf Stunden. Ebensowenig wie die grölenden Stimmen der Kerle, die ein paar Reihen hinter mir lautstark über ihre Arbeitskolleginnen reden. Sie sprechen wüsten Dialekt, ab und zu hört man, wie sie miteinander anstoßen. Ich drehe mich um. Sie tragen karierte Hemden und schwenken tatsächlich Bierflaschen.

Ich starre in meine Zeitschrift. Ich muß jeden Absatz vier- oder fünfmal lesen, und auch dann habe ich den Inhalt noch nicht erfaßt. Meine Ohren krümmen sich gewissermaßen nach hinten, wo die Horde johlt, und meine Nase wächst nach vorne, um den Bolognesegestank zu erschnüffeln. Ich frage mich, was die Hexe hinzugerührt hat, das ist der reinste Höllenbrodem. Und sie ißt und ißt und ißt und schaut über mich hinweg.

In St. Pölten wird meine Hoffnung, ein Teil der Fahrgäste könnte aussteigen, enttäuscht. Der Waggon bleibt voll, die Kerle röhren weiter, die religiöse Fanatikerin mir gegenüber stellt das Essen ein und zieht sich dafür die Schuhe aus. Es reicht. Ich packe meine Tasche und meine Zeitschriften.

In der ersten Klasse finde ich zu meiner Freude einen Platz, der mir gefällt. Ich kann mich breitmachen. Beim Zugbegleiter zahle ich den Aufschlag. Bei der Bierbetreuerin, die ihr Wägelchen durch die Waggons rollt, bestelle ich eine Thai-Suppe. Ich esse und fühle mich wohl. Als die junge Frau noch einmal vorbeikommt, kaufe ich ihr eine Flasche Wein ab. Sie macht einen Scherz, ich erwidere etwas, wir lachen. Jetzt wäre alles gut. Wäre da nicht der Ohrwurm. Was ist das überhaupt für ein Lied?

Ich bereite mich mental auf die Begegnung mit Karin Graf vor. Sie ist seit fast zehn Jahren meine Agentin, ohne sie hätte ich wohl erst viele Jahre später ein Buch veröffentlicht. Ihre Aufgabe ist es, meine Manuskripte an Verlage zu verkaufen. Dafür bekommt sie einen gewissen Prozentsatz meiner Einkünfte. *Die Arbeit der Nacht* ist das erste meiner Manuskripte, das ihr wirklich gefällt, obwohl sie schon meine ersten vier Bücher vermittelt hat. Ihre literarischen Auffassungen dürften sich von meinen unterscheiden, aber das macht ja nichts. Außerdem lernt man damit umzugehen. Anfangs, als ich sie noch nicht persönlich kannte, hatte ich Angst vor ihr. Sie war nichts als eine strenge Stimme aus dem Telefonhörer. Wenn sie fand, das Gespräch sei beendet, sagte sie »Auf Wiederhören!« und legte auf. Ich stand da und schaute den Hörer an.

Überhaupt, ihre Stimme, ihre und jene ihrer Agenturpartnerin Heinke Hager. Damals, also vor zehn Jahren, telefonierte ich alle paar Wochen mit ihnen. Die beiden Frauen waren für mich nur Stimmen, doch zugleich verband ich mit diesen Stimmen so viele Hoffnungen. Alle zehn Tage rief ich eine Berliner Nummer an, um mich nach den Aussichten zu erkundigen. Mal erklärte mir eine sanfte, freundliche Stimme, es gebe nichts Neues, aber bald werde es klappen, ein anderes Mal vertröstete mich eine nicht ganz so freundliche Stimme auf den nächsten Monat, auf Wiederhören.

Schon damals war eine CD von Stereolab das, was meistens in meinem Player lag. Die hellen Stimmen der beiden Sängerinnen, dazu diese schönen, eingängigen Melodien, das konnte ich mir stundenlang anhören. Und seltsam, irgendwie wurden die Berliner Stimmen aus dem Telefonhörer mehr und mehr eins mit den Stimmen aus den Lautsprechern der Stereoanlage. Noch heute höre ich, wenn Karin anruft, eine Stimme von Stereolab. Nicht die Musik, nur die Stimme. Karin ruft an, und Stereolab ruft an. Es ist schwer zu erklären. Andererseits habe ich jedesmal, wenn ich Stereolab auflege, kurz den Eindruck, Karin Graf singt. Auf alle Fälle fühle ich mich immer gehoben, wenn ich sie höre.

Ich werde aus meinen Gedanken gerissen. Ich vermeine von hinten ein Reizwort vernommen zu haben. Entsetzt spitze ich die Ohren. Drei Reihen hinter mir telefoniert eine Frau.

»Ja, ich bin total fertig. Nein. Ja, ja. Sie haben ihn in die Innsbrucker Klinik eingeliefert. Ja.«

Ich beginne auf meinem Sitz zu wetzen. Ich nehme einen Schluck Wein und stecke die Nase in die Trekkerzeitschrift.

»Ja, furchtbar. Thea hat schon angerufen. Ja. Na, schrecklich. Am Morgen wurde ihm plötzlich schwindlig. Er hat noch gesagt ...«

»TATATAAAA!« rufe ich und springe auf, und deshalb muß ich nicht hören, was geschah, nachdem ihrem Freund oder ihrem Mann oder ihrem Vater schwindlig geworden war. »TATATATAAA!« singe ich noch einmal den Anfang der Schicksalssinfonie, aber das ist keine Dauerlösung, zumal mich das ältere Ehepaar in der Koje schräg gegenüber zu beobachten beginnt. Also wieder zurück auf den Sitz, die schönen Berge in der Zeitschrift bewundern. Ich drücke die Hände gegen die Ohren und summe vor mich hin. Aus den Augenwinkeln nehme ich wahr, wie mein Verhalten das Thema einer stillen, nur durch eindeutige Gebärdensprache geführten Unterhaltung meiner Mitreisenden wird.

Ich höre auf zu summen. Ziehe die Hände von den Ohren.

»Na, sie haben ihn an die Apparate angeschlossen ...«

Hände wieder an die Ohren. Ich summe. Meine Beine zucken unkontrolliert auf und nieder, als wollten sie im Sitzen laufen. Ich meine noch immer gedämpft Wortfetzen zu vernehmen.

Nach einer Weile ziehe ich wieder vorsichtig die Hände von den Ohren. Es ist ruhig. Die ältere Frau in der Nachbarkoje, die ein Kreuzworträtsel löst, sieht mich ängstlich an. Erleichtert trinke ich einen Schluck. Ich drehe mich um, weil ich wissen will, wie meine Nemesis aussieht, aber ich sehe nur Hände auf Armlehnen.

Ich muß eingenickt sein. Langsam wird mir bewußt, daß sich etwas Unangenehmes ereignet. Ich tauche auf. Was ist es? Worte sind es.

»... operiert worden ... wissen noch nicht ... werden sehen ... Arzt ... schlimm ...«

Es dauert eine Minute, bis ich wehrfähig bin, vielleicht auch zehn, ich habe in dieser Situation kein Zeitgefühl. Ich springe auf. Ich sehe die Frau. Ich will, daß sie aufhört, daß sie verschwindet, zugleich tut sie mir leid. Ich merke, wie sich die mit dem Kreuzworträtsel in die Ecke drückt. Ihr Mann wirft mir einen Seitenblick zu und verschränkt wütend die Hände vor der Brust.

»Das kann man jetzt einfach noch nicht sagen. Ja. Danke, Richard. Du bist nett, Richard. Du hilfst mir sehr. Ja, das Warum, das Warum. Warum geschieht so etwas, von heute auf...«

Mehr höre ich nicht. Ich sperre mich in der Toilette ein. Der Boden ist naß, es riecht übel. Ich erledige, was ich zu erledigen habe, und gebe noch fünf Minuten dazu, ich stehe in der engen Kabine rum und traue mich nicht raus. Dann kehre ich zu meinem Platz zurück. Alles ruhig.

Der Zug hält, wir sind in Linz. Ein Mann kommt herein, gefolgt von einer Reihe Blinder, die jedoch keine Armbinde tragen. Acht, zehn, zwölf blinden Männern und Frauen weist der Mann, offenbar eine Art Reiseleiter, Plätze zu. Zu mir setzt er niemanden. Als das Signal zur Abfahrt ertönt, bittet er seine Schützlinge, aufzustehen und aus dem Fenster zu winken. Einige drehen sich auf die falsche Seite, sie werden von ihm sachte in Position gebracht. Neugierig schaue ich hinaus. Ein Mann und eine Frau knipsen Fotos und winken. Ich beobachte die Blinden. Sie stehen da und winken vor sich hin.

Kaum sitzen alle wieder, kommt der Zugbegleiter. Der Reiseleiter weist die Fahrkarten vor.

»Da sind Sie falsch! Das hier ist die erste Klasse!«

»Was? Ach du je. Kommt, Herrschaften ...«

Ringsum erheben sich tastend Menschen. Die Szene erinnert mich an das Video zu Michael Jacksons »Thriller«. Als der Zugbegleiter erkennt, wer seine Fahrgäste sind, ist ihm sein Einschreiten peinlich.

»Eigentlich... Sie fahren ja nur bis Wels, sehe ich...

Wegen dieser zwanzig Minuten brauchen Sie nicht ... ich meine, wenn es niemanden stört?«

Er blickt in die Runde. Ich will nett sein, nicke. »Natürlich, natürlich«, gurrt die Frau mit dem Kreuzworträtsel.

Die Blinden bleiben. Zwanzig Minuten spricht niemand, ißt niemand, trinkt niemand. Dann steigen sie aus. Die verbliebenen Passagiere setzen sich zurecht, strecken sich, schrauben Flaschen auf. Ich trinke meinen Wein aus. Nur der Ohrwurm belastet meine Nerven. Mittlerweile weiß ich, was ich da unentwegt höre: *The night they drove Old Dixie down* von Joan Baez. Ich weiß nicht, wo ich dieses klebrige Zeug herhabe.

»Ach du bist es. Du hast es auch schon gehört? Ja. Danke für deinen Anruf. Nein, wir wissen noch nichts. Er liegt auf der Intensivsta ...«

Ich brülle auf wie ein Vieh. Die erschrockene Reaktion der Frau mit dem Kreuzworträtsel macht mir bewußt, daß das nun wirklich nicht geht. Ich versuche es wieder mit Ohrenzuhalten. Hilft nichts, ich höre immer wieder schreckliche Worte. Vielleicht bilde ich sie mir auch ein. Ich stecke mir die Freisprecheinrichtung meines Mobiltelefons ins Ohr und rufe die Zeitansage an. Das freie Ohr halte ich zu. Auf der anderen Seite drücke ich den Knopf direkt in meinen Gehörgang, so daß mir eine Frauenstimme mit betäubender Lautstärke mitteilt:

ES WIRD
MIT DEM SUMMTON
DREIZEHN UHR
ZWEIUNDZWANZIG MINUTEN
UND VIERZIG SEKUNDEN
PIEP.

Sieben

Kurz nach zwölf. Mit Kopfschmerzen und pelzigem Geschmack im Mund gehe ich ins Badezimmer. Was ich im Spiegel sehe, freut mich nicht. Die Haare fallen mir aus, deswegen schmiere ich meinen Kopf seit Monaten morgens und abends mit *Capillotin* ein, ich will ja nicht mit vierzig aussehen wie Hunter Thompson. Die ersten Falten sind zu sehen, die ersten grauen Barthaare sprießen, die Augenringe sind kein temporäres Phänomen mehr. Außerdem brauche ich nicht mehr nur wenige Stunden, um mich von einem langen Abend zu erholen, sondern zwei volle Tage. Wieso schreiben die Zeitungen, ich sei ein Jungautor?

Daniel hat den Buchpreis nicht gekriegt. Den Buchpreis hat Arno Geiger gekriegt.

Er hat mir alles über die Preisverleihung erzählt. Ich stelle mir vor, wie es wäre, mit *Die Arbeit der Nacht* in diesem Saal zu sitzen und zu warten, ob ich es bin. Muß erfreulich sein, aber auch nervenaufreibend.

Daniel hat den Deutschen Buchpreis nicht gekriegt. Finde ich unglaublich. Ich kenne Arnos Buch noch nicht, es wird bestimmt toll sein, aber ich konnte mir nicht vorstellen, daß in diesem Jahr irgendein Buch besser ist als *Die Vermessung der Welt*. Wieso hat Daniel nicht gewonnen?

»Na ja, ich brauche den Preis ja nicht so sehr«, sagt er, und ich höre, er will etwas sagen.

»Spuck's aus.«

»Siebzigtausend.«

Meine Schwiegermutter ist zu Besuch. Sie und Else sind

mit Stanislaus in der Mariahilfer Straße unterwegs. Mir ist das in meinem Zustand nicht unrecht. Ich setze mich an den Computer.

Posteingang (1)

Günter Kaindlgruber Jurybegründung 4k

Wiener Filmpreis ... Operation Spring ... Dokumentation über die Verurteilung von etwa 100 Afrikanern wegen angeblicher Drogendelikte ... gesellschaftliche Mißstände aufdecken ... unbequeme Wahrheiten aussprechen ... Borniertheit, Arroganz und Dünkel der Mächtigen ans Licht bringen ... Es hat in der Jury ... wollen nicht verhehlen ... intensive Diskussionen über handwerkliche Qualitäten ... Daß wir trotz Einwände ... preiswürdig halten ... Mut ... Beharrlichkeit ... rassistische Behördenwillkür ... usw usf

Ich habe solche Kopfschmerzen, ich wanke zum Kühlschrank und schenke mir ein großes Glas Weißwein ein. Immerhin ist es ja schon bald eins, also nach Mittag, da darf man schon eines trinken. Ich trinke es, und dann, weil es mir rasch bessergeht, trinke ich noch eines.

So ein Tagrausch ist nicht übel, denkt es in mir, während ich in einer Wolke von Wohligkeit und Geborgenheit zurück ins Arbeitszimmer schwebe.

Ich starte *Civ 3*. Wehmütig denke ich daran, daß dieser Tage *Civ 4* erscheint und mein Computer zu altersschwach ist, um das Spiel zu verkraften. Ich überlege, mein Konto noch weiter zu überziehen und einen neuen anzuschaffen. Aber wie erkläre ich das Else? Entschuldige bitte, der Kurzurlaub zu Weihnachten ist abgesagt, weil ich *Civilization* spielen muß? Diese byzantinische Auseinandersetzung erspare ich mir lieber.

Ich spiele die Russen auf dem Level Monarch. Der Anfang und der Mittelteil des Spiels sind immer am unterhaltsamsten. Sie sind von strategischen Überlegungen dominiert, am Ende geht es nur noch darum, mit aller Militärkraft über die Gegner herzufallen. Oft bauen sich in mir solche Aggressionen gegen eine mich über Jahrhunderte quälende Nation auf, daß ich dann, wenn es endlich an der Zeit ist, mit Gefühlen der Wollust und des heiligen Zorns meine Interkontinentalraketen zu ihnen schicke.

Es ist ein sonderbarer Anblick, wenn Pilzwolken die Erde überziehen. Es mag unsinnig klingen, aber trotz aller Rachegefühle gegenüber meinen Feinden drücke ich immer mit schlechtem Gewissen auf den roten Knopf. Ich bin wirklich ein Kind der Achtziger.

Das Telefon läutet. Ich kümmere mich nicht darum. Nach einer Weile läutet es wieder. Ich gehe in die Küche und schaue auf das Display. Anonymer Anruf. Ich hebe nicht ab. Statt dessen nehme ich mir am Kühlschrank noch ein Glas Wein. Dieses trinke ich im Stehen, das nächste nehme ich wieder mit ins Arbeitszimmer, Mahatma Gandhi wartet auf mich, der Mistbock. Vor ein paar Jahren hat er meine Pelz-Kolonien in Übersee überrannt, seither hört er Runde um Runde das Pfeifen meiner Stealth-Bomber.

Das Telefon läutet wieder. Ich gehe ran. Eine Frauenstimme sagt:

»Guten Tag, ich bin Frau Brschl-wschl von der Zeitschrift *Steirermonat*. Wir befragen Prominente zum Thema des Monats. Darf ich Ihnen ein paar Fragen stellen?«

Ich grunze zustimmend. Der *Steirermonat* ist nicht der *Spiegel*, aber diesen Unterschied kann man bemerken oder auch nicht, ganz wie man will, und wenn man lange Zeit von niemandem etwas gefragt wurde, gibt man dem ersten Antwort, der fragt.

»Was halten Sie von künstlichen Brüsten?«

»Bitte was?«

Die Frau lacht. »Künstliche Brüste. Wie finden Sie sie? Haben Sie etwas dagegen, wenn Frauen ihre Brüste operieren lassen? Oder mögen Sie sie?«

»Ich ... hm, hm ... ja wissen Sie ... ich kenne mich da nicht so aus ...«

»Ja, aber was ist Ihre Meinung zu Brustimplantaten? Fühlt sich so eine Brust anders an? Besser? Schlechter?«

»Hm ... künstliche ... ähem ... ich glaube – ich glaube, ich habe noch nie künstliche ... ich meine, ich weiß gar nicht, wie sich so etwas anfühlt ...«

»Sie meinen, Sie haben noch nie (kicher, kicher) künstliche Brüste berührt?«

»Ja, genau«, rufe ich erleichtert, »habe ich nicht!«

»Woher wissen Sie das so genau?« lacht sie triumphierend.

»Ähem ... ja ... woher weiß ich ... stimmt.«

Nach kurzem Gestammel verabschiede ich mich. Das Kichern der Dame klingt in meinem Ohr nach. Etwas sagt mir, ich sollte den nächsten *Steirermonat* nicht kaufen.

Die Kopfschmerzen sind wieder da. Ich habe keine Wahl, ich lege mich hin, obwohl ich sicher bin, häßlich zu träumen.

Im Bett schicke ich ein SMS an Daniel:

Hat er schon gemailt?

Zwanzig Sekunden später die Antwort:

Nein.

»Papa! Auf! Papa!«

Stanislaus liegt auf meinem Gesicht, ich höre ihn nur gedämpft und bekomme schlecht Luft. Er dreht sich, rollt von mir herunter, quetscht sein Gesicht an meines, küßt mich.

»Papa – lieb!«

Das ist natürlich eine sehr erfreuliche Art, geweckt zu werden, und wir kuscheln eine Weile. Dann läuft er wieder aus dem Zimmer. Ich höre die Stimmen von Else und Ursel, meiner Schwiegermutter. Der Wecker zeigt halb sechs. Das hilft mir auf die Beine. Ich nicke grüßend in die Küche, mache die Augen zu, stelle mich unter die Dusche, ziehe mich an, mache die Augen auf, verabschiede mich. Ich verspreche Else, nicht zu spät heimzukommen.

Essen, Inder, Naschmarkt.

Das Viennale-Fest findet im Lusthaus statt. Ich kenne es nicht, weiß nur, es steht weit draußen im Prater. Mit den Öffentlichen wagt man ein Abenteuer. Ich leiste mir ein Taxi. Wir fahren und fahren und fahren. Ich zahle zwanzig Euro. Der Türsteher kontrolliert meine Einladung und läßt mich mit nachlässig höflicher Geste ein.

Ich sehe mich um. Gedämpftes Licht. Stehtische, auf denen Flaschen und Gläser vorbereitet sind, wenige Gäste. Offenbar bin ich zu früh. Ich suche nach bekannten Gesichtern. Ich kenne niemanden, nicht einmal vom Sehen. Irgendwo klimpert Musik.

Ich stehe da und frage mich, was ich jetzt machen soll. Noch einmal sehe ich mich um. Es gibt wirklich nichts, gar nichts anderes, was ich machen könnte, also muß ich trinken.

Kein Weißwein da. Ich koste den Rotwein, schmeckt abscheulich. Ich schiebe das Glas unauffällig an die entgegengesetzte Seite des Tisches. Eine Flasche Bier steht da, ich trinke. Es zieht. Ich stehe am Durchgang zu dem Raum, in dem das Buffet vorbereitet wird. Ich wechsle auf die andere Seite des Raumes, es sind noch genügend Tische frei, und von meinem neuen Platz aus, gerade neben der Eingangstür, habe ich zudem eine bessere Übersicht. Jetzt könnte es eigentlich losgehen, denke ich, aber dann fällt mir ein, daß es eine Party ist, und die funktioniert oder sie funktioniert nicht, und das ist für jeden anders wahrnehmbar.

Für mich scheint sie nicht funktionieren zu wollen. Auch eine halbe Stunde später nicht, und eine Stunde darauf noch immer nicht. Wenigstens habe ich den Weißwein entdeckt. Er steht ebenfalls auf allen Tischen, aber ich war zu unaufmerksam. Ich schaue mich noch mal unauffällig um. Es ist nicht zu leugnen: Ich kenne keine Menschenseele.

Ringsum sind alle Stehtische belegt. Meiner ist der einzige, an dem ein Einzelner steht, überall sonst unterhält man sich, ich fühle mich in meine Schulzeit zurückversetzt, da konnte mich auch niemand leiden (mit gutem Grund). Offenbar wirke ich zeitlos abschreckend. Damit das so bleibt, fülle ich die drei Weingläser vor mir mit Wein, mit den Wassergläsern verfahre ich ebenso. Es sieht aus, als hielte ich die Stellung für eine große Runde.

Der bekannte Anarchorocker Stefan Weber, der vor Jahrzehnten mit Falco zusammen in einer Band war und im Hauptberuf Gymnasiallehrer ist, tritt ein und steuert mit seiner Begleitung – einem Mann, einer Frau – zielsicher meinen Tisch an. Er knurrt etwas und weist auf meinen Tisch. Ich nicke. Hastig trinke ich eines der Gläser vor mir aus. Dann ziehe ich ein zweites unauffällig zu mir.

Die Frau scheint Webers Freundin zu sein. Der begleitende Mann kommt mir ebenfalls bekannt vor. Er wirkt, als hätte er eine sehr hohe Meinung von sich selbst, sieht aus wie ein Künstler. Vielleicht ein Maler, Maler tragen gern diese randlosen Brillen, mit denen man feinsinnig und ästhetisch anspruchsvoll aussieht. Irgendwoher kenne ich ihn, aber ich bin noch zu nüchtern, um zu fragen. Das wird sich allerdings bestimmt bald ändern.

Mittlerweile ist der Raum überfüllt. Musik dröhnt, rote und blaue Lichter flackern, es herrscht dichter Nebel, so viel wird geraucht. Ich kenne noch immer niemanden.

Jemand zupft mich am Arm. Es ist die Viennale-Mitarbeiterin, die die Jurysitzung geleitet hat. (Eigentlich hat sie mitgeschrieben und Mineralwasser aufgemacht.) Ich freue mich, endlich Unterhaltung.

»Möchtest du etwas trinken?« frage ich.

»Gern.«

»Warte mal ... wir haben hier kein leeres Glas. Möchtest du aus meinem hier ...?«

»Äh, lieber nicht. Hihi.«

Während ich mich frage, wie ich eigentlich aussehe, erzählt sie mir schreiend, sie sei es gewesen, die mich in die Jury berufen hat. Ich verschlucke mich beinahe.

»Ich dachte, das war der Herr Viennale-Direktor«, sage ich möglichst gleichgültig.

»Der hat mir gesagt, ich soll mir fünf Personen meiner Wahl suchen. Am nächsten Tag habe ich im Radio ein Interview mit dir gehört. So bin ich auf dich gestoßen.«

Einer ihrer Bekannten stellt sich zu uns, ungewaschenes Haar, Dreitagebart, Künstlerbrille wie der andere Kerl rechts von mir, und als er mir vorgestellt wird, spricht er Dialekt wie die Kuh im Stall. Die Viennale-Mitarbeiterin sieht »zufällig« einen Bekannten am anderen Ende des Saals und geht ab. Ihr unsauberer Freund verbleibt mir.

SMS von Daniel: *Sehe Tony Blairs Rede vor dem Unterhaus. Wunderbar.*

Neben mir geht unablässig die Tür auf. Mitunter werden die Ankömmlinge gleich von einem Kamerateam des ORF empfangen. Als eine Weile kein Prominenter erscheint, stürzt ein flotter junger Redakteur zu uns und bittet Stefan Weber um ein Interview. Der nickt. Sein Künstlerfreund zieht sich zurück. Ich bleibe stehen. Scheinwerfer gehen an. Gleichgültig trinke ich meinen Wein, während Weber ein paar Worte zum Fest sagt.

In meiner Jackentasche brummt es. Der Tonassistent, der mit den Kopfhörern an den Ohren, wirft mir einen bösen Blick zu und tippt dem Interviewer auf die Schulter. Der bittet Weber, den letzten Satz zu wiederholen. Schuldbewußt ziehe ich mein Mobiltelefon heraus.

Blair ist grandios.

Die Tür geht auf, Frau N. schreitet in den Saal. Kurz wird sie vom Kamerateam aufgehalten. Sie strahlt. Nach links und rechts winkend, bahnt sie sich einen Weg. Sie geht so langsam, daß hinter ihr Stau entsteht. Kurz darauf erscheint ein Mann, der seine Begleiter um einen Kopf überragt: der Stadtrat.

Jetzt bin ich soweit. Ich ignoriere die unausgesetzten Bemühungen des Kerls links, mit mir ins Gespräch zu kommen, und frage den Freund des still vor sich hin starrenden Stefan Weber, wie er heißt. Konradin heißt er.

Mir fällt ein, daß ich Weber vor einem halben Jahr bei der Premiere des *Kameramörder* gesehen habe, als Thomas Maurer die dramatisierte Fassung meines Romans im Rabenhoftheater spielte. Vermutlich war dieser Konradin dabei. Ich frage ihn, was er von Beruf ist, vielleicht komme ich der Sache so näher.

»Lehrer.«

In diesem Moment wird das Buffet für eröffnet erklärt. Weber und Freundin sind wie der Blitz verschwunden. Konradin ruft ihnen nach, sie sollen ihm etwas mitbringen.

»Vom Hendl! Und Erdäpfelsalat!« brüllt er.

Der Mensch links will mir wieder etwas sagen. Ich schaue stur geradeaus. Irgendwie kreuzt mein Blick den des Stadtrats. Der Kasuar ruft mir grinsend zu: »Sie trifft man aber auch überall!«

Hinter ihm nehme ich das strahlende Gesicht von Frau N. wahr, es blitzt auf wie eine Erscheinung in einem Spukfilm, in dem man nicht weiß, ob das jetzt wirklich da war oder nicht. Zur Sicherheit halte ich den Kopf gesenkt.

Ich möchte Tony Blair sein.

Weber und die Freundin kehren mit drei großen Tellern zurück, auf denen Berge von Eßbarem gestapelt sind. Ich komme wieder mit Konradin ins Gespräch. Etwas in mir schreit mir unablässig zu: Das hast du nicht nötig, unterhalte dich nicht mit dem eitlen Wicht, laß es. Im nächsten Moment höre ich mich sagen:

»Kennen wir uns aus dem Rabenhoftheater?«

Konradin, Hühnerkeule in der Hand: »Da war ich« – schmatz, schmatz – »neulich bei einem« – schmatz – »Theaterstück. War ein tolles Stück!«

Meine Lippen formen Worte, zugleich glaube ich zu träumen, ich kann nicht fassen, daß ich sie tatsächlich ausspreche:

»DAS. WAR. VON. MIR.«

»Hmpft!« ruft er mit vollem Mund, und seine Augen weiten sich. Er schluckt hinunter. »Wie es geheißen hat, weiß ich nicht mehr.«

Er weiß nicht, wie das Theaterstück hieß, das er sich angesehen hat?

»Es war ein Stück …« – schmatz – »mit vielen Personen« – schmatz – »hat mir sehr gut gefallen.« – Schmatz – »Von dir war das?«

»Das war dann doch nicht von mir«, sage ich und denke traurig an Thomas Maurer, wie er allein auf der Bühne steht und den Text deklamiert.

»Wie heißt dein Stück?«

»*Der Kameramörder*!«

Konradin beugt sich zu Weber, der seinerseits gerade mit einer Hühnerkeule beschäftigt ist.

»Kennst du das Schmatztheaterstück Kameramörderschmatz?«

»Kameramö …? Nie gehört!« Er beißt in sein Huhn, ich höre die Knochen krachen.

Weit und breit gibt es keinen Taxistand, doch ich habe Glück. Gerade hat eines neue Gäste gebracht. Ich steige ein. Eine Fahrerin, ich schätze sie auf Mitte Fünfzig. Sie freut sich über die Kundschaft für den weiten Weg zurück. Mit ihrer Stimme scheint es etwas auf sich zu haben, sie spricht langsam und klagend.

Auf der langen Geraden durch den Prater, in der keine Autos parken und auf der es keinen Gegenverkehr gibt, wundere ich mich. Hier sind 50 erlaubt, ein normaler Mensch fährt mindestens 60, wir aber zwischen 30 und 40. Ich sage nichts, vielleicht muß der Motor erst warm werden, oder was auch immer, es wird seinen Grund haben.

Wir fahren minutenlang über eine leere Straße. Wir kommen an eine Kreuzung, biegen nach links ab. Auch diese Straße ist lang, ist breit, und niemand kommt uns entgegen.

Wir fahren 35. Und brauchen lange, um dieses Tempo zu erreichen, denn meine Fahrerin schaltet mit so ungeschickten Handgriffen, als sei sie Fahrschülerin.

Er zeigt es allen! Die haben keine Chance gegen ihn!

Ich knüpfe mit der Frau eine Unterhaltung an. Sie hat eine weinerliche Stimme und scheint vom Land zu kommen. Ich hoffe, sie durch die Ablenkung zu schnellerem Fahren zu verleiten, doch das Gegenteil ereignet sich. Ab und zu werden wir von wütend hupenden Autos überholt. Dann sinkt vor uns eine Bahnschranke. Wir bleiben stehen.

»Oje«, sagt die Fahrerin.

»Wieso oje?« frage ich, denn mir scheint, es ist kein gewöhnliches *Oje* gewesen, das man vor Bahnschranken ausstößt, und ich höre gleich, wie recht ich habe:

»Hier ist ein Verschubbahnhof. Das kann dauern.«

»Wie lange?«

»Fünfzehn Minuten. Halbe Stunde. In der Nacht erledigen sie viel.«

Sie stellt den Motor ab. Ich starre in die Dunkelheit. Rechts von uns sehe ich Eisenbahnschienen, links eine Allee, in einiger Entfernung ein paar unbeleuchtete Häuser. Dead end. Ich frage mich, wieso die Frau sich vor zu schnellem Fahren fürchtet, aber keine Angst hat, ihr Fahrgast könnte ein Mörder sein.

Vier Minuten. Sieben Minuten.

»Und wenn wir einfach umdrehen? Es wird ja wohl noch einen anderen Weg in den fünften Bezirk geben.«

»Gibt es«, sagt sie, als würde sie gleich in Tränen ausbrechen. »Aber das ist ein furchtbarer Umweg. Sie wollen sicher nicht fünfzig Euro für eine Fahrt in die Innenstadt zahlen. Oder?«

Das will ich wirklich nicht, ich schweige. Wieder vergehen einige Minuten. Hinter uns steht kein einziges Auto. Eine so abgelegene Gegend habe ich nie zuvor gesehen.

»Das ist doch eigentlich eine halbe Bahnschranke. Sie reicht nur bis zur Mitte der Fahrbahn. Links gibt es keine, und auf der anderen Seite gibt es auch nur eine halbe. Schranken gibt es nur in Fahrtrichtung.«

»Ja«, sagt sie.

»Da kommt bestimmt noch länger kein Zug«, locke ich.

»Ich kann da nicht über den Bahnübergang fahren, ich kann es nicht! Wenn man mich erwischt, werde ich böse gestraft!«

»Richtig«, sage ich resigniert.

»Ich werde böse gestraft!« jammert sie.

Nach siebzehn Minuten kommt der Zug.

»Na, sehen Sie!« rufe ich fröhlich, und ich muß mich zurückhalten, um der Fahrerin nicht von hinten aus Freude auf die Schulter zu schlagen.

»Gott sei Dank«, sagt sie.

Ta-Tamm, Ta-Tamm, Ta-Tamm. Zehn Waggons, wieder zehn, weitere zehn. Der Zug nimmt kein Ende.

»Ein langer Zug!« nickt die Fahrerin.

Endlich. Zug ist vorbei.

Schranke öffnet sich nicht.

Es vergehen vier Minuten. Sieben. Das Schweigen im Wagen ist so peinlich, daß ich mich für meine Atemgeräusche schäme.

Zug kommt. Ta.Tamm. Ta.Tamm. Ta.Tamm.

»Ein langer Zug!« weint die Fahrerin.

Die Schranke öffnet sich nicht. Ich nicke wissend. Sage nichts. Lache hysterisch.

Nach weiteren vier Minuten fährt eine einzelne Lokomotive vorbei, und die Schranke öffnet sich. Ich bin nicht einmal erleichtert. Wir schweigen. Die Fahrerin legt langsam und umständlich den Gang ein, fährt los. Schaltet langsam und umständlich in den zweiten Gang. Bei 30 Stundenkilometern schaltet sie in den dritten Gang, erhöht jedoch das Tempo nicht mehr.

Wir fahren mit 30 Stundenkilometern Richtung fünften Bezirk. Werden überholt.

Das war die beste Rede, die ich in meinem Leben gehört habe.

Acht

Schon im Flur gibt es eine kleine Auseinandersetzung zwischen Else und mir: Ich habe nicht daran gedacht, die Winterreifen montieren zu lassen. Mein offizieller Standpunkt ist, daß wir erst November haben, weit und breit kein Schnee zu sehen und auch keiner zu erwarten ist. Aber in Wahrheit hat sie recht, das sollte erledigt werden.

Im Halbschlaf dusche ich, das Gesicht zur Wand gedreht. Wie immer konnte ich erst gegen vier einschlafen, und um acht Uhr früh aufzustehen bin ich nicht gewöhnt. Ich fluche vor mich hin und beschimpfe mich dafür, daß ich mich zu diesem Familientreffen habe überreden lassen. Wenigstens bin ich nicht verkatert, ich habe schon zwei Wochen Karenz hinter mir, ganz ungewollt, ich bin ein Anlaßtrinker, und in letzter Zeit hatte ich keinen Anlaß.

Die Fahrt nach Graz verläuft angenehm. Stanislaus schläft bald ein, darauf schließt auch Else die Augen, und ich tue das, was ich beim Autofahren immer tue, ich lasse die Gedanken treiben. Ich halte das Tempo, 150, starre auf die Straße und denke vor mich hin.

Mitunter kommen mir am Steuer gute Ideen. Heute nicht, bin zu müde. Ich konzentriere mich darauf, meine eigene Vorgabe, in welcher Zeit ich die Strecke schaffen sollte, zu unterbieten. Zu Beginn jeder Fahrt schätze ich, wann ich mein Ziel erreicht haben sollte, es ist ausnahmslos eine konservative Schätzung, die stillschweigend die Möglichkeit einer Panne, einer Rast einrechnet. Natürlich schaffe ich es schneller und freue mich dann, fünf Minuten, zehn, zwanzig, je mehr, desto besser.

Ich lade Stanislaus und Else bei meiner Schwiegermutter in Graz ab und fahre gleich weiter. Ich bin früh dran, kein Grund zur Eile, doch vor Familienzusammenkünften habe ich gern noch eine halbe Stunde für mich allein.

Seit jeher trifft sich meine Familie im Gasthof *Wurm* in Frauenkirchen, einem Ort in der Südsteiermark. Eine Hauptstraße, drei Seitenstraßen, ein paar Geschäfte (Damenmode, Damenfriseur, Tankstelle), und schon ist man am Ortsende. Wer als erster auf die Idee kam, hierher zu fahren, und wer dieses Gasthaus entdeckt hat, ist nicht überliefert, jedenfalls sind »wir« schon an Sonntagen hier gewesen, als ich noch nicht geboren war. Frauenkirchen bietet an Freizeitmöglichkeiten ein Schwimmbad und einige Wanderwege sowie seit einigen Jahren ein Bordell, was bei jedem Besuch Gegenstand bösartiger Erörterungen ist. Ob man im Gasthaus gut oder schlecht ißt, kann ich nicht sagen. Ich war schon als kleiner Junge hier, ich kenne die Küche, ich esse immer das gleiche: ein möglichst dünn geklopftes Wiener Schnitzel vom Schwein. Man kennt mich hier, ich bin *der Thomas*, und stets werden Anekdoten von früher erzählt.

Ich setze mich an einen Tisch in der Nähe der Theke. Gertraud, die Wirtin, erkennt mich, kommt zu mir, schüttelt mir die Hand.

»DER THOMAS! Ja so eine Freude! Wie geht es denn immer?«

Ich sage gut, frage meinerseits nach dem Befinden, bestelle einen Kaffee, lese Zeitung.

Die Tür wird aufgestoßen. Ein alter Mann schleppt sich herein. Er geht unglaublich langsam, ich habe Angst, er könnte neben meinem Tisch zusammenbrechen.

»Grüß Gott, Herr Pfarrer, Mahlzeit, Herr Pfarrer!« schreit Gertraud. »Ein Achtel Roten, Herr Pfarrer?«

Der alte Mann nimmt an der Theke Platz. Ich höre keinen Ton von ihm. Gertraud stellt ihm ein Glas hin und gießt Wein ein.

»Wie geht es dem Rücken, Herr Pfarrer?« schreit sie. »Geht es schon besser? Mit dem Rücken ist es schwierig, Herr Pfarrer! Mein Vater hat auch immer Schmerzen gehabt!«

Der alte Mann trinkt stumm seinen Wein. Es ist still im Raum, ab und zu hört man aus der Küche das Klappern von Geschirr.

»Noch ein Glas, Herr Pfarrer? Darf ich gleich einschenken, Herr Pfarrer?«

Der alte Mann schweigt. Gertraud gießt ein. Der Mann trinkt, zusammengesunken, vor sich hin brütend. Wenn ich es nicht ständig hören würde, könnte ich nicht glauben, daß er Pfarrer ist, er wirkt wie das Gegenteil davon.

Und schon hat er wieder ausgetrunken.

»Noch ein Glas, Herr Pfarrer? Bitteschön, Herr Pfarrer! Zahlen, Herr Pfarrer? Drei Glas Wein macht zwei Euro siebzig, Herr Pfarrer! Danke, Herr Pfarrer! Auf Wiedersehen, Herr Pfarrer!«

Der alte Mann hat auch das dritte Glas ausgetrunken. Gesagt hat er keinen Ton. Auf dem Weg zur Tür wirft er mir einen Blick zu. Er hat ein zerfurchtes Gesicht und buschige Brauen. Ich sehe nicht weg, schaue ihm in die Augen. »Weiche!« denke ich. Er sieht weg. Gertraud läuft in dem hastigen Stechschritt, den man sich offenbar in fünfundzwanzig Jahren Gastwirtschaft angewöhnt, an ihm vorbei, hält ihm die Tür auf.

»Auf Wiedersehen, Herr Pfarrer! Danke, Herr Pfarrer!«

Ein paar Männer in orangefarbener Arbeitskleidung setzen sich an den Stammtisch und beginnen, Karten zu spielen. Sie sind schon in sehr guter Stimmung, johlen und brüllen, donnern mit der Faust auf den Tisch, bisweilen ertönt ein peitschendes Lachen. Mir wird das zuviel. Ich hole den Discman aus dem Auto und setze die Kopfhörer auf.

Ich höre *Foyer des Arts*. Ich verehre Max Goldt, aber anders als die meisten Menschen, mit denen ich darüber gesprochen habe, verehre ich ihn nicht nur als Dichter, ich finde auch seine Musik zauberhaft.

Schneid mich aus dem Leib der Erde / Schneid mich raus und wirf mich weit / Wirf, auf daß ich ewig falle / Fallende, so heißt es doch, haben alle Zeit auf Erden / Und hören die herrlichste Musik.

Jemand tippt mir auf die Schulter. Es ist Johann, der Wirt. Ich setze die Hörer ab.

»Was hörst du denn da?«

»*Ein Haus aus den Knochen von Cary Grant.*«

Das stimmt zwar nicht, das Lied heißt *Kaiserschnitt*, Cary Grant kommt erst, aber ich freue mich über den Ausdruck auf Johanns Gesicht. Ich gebe ihm die Hand.

»DER THOMAS! Na! Was macht das Schach?«

Ich ringe mir ein paar Scherze ab, ich bin zu müde, um geistreich zu sein. Mit Johann habe ich vor zwanzig Jahren Blindschach gespielt. Das heißt, er mit Ansicht des Brettes, ich ohne Brett an einem anderen Tisch, ihm den Rücken zugekehrt. Wie man Züge notiert, also sie »beschreibt«, hatte ich ihm vorher beigebracht. Er rief mir seinen Zug zu, nachdem er ihn am Brett ausgeführt hatte, und ich rief meinen zurück, worauf er diesen am Brett ausführte. Wir spielten einen ganzen Abend an dieser einen Partie, er verlor, und am nächsten Tag erzählte er jedem Gast, es gebe da einen Dreizehnjährigen, der Schach spiele, ohne das Brett zu sehen.

Eine halbe Stunde später treffen nacheinander alle ein: Oma und Opa, Ivetta und Fritz, Tante Anneliese, meine Mutter und Gottfried, dazu ausnahmsweise sogar die vier Mailänder: Ricki und Livio, Lisa und Lonnie. Die Begrüßungsszenen, in denen auch die Wirtsleute eine nahezu gleichberechtigte Rolle spielen, dauern gut zehn Minuten, dann wird unter höflichem, aber doch herablassendem Grüßen nach allen Seiten der Tisch besetzt. Meine Familie hat die Angewohnheit, in Gasthäusern aufzutreten wie die Entourage des Zuckerkönigs, sie sind überzeugt, jedermann muß sich über ihren Besuch unbändig freuen. Es gefällt ihnen überdies, mit den Wirtsleuten per du zu sein. Sich mit einem Wirt zu duzen zeigt, daß man nicht irgendein dahergelaufener Gast ist. Ich meine, jede und jeder an diesem Tisch hat einen Platz in meinem Herzen, doch ich kann einfach nicht aufhören, mich über immer Wiederkehrendes zu wundern.

Plötzlich ist das Gasthaus voll. Kellnerinnen laufen in Tracht umher, Kinderstimmen erklingen, Hunde bellen, Gläser klirren, es riecht nach Rauch und Speiseöl. Meine Familie fragt nach Else und Stanislaus. Wahrheitsgemäß erkläre ich, Else wäre gern mitgekommen, aber mit dem Kleinen bedeutet das allzu großen Streß, da er ständig herumläuft. Sie wollen Neues über ihn wissen. Ich antworte ihnen ausführlich, denn man redet ja gern über sein Kind. Eltern, deren einziges Thema die Kinder sind, finde ich anstrengend, hier jedoch weiß ich, wie gern alle zuhören, also rede ich, bis die Getränke serviert werden.

Meine Oma fragt, ob ich im Sommer in Bibione Francesco guten Tag gesagt habe. Ich verneine, worauf sie ungehalten wird. Ich erkläre ihr, daß ich, wenn ich einmal fünf Tage allein Urlaub mache und es mich aus Aberwitz und nostalgischer Neugier ausgerechnet in einen unmondänen Ferienort an der Adria verschlägt, keine Lust habe, mich in dem Hotel vorzustellen, das sie zweimal im Jahr besuchen.

»Aber Francesco hättest du guten Tag sagen müssen«, sagt sie.

»Oma, warum soll ich in ein fremdes Hotel gehen und mich irgendeinem Angestellten vorstellen, nur weil ihr ihn kennt?«

»Francesco ist doch der DIREKTOR!«

»Oma, warum soll ich mich einem Hoteldirektor vorstellen?«

»Aber das ist doch ein Freund von uns!«

»Ich gehe also hinein und sage guten Tag, ich bin der Enkel der Familie Schneider aus Graz? Und was dann?«

»Dann hast du dich vorgestellt.«

»Oma, ich stelle mich aber keinem Hotelmenschen vor.«

Beleidigt erklärt sie, daß das blöd von mir ist, und weil sie gerade dabei ist, verrät sie mir, daß meine Frisur auch blöd ist. Daß ich eine Frisur habe, ist mir noch gar nicht aufgefallen.

Ich beuge mich zu meiner Mutter und erzähle ihr, daß Oma mit mir unzufrieden ist.

»Francesco sollst du guten Tag sagen?« ruft sie. »Dieser Schwuchtel?«

Das Essen kommt, allseits steigt die Laune, nur meine nicht, denn das Schnitzel ist zu dick. Wir sitzen im großen Saal, alle anderen Tische sind ebenfalls besetzt, ringsum schmaust das Landvolk, dementsprechend laut ist es, die Bewohner der Südsteiermark haben nämlich die Angewohnheit, sich ausschließlich schreiend zu unterhalten.

Wohin man auch schaut, überall sieht man weit aufgerissene Münder und große Fleischstücke, die schnell in ihnen verschwinden. Die Unterhaltung an unserem Tisch wird wegen der Geräuschkulisse von Schmatzen und Brüllen und Geschirrgeklapper ebenfalls laut geführt, was aber niemanden zu irritieren scheint.

Eine Weile unterhalte ich mich mit Lisa und Lonnie. Sie ist 23, er 20, sie erzählen mir Geschichten aus dem Alltag in Milano. Eine Weile geht alles gut, aber dann wird ringsum schon so laut gesprochen, daß ich mithören muß. Arnold Schwarzenegger. Er hat der Stadt Graz seine Gunst entzogen, weil Grazer Politiker ihm die Ehrenbürgerschaft aberkennen wollten, nachdem er als Gouverneur von Kalifornien einen zum Tod Verurteilten nicht begnadigt hatte. Plötzlich scheinen alle am Tisch miteinander zu streiten, obwohl sie einer Meinung sind: Schwarzenegger hat es den dummen Grazer Politikern gezeigt. Schwarzenegger ist ein Held. Schwarzenegger ist toll. Vom Nebentisch drehen sich Fremde um und mischen sich ein: Jawohl, ganz recht, Schwarzenegger hat großartig gehandelt. Vom anderen Nebentisch ruft einer meinem Opa zu, er sei mit Arnie zur Schule gegangen. Mein Opa prostet ihm zu und lächelt sein feines David-Niven-Lächeln.

Ich erzähle meiner Mutter einen meiner Lieblingswitze, den vom Kindermörder. Sie wird von einem Lachanfall geschüttelt. Mein Opa weist sie zurecht, sie soll nicht so laut lachen, man muß sich mit ihr genieren. Sie nimmt es zur Kenntnis. Sie ist die älteste der drei Schwestern, sie war die erste, die ein Kind bekommen hat, sie mußte von Anfang an mehr einstecken, und sie scheint sich daran gewöhnt zu haben. Ich verstehe es trotzdem nicht. Wenn irgend jemand mit mir so redet, werde ich unangenehm.

100.000.
!!!!!!!! Bravo! Gratuliere! !!!!!!!!

Meine Oma nimmt mich wieder aufs Korn. Sie wünscht sich, daß ich in die Küche des Gasthauses gehe und die alte Wirtin begrüße.

»Oma, ich möchte lieber nicht.«

»Jetzt geh schon und sag guten Tag.«

»Es ist mir nicht recht. Was soll ich da in der Küche, sie hat bestimmt viel zu tun.«

»Für das Grüßen ist immer Zeit. Geh jetzt, sie freut sich!«

»Ana happa-happa-happa, brm-afa«, murmle ich und drehe mich weg. Das ist ein Zitat. Aus den Sopranos. Das ist wie der Glaube an Gott, das hilft, ich habe in diesem Moment große Kunst bei mir. Ich bin nicht allein, nicht einmal in Frauenkirchen muß man allein sein.

Zum Nachtisch wird wieder mit Wein angestoßen. Ich muß leider Auto fahren und darf nichts trinken, so eine Flasche in zehn Minuten wäre jetzt genau das richtige, zumal die Schwarzenegger-Diskussion von neuem eröffnet wurde und sich von einem Tisch zum anderen ausbreitet. Niemand im Saal, der keine Meinung hat, kaum einer, der nicht stolz ist auf Schwarzenegger, hier reden ca. 300 Leute über Schwarzenegger. Ich lache hysterisch.

Ivetta stößt mich in die Rippen und weist mit einer Kopfbewegung nach rechts. Ich sehe Bärbel bei meinen Großeltern stehen. Bärbel gehört auch zum Gasthaus, sie ist ein paar Jahre älter als ich und hat mit mir als Kind gespielt. Ich habe sie lange nicht gesehen. Wir geben uns die Hand. Ich wende mich wieder Lisa zu. Vom Gespräch von Bärbel mit meiner Oma nehme ich Satzfetzen auf: Wien ... zweijähriger Sohn ... Schriftsteller ... vier Bücher ... großer Erfolg ... Nach einer Weile stößt mich Ivetta zum zweiten Mal an.

»Bärbel freut sich so, dich wiederzusehen! Rede mit ihr, sie freut sich!«

Als der Betrieb etwas nachläßt, kommen Johann und Gertraud zum Tisch. Sie stehen hinter meinen Großeltern und reden mit ihnen. Nach und nach werde ich in das Gespräch hineingezogen. Gertraud sagt: »Und da sitz ich im Fernsehzimmer und da schaue ich Nachrichten und da sehe ich einen und da denke ich mir den kenn ich ja WARS DER THOMAS. Ich rufe den Hansi HANSI kommschnell und dann sehen wir den Bericht und das ist schon toll. THOMAS, WIR FREUEN UNS JA SO ÜBER DEINEN ERFOLG!«

Ich lächle das Lächeln, das ich vom größten Starautor der westlichen Welt gelernt habe, aber hier hilft das nichts.

Ein Mann vom Nebentisch, Typ Metzgergesicht, mischt sich ins Gespräch, ich höre nicht hin, er redet mit Gertraud. Es fallen die Worte Schriftsteller, Fernsehen, Bücher.

»Ein Schriftsteller?« ruft der Kerl. Er wendet sich an mich. »Was schreibst du denn?«

Ich tue so, als hätte ich nicht gehört. Meine Mutter ruft: »Romane!«

Ehe ich aufbreche, setze ich mich noch einmal zu meinen Großeltern. Meine Oma holt ein Exemplar von *Wie man leben soll* aus der Handtasche und bittet mich, es zu signieren. Für wen es ist, will ich wissen. Sie sagt, ich soll schreiben, sie diktiert.

»Für Herrn Primarius Doktor Weinstödl, mit innigem herzlichem Dank für die Pflege – was hast du denn, schreib weiter –, mit innigem herzlichem Dank für die Pflege, die

Sie meiner Großmutter Judith Schneider im Krankenhaus haben angedeihen lassen. – Was ist denn? Schreib doch! Ja, genau so. Unterschrift. Leserlich! Hochachtungsvoll Thomas Glavinic, Schriftsteller. Dazuschreiben! Ja! So ist's recht.«

Neun

Als ich aufstehe, ist Else schon weg. Ehe sie mit Stanislaus zum Kinderarzt gegangen ist, hat sie mir eine Thermoskanne Kaffee vorbereitet. Ich schicke ihr ein SMS: *Danke! Guten Morgen, LD.* Dann lese ich die eingegangenen Kurznachrichten. Daniel schreibt, ich solle mir das neue *Volltext* kaufen, da sei ein amüsanter Artikel drin. Gerfried Göschl, ein Jugendfreund, der gerade auf dem Everest war, sendet mir den ihm passenden Termin für ein Treffen in seinem Heimatort. Und der Prinz schreibt:

du teufel hast mich wieder betrunken gemacht

Am Vorabend waren wir bei *Umar* Fisch essen. Das machen wir einmal im Monat, und dann wird Wein getrunken. Am Prinzen gibt es ein interessantes Phänomen zu beobachten: Wenn er betrunken ist, verliert er – je nach Grad der Alkoholisierung mal stärker, mal schwächer – die Kontrolle über seine Gesichtsmuskeln. Der Mund geht langsamer auf, der Blick schwenkt langsam zur Seite, und die Augen sind glasig. Das ist nichts Außergewöhnliches, passiert bestimmt vielen, aber nur an ihm bemerke ich es so deutlich. Man sieht ihn an und denkt sich, der Mann muß den ganzen Tag mit Trinken verbracht haben. Und in Wahrheit hatte er gerade mal zwei Gläser.

Gestern ist er wieder mit Hund gekommen. Eigentlich fürchte ich mich vor Hunden, sie bellen, einige beißen. Wenn ich auf der Straße den tätowierten Muskelprotz aus dem Nebenhaus sehe, dessen Kampfhund nicht einmal einen Maulkorb trägt, vergesse ich allen mühsam anerzogenen Humanismus und stelle mir vor, wie beide mit Genickschuß niedergestreckt werden, Hund und Herrchen. Ich ermahne mich sofort, böses Tun beginnt bei bösen Gedanken, und fühle mich schlecht. Aber Hunde und ich, das funktioniert nicht. Bloß Baldur, der ist in Ordnung. Ich weiß nicht, welcher Rasse er angehört, der Prinz sagt es mir jedesmal, aber ich merke es mir nicht. Jedenfalls halte ich schon mal die Leine, wenn der Prinz zur Toilette muß, und fühle mich dabei nicht allzu verunsichert.

Na ja, eigentlich fühle ich mich nicht gar so schlecht. Wenn ich mich bei meinen Genickschußphantasien ertappe, meine ich. Ich weiß, es gehört sich nicht, aber in gewisser Weise ist es nicht mehr als seelische Notwehrüberschreitung. Trotzdem bereitet es mir Unbehagen. Ich werde das Gefühl nicht los, ich könnte irgendwann, irgendwie in eine Lage kommen, in der ich mich vergesse, was zur Folge hätte, daß ich entweder im Gefängnis oder im Krankenhaus aufwache (letzteres ist bedeutend wahrscheinlicher).

Ich mache mich fertig. Überlege, ob ich alles habe. Die Winterreifen liegen bereits im Kofferraum, ich stecke die Papiere ein. Mir macht es keine Freude, zur Werkstatt zu fahren, aber es muß erledigt werden, sonst kann ich mir von Else einiges anhören.

Als ich in den Hausflur trete, stehen vor der Nachbarstür zwei Frauen. Hintereinander, die eine, weit kleinere hat der anderen die Hände auf die Schultern gelegt, als wollten sie wie die Kinder Eisenbahn spielen. Die Kleine sagt zu mir:

»Könnten Sie mir bitte helfen? Der Schlüssel der Dame sperrt nicht!«

In diesem Moment ist mein Hirn ausgeschaltet. Nur so ist zu erklären, weshalb ich nicht verstehe, was ich vor mir habe. Artig gehe ich zu den beiden, nehme den Schlüssel, versuche vergeblich, ihn ins Schloß zu schieben. Noch immer arglos, betrachte ich ihn.

»Das ist nicht der falsche Schlüssel, das ist die falsche Wohnung. Er gehört zu Wohnung 1c, das hier ist 18. Wir müssen ganz nach unten.«

Sage es blöde lächelnd, hebe den Blick, schaue die eine an, schaue die andere an – und mache einen kleinen Schritt rückwärts. Es ist die Chinesin aus dem Keller. Stumpf grinst sie mich an. An ihrer Backe eine Platzwunde, an ihrer Stirn eine Platzwunde. Nur durch die Hilfe der kleinen Frau hinter ihr kann sie sich auf den Beinen halten. Der Alkoholdunst, den sie verströmt, ist unglaublich.

»Was ist denn da passiert?«

»Sie lag ein paar Häuser weiter auf dem Gehsteig«, flüstert die kleine Frau. »Sie sagt, sie wohnt im zweiten Stock.«

»Da täuscht sie sich.«

Ich zeige ihr den Schlüssel, auf dem 1c steht. Dabei halte ich ihn mit spitzen Fingern. Er ist ekelhaft warm, außerdem fürchte ich in solchen Situationen eine wie auch immer vor sich gehende Ansteckung mit Hepatitis. Ich helfe der kleinen Frau, die Chinesin in den Lift zu schieben, vermeide jedoch jeden engen Kontakt. Schweigend fahren wir hinunter. Ich sperre die Wohnung auf.

»Sollen wir nicht den Notarzt rufen?« frage ich.

»Sie sagt, sie will keinen.«

»Kennen Sie sie?«

»Nein.«

Unschlüssig warten wir vor der offenen Tür. Die Säuferin blickt mich traurig lächelnd an, als sei ich Ursache ihres Kummers, wie einen Verflossenen, aber ich bin sicher, sie hätte keinen anderen Ausdruck, wenn hier statt mir ein Hirsch stehen würde.

»Kommen – kommen Sie allein zurecht?« frage ich die kleine Frau.

»Ja.«

»Ich werde trotzdem anrufen«, sage ich.

Ich bin froh, mich verabschieden zu dürfen, betrunkene Frauen putzen und verbinden liegt mir nicht. Auf dem Weg zum Auto wähle ich die Nummer des Rettungsdienstes. Der Telefonist fragt gleich, ob die Patientin nach einem Arzt verlangt hat.

»Nein, sie hat sogar gesagt, sie will keinen, aber so wie sie aussieht, sollte ...«

»Dann können wir uns die Fahrt sparen. Es ist gesetzlich verboten, jemanden gegen seinen Willen ärztlich zu behandeln.«

»Die Frau ist doch unzurechnungsfähig in diesem Zustand.«

»Das hilft uns nicht. Nur die Polizei darf anordnen, daß jemand behandelt wird.«

»Was heißt das? Wenn ich mir betrunken den Kopf einschlage und aufgrund der Verwirrung darauf bestehe, keinen Arzt zu holen, muß dann meine Frau die Polizei anrufen?«

»So ungefähr, ja. Allerdings besteht in diesem Fall die ...«

Ich bedanke mich und lege auf. Kurz überlege ich, wirklich die Polizei anzurufen. Ich entscheide mich dagegen. Die kleine Frau – wer war sie bloß, wer war sie – hat ruhig und verständig gewirkt. Sie wird tun, was zu tun ist. Aber wer ist sie? Wer sammelt denn Betrunkene von der Straße auf und bringt sie ins Bett?

Auf dem Weg zur Werkstatt male ich mir verschiedene Szenarien aus, eines wilder als das andere. Möglicherweise habe ich die Chinesin in der Obhut einer wahnsinnigen Mörderin belassen. Vielleicht stiehlt die kleine Frau auch nur den Schmuck. Vielleicht mißbraucht sie die Chinesin sexuell. Vielleicht ist sie wirklich total abgedreht und zerschneidet ihr die Wäsche. Alles ist möglich, ich halte prinzipiell immer und überall alles für möglich.

Den Wagen stelle ich auf dem Parkplatz der Werkstatt ab. Im Büro finde ich zwei rauchende Männer um die Fünfzig vor sowie einen Schäferhund, der in einer Ecke liegt und mit dem Schwanz auf eine schmutzige Decke unter sich klopft. Die Luft ist schlecht, der Zigarettennebel erfüllt den kleinen Raum.

»Würden Sie mir die Winterreifen aufstecken?« frage ich freundlich.

»Sicher«, sagt der mit der Halbglatze. »Mit Felgen oder ohne?«

»Felgen ...?« wiederhole ich gedehnt.

»Na, sind die Felgen drauf?«

»Ja hm ... die Felgen ... also ich weiß nicht ...«

Die beiden Männer wechseln einen Blick. Ich denke nach. Was heißt das, was will der Kerl? Natürlich steckt da etwas an den Reifen, dieses Metallzeug, das ich als Felgen bezeichnen würde. Aber wer weiß, vielleicht nennt man das eben nicht Felgen? Denn welchen Sinn sollte der Reifen ohne diese »Felge« haben? Wer bringt denn nur den Gummi? Geht das überhaupt? Also ist mit Felge möglicherweise etwas anderes gemeint als das, was ich mitgebracht habe.

Mein Bemühen, diesen inneren Zwiespalt den beiden Männern begreiflich zu machen, scheitert. Wieder wechseln sie einen Blick.

»Na, fahren Sie den Wagen in die Halle.«

Ich beeile mich, rauszukommen. Starte den Wagen, male mir aus, was geschieht, wenn ich im Übereifer, die Blamage wettzumachen und mein fahrerisches Können zu zeigen, einen Parkschaden verursache. Aber alles geht gut. Der Mann wirft einen Blick auf die Reifen im Kofferraum.

»Na, sind ja dran.«

Ich lächle ihm zu. Er lächelt zurück, aber seine Augen lächeln nicht mit. Wir gehen zurück ins Büro.

»Sollen wir die Reifen auch wuchten?«

»Wuchten?«

»Wenigstens die Vorderreifen.«

Ich schaue ihn an. Mir wird heiß. Ich habe keine Ahnung, was wuchten bedeutet, und es ist mir auch völlig schnuppe. Ich interessiere mich für Autos seit jeher einen Dreck, ich verabscheue diese Werkstattstimmung, den Gestank nach Öl, den Schmutz, die Knechte in den blauen Overalls, diese Atmosphäre von Ungeist und Trostlosigkeit. Aber – ich will dem Mann mit der Halbglatze nicht auch noch erklären, daß ich nicht weiß, was es mit seinem Wuchten auf sich hat.

Ich bitte darum, die Vorderreifen zu wuchten. Er blickt wieder seinen Kollegen an, der stumm rauchend gegen einen Schreibtisch gelehnt danebensteht, und schreibt den Auftragsschein. Ich kündige an, den Wagen in zwei Stunden abzuholen.

Ich bin hungrig. Der Naschmarkt ist nah. Ich will aber nicht zum Inder, ich will nicht, ich möchte nicht jeden Tag indisch essen. Seit ein paar Wochen macht mir meine Verdauung Beschwerden, hier kneift es und da sticht es, und ungefähr fünfmal am Tag fürchte ich, einen Krankenwagen rufen zu müssen, weil ich in diesem Stechen einen sich ankündigenden Darmdurchbruch vermute. Deshalb einen Monat lang kein Chicken Methi.

Doch wo soll ich dann essen? Jetzt?

Ich gehe ins *Umar*. Esse Goldbrasse mit Chilinudeln, wie am Abend zuvor mit dem Prinzen. Trinke Weißwein dazu. Es ist gut, aber ich werde das Gefühl nicht los, der letzte Überlebende einer Party zu sein. Ich betrachte den Nebentisch, jenen, an dem wir am Vorabend gegessen haben.

Erst nach dem Essen regt sich in mir der Gedanke, ob Chilinudeln ernährungstechnisch die ideale Alternative zu indischem Essen sind. Aber da ist es eben schon zu spät. So setze ich mich ins *Amacord*, um einen großen Grappa zu nehmen. Ich trinke noch zwei, dann wird es Zeit, den Wagen abzuholen.

»Welches Modell war es?« fragt der Mann mit der Halbglatze.

»Hmmm«, sage ich.

Ich stehe kurz vor einem Zusammenbruch. Ich frage mich, wie es möglich ist, daß ich mir das Modell des Autos nicht merke. Ich recke den Kopf, spähe durch die Scheibe nach draußen.

»Der da – der weiße! Haha!«

»Ja, aber welches Modell?«

»Ach Himmel, welches Modell, ja wissen Sie, es ist eigentlich der Wagen meiner Frau. Und selbst die hat ihn von ihrer Mutter.« Trottellächeln. »Ich fahre so selten damit, daß ich gar nicht weiß, welches ...« Räuspern, Kinnkratzen. Verlegener Blick zum stumm rauchenden Kollegen.

»Wegen dem Schlüssel frage ich. Hier liegen zehn Schlüssel. Welches Modell?«

»Ich glaube ... ein Mitsubishi. Ja?«

»Mitsu ... hier liegt einer. Mit einem Anhänger, auf dem Gunther steht.«

»Das ist er! Gunther, das ist mein Schwiegervater, hehe. Hoho!«

Unbeschreibliche Blicke. Mit einem leisen Seufzer gibt mir der Mann den Schlüssel, schiebt mir die Rechnung über das Pult. Ich bezahle. Ich stopfe mir die Rechnung und die Scheine in irgendwelche Taschen. Der Hund bellt ohne sichtlichen Grund.

Am Abend fahre ich mit dem Taxi in die Innenstadt. Heidi List, die Freundin von Thomas Maurer, wird 35. Ich betrete ein Lokal, das sehr schick wirkt und in dem ich mich auf Anhieb deplaziert fühle. Es gibt nur vier Tische. Ich sehe mich um, erkenne niemanden. Ein Kellner mit dunkler Hautfarbe tritt zu mir, ich halte ihn für einen Srilankesen, aber wer weiß, vielleicht stammt er auch aus Pakistan oder Indien oder sonstwoher. Was ich will. Er stellt die Frage grob, ich bin geneigt, es auf Sprachschwierigkeiten zu schieben, denn sein Deutsch ist kaum verständlich. Aber da ist auch noch etwas anderes – der kleine Mann, er ist einen Kopf kleiner als ich, hat eine unfreundliche Ausstrahlung.

»List«, sage ich. »Ein Tisch, der auf den Namen List bestellt ist.«

»Brda-brda schsch schhh mh?«

»Äh – wie?«

»Brmt! Brutt! Hai!« Er funkelt mich böse an.

»Bitte was? Ich suche List! List! Oder Maurer! Den Tisch! Bestellt!«

»Brutsta! Brutsta! Hai!« schreit er.

Ich sehe mich hilflos um. Zwei der vier Tische sind besetzt, aber die jungen Leute ringsum verfolgen das Schauspiel unbeeindruckt. Vielleicht haben sie dasselbe erlebt.

»Hören Sie, ich weiß nicht, ob ich hier richtig bin. Ist hier kein Tisch auf den Namen List reserviert?«

»Wolln S' Brutsts Feia!« donnert er mich an.

»Brutsts? Feia? Geburtstagsfeier? Jawohl! Ja! Geburtstagsfeier! Hahahaha!«

Wortlos dreht er sich um und verschwindet nach hinten. Ich fasse das als Zeichen auf, ihm zu folgen. Richtig, ich betrete ein Hinterzimmer, in dem ein großer Tisch steht, um den zehn, fünfzehn, achtzehn Stühle angeordnet sind, wie ich schnell zähle, genau die Größe einer Gesellschaft, die ich nicht mag. Ich bin der dritte Gast. Eine Frau und ein Mann sitzen schon da. Wir begrüßen uns. Ich vollführe einen Indianertanz rund um den Tisch, weil ich keinen Platz finden kann, der mir zusagt. Sie beobachten mich. Ich setze mich schließlich ihnen gegenüber. Als das Schweigen zu drückend wird, mache ich einen Scherz. Sie scherzen zurück, wir reden über das abwesende Geburtstagskind (sie sagen ständig Geburtstagskind, nicht ich).

Allmählich werde ich durstig, was nicht nur an den Dutzenden Flaschen liegt, die in den Vitrinen ringsum ausgestellt sind. Der Kellner steht im Gang zwischen Lokal und Hinterzimmer und schaut böse, nicht mißmutig, sondern böse. Ich winke ihm. Nach einiger Zeit bequemt er sich herbei.

»Was haben Sie für Weißwein?« frage ich freundlich.

»Hka hka, arbra hmnjumm!«

»Sehr gut, bringen Sie mir einen Weißburgunder, und bitte viel Wasser dazu.«

Mit zorniger Miene geht er ab. Drei Minuten später stellt er mir ein Glas Wein auf den Tisch. Das Wasser hat er auch nicht vergessen. Ich koste den Wein. Gut. Langsam frage ich mich, ob der Kerl nicht Theater spielt. Bringt kein vollständiges Wort heraus, aber versteht Weißburgunder.

Nach und nach kommen weitere Gäste. Ich kenne niemanden. Die Plätze rings um mich bleiben frei. Dann kommt Heidi, küßt mich auf die Backe und setzt sich neben mich. Thomas Maurer setzt sich neben sie, grüßt in die Runde und ruft mir zu, wieso ich schon wieder Krawatte trage. Ich überreiche Heidi das Geschenk, ein Sternensystem aus Edelschokolade, also eine Schokoladensonne und neun kleinere, allerdings nicht maßstabsgetreue Schokokugeln, das alles aus belgischem Erzeugnis.

Ich bitte den Kellner um ein weiteres Glas Wein, es kommt nicht.

Weitere Gäste erscheinen. Einer, der eine Flasche Champagner mitgebracht hat, fragt den Kellner, ob wir sie trinken dürfen. Es ist nicht uninteressant, diese Konversation, die mit Händen und Füßen geführt wird, zu beobachten. Der Kellner blickt wütend drein, aber jetzt hat er wenigstens einen Grund. Der Gast kommt zu Heidi, gibt ihr die Flasche und erklärt bedauernd, wir dürften den Champagner nicht trinken. Sie stellt uns vor. »Das ist Clemens Paulustor-Fellsenstein«, sagt sie zu mir. »Das ist Thomas Glavinic, du weißt schon, der den *Kameramörder* geschrieben hat, du hast Thomas« – sie zeigt nach rechts, wo Maurer sitzt – »auf der Bühne gesehen.«

»Aaaaaah!« sagt er und setzt sich links neben mich.

Ich winke dem Kellner. Der schöpft mit verbissenem Gesicht irgendein vorbereitetes Gericht in Teller. Wie sich herausstellt, Bohnen mit Fleisch. Es riecht nicht schlecht, aber es sieht seltsam aus. Ich koste nur, weil ich mich daran erinnere, daß mir Maurer bei Heidis letzter Party vorgeworfen hat, ich sei »erlebnisunwillig«, als ich nicht mit seinem neuerworbenen superscharfen chinesischen Küchenmesser eine Tomate schneiden wollte.

Die Autorität Maurers schafft dann doch ein paar Flaschen Wein auf den Tisch. Ich bediene mich. Ab und zu wechsle ich ein paar Sätze mit Clemens neben mir, der etwa in meinem Alter ist, meistens rede ich mit Heidi über ihre Probleme mit der Zahl 35. Als sie von anderen Gästen in Anspruch genommen wird, erzählt mir Maurer, er wolle in der Nähe von Wien einen halben Hektar Weinberg pachten, um eigenen Wein zu keltern. Das gefällt mir, und ich bitte ihn, mich bei der einen oder anderen Veranstaltung hinzuzuziehen. Er verspricht es, ich schenke ihm und mir nach, allmählich wird es dunkler um mich, entweder hat jemand das Licht gedämpft, oder es ist der Schnaps vom Nachmittag plus der Wein jetzt.

Ich fühle mich wohl. Seit ein paar Stunden weiß ich, daß *Die Arbeit der Nacht* im Hanser Verlag erscheinen wird. Erstklassiges Haus. Aber damit hat die Warterei noch kein Ende, nun muß ich warten, was sich tut. Wer wird mich anrufen? Mein Lektor? Der Verleger?

Ich trinke weiter. Die Strukturen am Tisch lösen sich nach und nach auf. Heidi sitzt auf der anderen Seite, Thomas Maurer steht mit dem Regisseur Schalko in einer Ecke, neben mir knutschen zwei junge Lesben, und zwar so, daß jeder sehen soll, daß sich hier zwei Frauen sehr, sehr lieb haben. Bei ihnen stehen zwei weitere Frauen mit Kurzhaarschnitt, und jedesmal, wenn ich mich an ihnen vorbeizwänge, gibt es *fast* Kommentare über mich. Ich weiß nicht, ob ich dieses *fast* erklären kann: Diese Frauen sind offensiv, sie sind schon sehr guter Laune, sie schauen mir frech ins Gesicht, und wenn ich mich vorbeigedrückt habe und umdrehe, starren sie mich an und lächeln. All dem hängt eine leicht aggressive, aber nicht unfreundliche Note an. Ich überlege, ob ich beim nächsten Mal vielleicht auf der anderen Seite ... aber das wäre Feigheit. Und irgendwie sind sie ja sympathisch.

Ich stelle fest, daß ich betrunken bin und mir sterbenslangweilig ist. Ich tue, was ich in dieser Situation immer tue, ich ziehe mein Handy heraus. Trotz der erfreulichen Entwicklung dieses Tages sinkt meine Stimmung mehr und mehr, ich frage mich, wieso ich überhaupt immer solche Probleme mit Verlagen habe. Das übliche Zwei-Flaschen-Selbstmitleid stellt sich ein, ich scrolle mich durch den Nummernspeicher, mich packt Wut auf den Literaturbetrieb. Ohne viel Nachdenken beginne ich Nummer um Nummer zu löschen, die ich in diesem Moment als Betriebsnummern ansehe.

Heidi setzt sich wieder neben mich. Irgendwie bringt sie das Gespräch auf Bücher, sie nennt Titel, die sie gerade liest oder gelesen hat. Clemens neben mir, der etwas aufgeschnappt hat, mischt sich ein.

»Was?« schreit er. »*Die Vermessung der Welt* ist von dir?«

»Nein, leider nicht.«

»Ich habe es nicht gelesen, nur Auszüge davon, in einer Zeitschrift, wie heißt sie nur ...«

»*Volltext*«, helfe ich ihm.

»*Volltext*, genau, ich habe sie abonniert, und da habe ich das gelesen, diese Doppelbiographie, Gauß und Humboldt, sehr interessant.«

In diesem Moment verläßt mich Heidi wieder, ich bleibe allein mit Clemens zurück. Nun beginnt sie, sie, die auf keiner Party fehlt, die Literaturdebatte. Ich rudere mit den Armen, um vom Srilankesen mehr Wein zu bekommen, aber der denkt nicht einmal daran, mich zu bedienen. Am Ende des Tisches entdecke ich eine halbvolle Flasche, die ich zuvor übersehen habe. Ich bitte Clemens, sie mir zu holen, dann darf er mich gern fragen, was er wissen will. Er tut mir den Gefallen, ich trinke einen großen Schluck. Er beginnt Fragen zu stellen, auf eine höfliche, naiv zwanglose Art. Nach einer Weile finde ich ihn durchaus sympathisch, nur das Thema – ich bzw. meine Literatur – geht mir schrecklich auf die Nerven. Ich muß die Titel all meiner Romane aufzählen, besonders interessiert er sich für *Wie man leben soll.*

Eine halbe Stunde später, nachdem ich mit dem Kellner zweimal wenigstens je eine Minute lang Bockschauen gespielt habe, ohne daß etwas passiert ist, unterbricht Clemens unser Gespräch und zückt sein Diktaphon. Er drückt auf Record und brüllt, den Lärm im Raum übertönend, ins Mikro:

»WIE MAN LEBEN SOLL von ... GLA-WE-NITSCH ... ÄH ... WIE HEISST DU MIT VORNAMEN?«

»Thomas«, flüstere ich.

»THOMAS!« brüllt er.

Um mich ist es sehr dunkel. Dennoch bemerke ich, daß alle, alle im Raum uns ansehen. Mich ansehen. Sogar der Kellner. Ich zeige auf mein leeres Glas. Er sieht weg.

Zehn

»Wunderbare Aussicht, ja ne.«

»Mhm.«

»Von hier sieht man ganz hervorragend den Arzberg, ja, da drüben der mit dem Vorspitz. Erstbestiegen, das wird dich interessieren, ja ne, erstbestiegen von einem Salzburger, dem Leo Anderl, ja, Anderl hat er geheißen, ja, Leo. Der daneben ist der Rescher, der kleinere daneben der Resch, also Zwillingsberge, ja ne, Zwillingsberge sozusagen. Dort oben gibt es die höchstgelegene mit Strom versorgte Almhütte des Tennengaus, ein kleiner Weg führt hinauf, das könnte dich auch als Schriftsteller interessieren, ja, wenn wir einmal hinaufgehen, du solltest mitkommen, ja ne.«

»Meine Füße sind kalt. Die Schuhe sperren mir das Blut ab.«

»Kalt ist dir?«

»Die Füße.«

»Und das da drüben, das ist der Amramer Gletscher. Das Eis dieses Gletschers könnte ganz Salzburg ein Jahr versorgen, als Wasser natürlich, Trinkwasser selbstverständlich, ja. Was sage ich, ein Jahr, ein Jahrzehnt, ja ne.«

»Bauern waschen sich ohnedies nicht.«

»Bauern waschen sich nicht, so? Ha. Das da drüben, die Hütte, ja, da waren wir zum fünfundvierzigsten Maturajubiläum, der Professor Schwarzenbeck aus Krems war dabei, ja, der ...«

»Gunther, ich habe dir schon so oft gesagt, wenn ich etwas wissen will, frage ich.«

»Ach so, entschuldige, ja? Das eine darf ich dir noch sagen, ja, dort drüben, das ist der Obspitz! Da drüben auf dieser Alm haben früher die Kühe im Sommer geweidet. Und dort links siehst du den Wachserner, da habe ich in deinem Alter Touristen geführt, ja ne, Touristen, na ja, vielleicht war ich etwas jünger, ja. Zu meiner Studentenzeit.«

»Mhm.«

»Was du da drüben siehst, der mit der Schneemütze, das ist der Kellenstein, an die zweitausendachthundert Meter wird er haben, ja. Von dort ...«

»Gunther, ich merke mir die Namen sowieso nicht. Was für ein Wind! Hab mich zu dünn angezogen.«

»Wind, ja, Wind bläst anständig. Wenn ich dir einen Rat geben darf: Da hilft es, wenn man das Gesicht mit der Hand schützt. Du solltest das Gesicht abdecken. Es ist nämlich so, daß man bei Wind die Kälte subjektiv viel stärker spürt, ja ne.«

»Ja.«

»Ja, zum Beispiel ein Grad Celsius minus spürt man bei einem Wind von, sagen wir, ja, sechzig Stundenkilometern wie vielleicht minus zwanzig Grad, ja ne.«

»Und wenn es minus zwanzig hat und der Wind bläst mit hundertfünfzig Stundenkilometern, was ist dann?«

»Also, ich habe nachgedacht. Das wird sich nicht potenzieren, ja, die Minustemperatur, ja ne, aber sicher spürst du diese Kälte subjektiv, ja, mit weit jenseits der minus sechzig, ja ...«

»Wenn dieser Lift nicht bald weiterfährt, werden wir die minus sechzig heute noch erleben.«

»Verstehe nicht, was da los ist. Da muß ein Unglück geschehen sein.«

»Siehst du Else irgendwo?«

»Sie war drei oder vier Sessel hinter uns, ja. Von hier sieht man nicht so weit zurück.«

»Ich bitte dich, wackle nicht so, wir schaukeln schon, mir wird übel.«

»Übel?«

»Ja! Vom Geschaukel!«

»Aha, ja. Nicht zu sehen, ja, Else. ELSE! EEEELSEE!«

»Sie wird dich nicht hören. Bitte nicht so schaukeln!«

»ELSE!«

»Was meinst du, wie viele Meter geht es da hinunter?«

»Na ja. Werden so dreißig sein. Vielleicht vierzig, ja.«

»Typisch. Wo ich bin, da geht es am tiefsten hinunter.«

»Wieso? Hast du Höhenangst?«

»Himmel, JA!«

»Ach so, hahaha, ja. Da brauchst du keine Angst haben, hier kann nichts passieren, das ist doppelt und dreifach gesichert hier alles, ja ne.«

»Genau. Deshalb geschehen ja nie Seilbahn- und sonstige Skiliftkatastrophen.«

»Aber das kann man doch nicht vergleichen! In Sölden zum Beispiel, das war eine ganz andere Situation ...«

»Bitte hör auf zu wackeln! Sofort!«

»Lieber Schwiegersohn, wenn wir mal so schön zusammensitzen, möchte ich dich bei dieser Gelegenheit etwas fragen, ja ne.«

»Wieso mußt du eigentlich ständig diesen offiziellen Ton anschlagen? Aus allem machst du eine Rede an die Nation.«

»Was ist denn eine Rede an die Nation, wenn ich dich meinen lieben Schwiegersohn nenne?«

»Schon gut. Vergiß es. Was willst du sagen? Mein Gott,

wann geht es endlich ... Die Skischuhe sind zu eng, ich spüre die Zehen nicht mehr.«

»Ein Schriftsteller wie du, ja, der ist doch ein Künstler, ja ne. Und als Künstler müßtest du dich doch auch für andere Künste, ja, interessieren. Wenn ich dich fragen darf, wieso interessiert du dich nicht, ja, wie kann es sein, daß du dich nicht für Musik interessierst?«

»Bitte?«

»Wieso du dich nicht für Musik interessierst, ja ne, als Schriftsteller, ja.«

»Was bringt dich auf die Idee, daß ich mich nicht für Musik interessiere?«

»Na, da gibt es hundert Beispiele. Wir kennen uns seit fast, ja, fünf Jahren, oder vier Jahren, egal, ja. In dieser Zeit warst du noch kein einziges Mal mit uns in einem Konzert, oder bei den Salzburger Festspielen, ja, da gibt es sehr schöne, auch musikalische Aufführungen, ja. Ursel und ich würden euch ja gern mitnehmen, ein Babysitter für Stanislaus findet sich schon, ja ne, Frau Pfeifenberger könnte schauen, ja, oder die Tochter, ja, es ist, weil du dich nicht für Musik interessierst, oder für die Oper. Oder gestern, du hast gleich weitergeschaltet, als sie in den Nachrichten die Vorschau zur, ja, den Vorbericht über die Bregenzer Festspiele gebracht haben, ja ne.«

»Aber das heißt doch nicht, daß ich mich nicht für Musik interessiere. ELSE!«

»Also, wenn ich dir einen Rat geben darf: Öffne dich mehr, sei aufgeschlossen, geh mit uns zu einer Aufführung der Salzburger Festspiele, oder ins Konzert, ja ne, wir können auch einmal gemeinsam in Wien ... in den Musikverein, oder ihr könnt ja auch allein gehen, wir müssen nicht unbedingt dabeisein, ja ne ...«

»ELSE!«

»Ich habe gedacht, sie kann uns nicht hören?«

»Vielleicht doch. ELSE!«

»Wenn es da endlich weiterginge, ja.«

»Wahrscheinlich ist der Liftwart besoffen.«

»Der kann sicher nichts dafür, ja. Wird schon einen Grund haben, daß wir hier nicht weiterkommen, wird etwas geschehen sein, vielleicht ein Unglück beim Aussteigen.«

»Diese Schaukelei. Bitte ruhig sitzen bleiben.«

»Ich sitze ja ruhig! Das warst du, beim Umdrehen!«

»Ach Teufel, ist das hoch! HE!«

»Schau nicht runter, konzentriere dich auf etwas anderes, ja ne. Kommen wir auf die Musik zurück. Wieso fehlt dir da jedes Interesse?«

»Ich höre oft Musik. Wenn ich arbeite, jeden Tag, denn ich höre bei der Arbeit durchgehend Musik, ständig, verstehst du? Aber deshalb mag ich dann abends nichts mehr hören, ich ertrage dann nicht einmal meine Lieblingsmusik. Und dazu zählt Oper bestimmt nicht, das ist für mich überhaupt keine Musik.«

»Was? Oper ist keine Musik?«

»FÜR MICH! Für mich ist das keine Musik!«

»Also gut. Welche Musik hörst du gern?«

»Die Namen werden dir nichts sagen.«

»Na dann sag sie einmal, ja ne. Was ist deine Lieblingsmusik?«

»Also gut. Mein Lieblingslied ist WOW AND FLUTTER.«

»Was?«

»WOW AND FLUTTER.«

»Was soll das heißen?«

»Das ist mein Lieblingslied. Von einer Band namens Stereolab.«

»Kenne ich nicht.«

»Entschuldigen Sie, ja ne. Sie da hinten, ja! Könnten Sie eine Nachricht weitergeben?«

»Was soll denn das jetzt wieder?«

»Ja, Sie! Könnten Sie den hinter Ihnen bitten, nach hinten weiterzufragen, ob eine Else irgendwo da hinten sitzt? Der nächste soll immer den nächsten fragen, ja ne!«

»Gunther, bitte! Sie wird schon nicht davongeflogen sein!«

»Aber vorher hast du ja auch nach ihr gerufen, ja.«

»Das war etwas anderes.«

»EL-SE, ja ne! Bitte, ja! Fragen Sie, danke, ja ne.«

»Du solltest lieber Ursel anrufen, um ihr zu sagen, was los ist. Daß das hier noch dauern kann, und daß sie mit Stanislaus irgendwo einkehren soll.«

»Anrufen, ja? Wie stellst du dir das vor, von hier oben?«

»Du hast doch ein HANDY, Mensch!«

»Hallo, Sie, ja? Haben Sie es weitergegeben, ja? Schon eine Antwort, ja ne? Danke!«

»Rufst du sie jetzt an oder nicht? Mit deinem Handy?«

»Das ist nicht eingeschaltet, ja.«

»Einschalten.«

»Einschalten? Ja, aber hier oben wird es nicht funktionieren, ja ne.«

»Wieso sollte es hier oben nicht funktionieren? Versuch es einfach. Bitte.«

»Sie sitzt da hinten, ja? Danke, danke Ihnen!«

»Nur gut, daß wir das jetzt wissen. Rufst du Ursel nun an oder nicht?«

»Ursel? Hallo? Hallo? Hörst du mich? Ursel? Ja, hier ist der Gunther, ja ne! Der Gunther, ja. Hahaha. Du, wir sitzen hier seit einer halben Stunde auf dem Lift, und es geht nicht weiter. Ein Unfall oder so, ja. Geh mit Stanislaus in ein Gasthaus, ja ne? Sitzt – du sitzt schon dort? Na bestens, ja ne. Bis später, ja!«

»Hättest sie fragen können, ob sie weiß, was hier los ist.«

»Was wird sie wissen, was hier oben los ist.«

»Fragen hättest du trotzdem können.«

»Weil es mir gerade einfällt, der Berg dort drüben, das ist die Zirbelringspitze, und dort ist uns einmal ein Hund entgegengelaufen, ja, ein Hund, beim Wandern, ja ne. Das war ein lieber Hund. So ein Grauer, Graubrauner, die Rasse habe ich mir nicht gemerkt. Der Berg dort. Siehst du ihn? Es ist der, der aussieht wie ein X.«

»Einen Berg, der aussieht wie ein X, gibt es auf der ganzen Welt nicht.«

»Da, schau rüber! Dort drüben!«

»Ich schaue nicht rüber! Mir ist schlecht, und von deinem Gewackel wird mir immer mehr schlecht! Und mir ist schwindlig! Und meine Füße sind eiskalt!«

»Öffne die Schnallen der Schuhe, ja, die oberen wenigstens!«

»HALLO! SIE DA UNTEN! ENTSCHULDIGEN SIE, WISSEN SIE, WARUM ES NICHT WEITERGEHT? AHA! DANKE TROTZDEM!«

»Der mit dem Bart hat mich an meinen Professor an der Universität erinnert. Schenk hat er geheißen, ja ne, der hat immer gelbe Hemden getragen, und so karierte Sakkos, wir haben uns immer lustig über ihn gemacht, aber fachlich war nichts auszusetzen an ihm, ja ne, fachlich hat er die meisten Kollegen in die Tasche gesteckt, und uns natürlich sowieso, ja ne, dem hat man nichts vormachen können. Und jetzt bin ich selbst schon so lange Professor, ja ne. Ich muß oft an ihn denken.«

»Na bravo. Die Schnallen sind offen, dafür ist ein Handschuh weg.«

»Ein Handschuh ist weg? Wieso das, ja?«

»WEIL ER MIR RUNTERGEFALLEN IST.«

»Wie ist denn das passiert?«

»Ach Himmel ... aus der Hand gerutscht ... ich weiß nicht ... ist doch egal.«

»Ich sehe ihn! Da unten liegt er! Siehst du ihn?«

»Ich will da nicht runterschauen.«

»HALLO! SIE DA UNTEN! BITTE, MEIN SCHWIEGERSOHN HAT SEINEN HANDSCHUH VERLOREN, JA! KÖNNTEN SIE IHN MIT HINUNTERNEHMEN ZUR STATION, JA? MEINEM SCHWIEGERSOHN GEHÖRT ER, JA. IST IHM RUNTERGEFALLEN, JA!«

»Danke, das hätte ich schon selbst geregelt!«

»SEHR FREUNDLICH, DANKE, JA! MEINE FRAU IST AUCH DA UNTEN, JA, MIT MEINEM ENKELSOHN, JA. VIELLEICHT KÖNNTEN SIE IHN IHR GEBEN!«

»Bitte hör auf, er soll ihn einfach ...« HALLO! DANKE! BITTE GEBEN SIE IHN BEIM LIFTWART AB! DANKE!«

»WIR SIND NÄMLICH – WIR SIND NÄMLICH AUF TAGESAUSFLUG HIER, JA. ABER VIELLEICHT KÖNNTEN SIE MEINE FRAU ANRUFEN UND IHR DEN HANDSCHUH GEBEN, JA NE, IM GASTHAUS, JA, HABEN SIE EIN HANDY?«

»DANKE, IST WIRKLICH NICHT NÖTIG, DANKESCHÖN!«

»KÖNNTEN SIE UNS VIELLEICHT IHRE HANDYNUMMER SAGEN? FALLS ETWAS BEI DER ÜBERGABE

SCHIEFGEHT! DAMIT WIR DEN HANDSCHUH SICHER ZURÜCKBEKOMMEN! JA NE! WIR HABEN ABER NICHTS ZU SCHREIBEN! HOLLA, WOHIN? AUF WIEDERSEHEN! Jetzt wirft er den Handschuh weg! Hast du das gesehen? Jetzt wirft der den ...«

»Das ist doch nicht möglich! Die müssen uns doch hier rausholen! Mir ist eiskalt, am ganzen Körper! Der Wind, der bringt mich um! Die spinnen doch!«

»Dir ist kalt, ja?«

»Was ist das? Es geht weiter, hurra! Es geht weiter! Juchu!«

»Was ist denn jetzt das, ja? Jetzt bleibt der wieder stehen, ja ne!«

»O NEIN!«

»Na, also, ha, ja ne!«

»Lieber Schwiegersohn, es ist zwar nicht die angenehmste Situation, und Umgebung, ja ne, aber irgendwie müssen wir ja die Zeit verbringen, ja ne. Ich habe nachgedacht, ja, über dich und deine Abneigung gegenüber Musik, ja ne.«

»Welche Abneigung?«

»Das behauptest du, ja, aber es stimmt nicht, ja. Zum Beispiel heute morgen, ja. Du hast verlangt, daß wir das Radio ausschalten beim Frühstück ...«

»Gebeten. Darum gebeten.«

»Darum gebeten, ja, egal, ja ne. Du magst keine Musik hören. Wieso?«

»Erstens war das keine Musik. Das war irgendeine idiotische Sendung. Und zweitens will ich am Morgen einfach meine Ruhe haben, zumindest in den ersten fünfzehn Minuten beim Frühstück.«

»Also erlaube mal, das war keine idiotische Sendung, das war Österreich 1, das war der *Guglhupf*! Du wirst ja wohl nicht im Ernst den *GU-GEL-HUPF* als idiotisch bezeichnen, das ist Spitzenkabarett, ja ne, das ist der Bronner! Obwohl sie zugegebenermaßen etwas nachgelassen haben, ja, früher war es besser, sind einige weggestorben, aber trotzdem, das ist eine Spitzensendung. Und die Lore Krainer, ja ...«

»Wenn ihr bei uns zu Besuch seid, schalte ich zum Frühstück auch nicht Stereolab ein.«

»Was?«

»Ich schalte keine Musik ein, die euch überfordern könnte.«

»Mich? Musik überfordern? Du bist doch der, der keine Musik mag!«

»Wenn ich mich nicht für Musik interessiere, wieso habe ich jetzt einen Discman bei mir?«

»So? Ach ja. Aber warum sehe ich dich nie damit?«

»Weil ich HÖFLICH bin! Weil ich nicht neben dir Kopfhörer aufsetze und Musik anschalte! Aus demselben Grund, aus dem ich nicht Stereolab höre, wenn ihr bei uns frühstückt!«

»Ist da das drinnen, ja ne, das mit dem Flattern?«

»Was?«

»Was du gesagt hast.«

»Was habe ich gesagt?«

»Dein Lieblingslied, ja.«

»Ach – ach so. Mein Gott. Nein. Das ist da nicht drauf. Das ist *Foyer des Arts*.«

»Foyer de Sade?«

»Hör einfach mal rein.«

»Also, ich weiß nicht recht.«

»Sieh mal, da bringen sie jemanden mit dem Ackja weg.«

»Wenn wir an einem Tisch wären, ja ne, würde ich sagen, die Suppe ist dünn, ja. Diese Musik. Was soll denn das?«

»Was gefällt dir daran nicht? Ist das denn nicht wunderbar?«

»Was soll daran wunderbar sein? Aus der Erde schneiden! Fallende hören die herrlichste Musik! Also ich weiß wirklich nicht.«

»Das ist Poesie, Gunther.«

»Und werfen. Ja ne. Und einer, der fällt, hört keine Musik, er sieht seinen Lebensfilm, oder? Vielleicht hört er aber auch nur das Pfeifen des Windes, ja. Ich habe mal erlebt, wie einer abgestürzt ist, ja, nicht ich habe geführt, Gott behüte, das war die Tour des Dr. Steinscherer aus Vöcklabruck, der damals bekannt war, im kleinen Kreis natürlich, ja ne, für seine Couplets, war ein guter Sänger, der eine gute Stimme gehabt hat, und dessen Tochter war mit dabei, deren Verlobter ist abgestürzt, im Wilden Kaiser war das, ich glaube 1962 oder so, ja ne.«

»Achtzehn?«

»Neunzehn! 1962!«

»Übrigens, weißt du, daß der Name Stangassinger aus dieser Gegend stammt?«

»Was?«

»Der Name Stangassinger stammt aus dieser Gegend hier, das ist eigentlich ein Berchtesgadener Name.«

»Ja und?«

»Na, es gab doch den österreichischen Olympiasieger, ja, im Slalom, Stangassinger, der Name stammt aus dieser Gegend, ja ne.«

»Na und?«

»Der Name Stangassinger, das wird dich interessieren, ist ein alter Berchtesgadener Name, ja ne, sozusagen ein Talname, der von hier vermutlich seit Jahrhunderten sich verbreitet hat, ja, aber wenn du einen Stangassinger triffst, ist es fast mit Sicherheit jemand, der hierher Verbindungen hat, ja ne, so wie der Skiläufer welche hat, haben muß, ja ne, der stammt bestimmt von hier.«

»He – es geht weiter! Es geht weiter!«

»Ja wirklich, es geht weiter. Endlich, ja ne! Es wird allmählich kühl, ja.«

Elf

Ich erwache, weil der Nachbar in der Wand bohrt, und ich habe einen Monsterkater. Ich bin allein, Else liegt nicht neben mir. Ich drehe mich auf die Seite, um zum Wecker zu schauen, bei dieser Bewegung wird mir noch mehr übel. Die Kopfschmerzen sind schlimm, aber zu ertragen. Was ich nicht ertragen kann, ist diese entsetzliche Übelkeit.

Es ist neun. Wieso bohrt dieser Mensch? Wieso macht er das nicht am Nachmittag? Ich stelle mir vor, wie ich ihm die Meinung sage, aber das hilft auch nicht, denn das Bohren hört nicht auf, und mir ist weiterhin übel. Wieso eigentlich? Was habe ich gestern wieder getrieben?

Und es ist nicht nur der jämmerliche körperliche Zustand. Ich fühle einen seelischen Alpdruck, ich habe ein schlechtes Gefühl, als laste ein moralisches Gewicht auf mir. Ich kann mir das nicht erklären, es geht über den gewöhnlichen Moralischen nach starkem Alkoholkonsum hinaus.

Von draußen höre ich die Stimme Ursels, meiner Schwiegermutter, die mit Stanislaus spricht. Sie sind nebenan in seinem Zimmer, offenbar wird er gewickelt. Ich habe ihr schon einige Male gesagt, sie soll dabei bitteschön die Tür zumachen bitte, wenn ich noch im Bett bin, aber das vergißt sie manchmal. Gut, heute ist das egal, denn mich hat nicht Stanislaus' Krähen geweckt, sondern der gewissenlose Nachbar. Nur holt mich die Unterhaltung zwischen meiner Schwiegermutter und Stanislaus noch weiter aus dem Schlaf heraus.

Wieso ist mir so schlecht? Was war gestern los? Am Nachmittag habe ich den Professor getroffen und, wie immer in seiner Gesellschaft, keinen Tropfen getrunken. Am Abend das Treffen mit Beate, einer weiteren Ärztin, die mir damals auf meinen Artikel hin geschrieben hatte. Anders als Frau Thallner hat sie bereits einen Mann, sie hat sogar zwei kleine Kinder, unsere Treffen sind also relativ ungefährlich. Generell finde ich zwar, Sex ist die netteste Art, sich kennenzulernen, aber da wir beide mit anderen verheiratet sind, fällt das aus. Wir reden über meine Hypochondrie, und ob der Schmerz hier und jener da etwas Gefährliches sein könnte. Die Frau hat eine Engelsgeduld.

Ich weiß mit Sicherheit, daß ich gegenüber Beate keine Annäherungsversuche unternommen habe, aber die moralische Last, die Angst, die ich fühle, all das scheint aus dieser Richtung zu kommen: Du hast möglicherweise etwas getan, was du lieber hättest bleibenlassen. Womöglich habe ich – jemanden geschlagen? Läutet bald die Polizei?

Rekapituliere: Ich muß etwa zehn Glas Wein getrunken haben, vielleicht elf, höchstens aber zwölf. Demnach so eineinhalb Liter. Das ist viel, aber ich hatte schon mehr, ohne daß ich mich danach so elend fühlte wie heute. Was ist los? Habe ich womöglich einen Leberschaden? Am liebsten würde ich gleich wieder Beate anrufen, aber ich traue mich nicht, sie hält mich ohnehin schon für total plemplem.

Ich überlege, ob man mit 33 schon einen Leberschaden haben kann, wenn man so trinkt wie ich. Ich versuche mich zu beruhigen: Du hast zwei Wochen lang nicht einmal einen Schnaps nach dem Essen getrunken, gar nichts hast du getrunken, du trinkst nicht so viel, du trinkst ja fast nur, wenn du ausgehst. Du hast keinen Leberschaden.

Aber wieso fühle ich mich so schaurig? Vielleicht sollte ich doch Beate anrufen.

Der Nachbar beginnt wieder zu bohren. Ich höre draußen Elses Stimme, dann die von Ursel: »Will der Stanislaus mit der Oma spazierengehen?«

Ich ziehe mir das Kissen über den Kopf. Nach wenigen Sekunden tauche ich wieder auf, denn ich bekomme keine Luft, und mir wird noch übler.

In Unterhosen, zum Anziehen bin ich zu schwach, Ursel muß den Anblick ertragen, gehe ich hinaus. »Oh!« sagt Else. Ich winke ihr zu, dann sperre ich mich in der Toilette ein. Um mich dreht sich alles.

Danach mache ich mich zitternd auf den Weg ins Badezimmer, um mir die Zähne zu putzen. Else schaut mich an und fragt, ob es mir nicht gutgeht. Ich schüttle den Kopf. Sie drückt mir mein Mobiltelefon in die Hand und sagt, meine Mutter hat angerufen und von ihren starken Blähungen nach dem Essen erzählt. Ich nicke nur und gehe ins Bad. Aus dem Apothekenschrank hole ich mir Kohletabletten. Ich nehme vier. Gerade als ich mich ins Bett lege, beginnt der Nachbar wieder zu bohren.

Allmählich verstehe ich, was mit mir los ist. Stanislaus hat mich mit der Darmgrippe angesteckt, die er vor zwei Tagen hatte. Das ist immer so: Er fängt sich ein Virus ein und ist einen Tag lang krank, dann steckt er uns an, und wir leiden eine Woche. Wenigstens weiß ich jetzt, warum es mir so elend geht, ich habe keinen Leberschaden, ich habe eine schlimme Darmgrippe *und* einen Kater.

Per SMS frage ich bei Beate nach, ob sie auch krank ist. Ist sie nicht, aber ihr geht es vom Wein schlecht. Ich denke mitleidig an sie, die Arme muß verkatert zwei Kleinkinder betreuen. Ich nur eines, nämlich mich.

»Wenn der Stanislaus sich nicht anziehen läßt, können wir nicht spazierengehen!« ruft Ursel streng.

Vorsichtig strecke ich mich aus. Auf dem Bauch kann ich nicht liegen, mir wird sofort übel. Ich liege auf dem Rücken und warte. Daß es vorbeigeht. Daß es besser wird.

Ich muß eingedöst sein. Ich erwache vom Klingeln des Handys, meine Mutter.

»WAS LESE ICH DA, DEIN FREUND KRIEGT SCHON WIEDER EINEN PREIS?«

»Was?«

»Steht in der Zeitung! Kriegt den Adenauer-Preis!«

»Ja, ich weiß. Ist doch schön.«

»WAS BRAUCHT DENN DER NOCH EINEN PREIS? Wie viele Bücher hat der denn schon verkauft?«

»Über 130.000. Aber ...«

»HUNDERTDREISSIGTAUSEND? Hat der nicht schon genug verdient mit seinem Buch?«

»Was willst du denn, es ist doch wunderbar, wenn mal ein gutes Buch ausgezeichnet wird ... nicht immer nur dieses träge Zeug, das niemand liest ... ja, sein Buch verkauft sich toll, aber wieso sollte man ihm deshalb keinen ...

»WANN SCHREIBST DENN DU MAL SO WAS?«

»Wie bitte?«

»WANN SCHREIBST DENN DU MAL EIN BUCH, DAS SO EINEN ERFOLG HAT?«

»Ich weiß nicht, hm.«

»WÄRE NICHT SCHLECHT!«

»Ganz recht, ja, wäre nicht schlecht. Du, ich muß jetzt aufhören.«

»TSCHÜS!«

Es gelingt mir, wieder einzuschlafen. Auch diesmal ist es das Handy, das mich weckt. Daniel beschwert sich über den Blödsinn, der über ihn geschrieben wird.

»Was genau regt dich auf?«

»Na die wollen schreiben wie ich BIN! Die wollen was über mich schreiben als PERSON verstehst du als MENSCH wie ich bin wollen sie ihren Lesern vermitteln und da schreibt einer ich sei der SCHRIFTSTELLER-SCHLAKS! Also bitte bin ich schlaksig?«

Um ihn aufzuheitern, erzähle ich ihm vom Anruf meiner Mutter. Er will es mir zuerst nicht glauben, aber dann fällt ihm ein, daß ich niemals lüge. Ich verabschiede mich und schlafe weiter.

Als ich wieder aufwache, fällt mir ein, wovor ich mich schon die ganze Zeit so fürchte. Es ist nicht die Polizei. Oder zumindest nicht so sehr, denn ich kann mich an keinen Streit und keine Rauferei erinnern. Nun, das will nicht viel heißen, vielleicht habe ich wirklich irgendeine Nase gebrochen, aber dagegen spricht, daß ich unverletzt bin, und das wäre ich bestimmt nicht, wenn ich mich mit jemandem angelegt hätte. Nein – ich habe Angst, vor dem Schlafengehen um drei Uhr früh noch Mails geschrieben zu haben.

Ach Gott. Was habe ich geschrieben? Wem?

Es passiert mir immer wieder. Ich weiß, ich sollte es nicht tun, und dennoch setze ich mich im Zustand erheblicher Beeinträchtigung durch Alkohol an den Computer. Sentimental, aggressiv, selbstmitleidig, oberschlau, einmal etwas davon, einmal alles zusammen. Dann schreibe ich Mails an Menschen, denen ich in solchem Zustand auf keinen Fall schreiben sollte. An alte Freunde, die ich lange nicht gesehen habe. Oder an alte Freunde, mit denen ich schon seit langer Zeit zerstritten bin und die ich in nüchternem Zustand nie wieder sehen will.

Wem habe ich gestern *was* geschrieben?

Ich muß wieder zur Toilette. Vorne wird es allmählich besser. Auf dem Weg zurück ins Schlafzimmer komme ich am Arbeitszimmer vorbei, der Computer ist eingeschaltet, ich könnte meine Mails abrufen. Wenn ich Sonderbares ausgeschickt habe, ist damit zu rechnen, daß ich auch schon Antwort bekommen habe. Na, und dann wüßte ich es. Was ich so geschrieben habe und wem.

Aber ich glaube, ich *will* das nicht wissen, nicht jetzt.

Eine Weile versuche ich zu lesen, einen Roman von Knut Hamsun. Mir wird schwindlig. Ich bekomme Fieber. Ich habe schon darauf gewartet, denn bei Infektionen fiebere ich schnell. Ich weiß nie, ob das ein gutes oder schlechtes Zeichen ist, ob es bedeutet, daß mein Immunsystem gut oder schlecht arbeitet. Im Zweifelsfall fürchte ich mich.

Ich hole mir Cola. Ich trinke selten Cola, aber bei Darmgrippe darf man. Mir fallen die Horrorgeschichten ein, die man in meiner Kindheit über das süße schwarze Gesöff erzählt hat: Es ist so ungesund, daß es einem den Magen durchätzt, jedenfalls auf Dauer. Jemand hat ein Experiment gemacht und eine schmutzige Münze über Nacht in ein Glas Cola gelegt. Am nächsten Tag ist sie sauber gewesen. Die alternative, noch drastischere Version: Jemand hat über Nacht ein Stück Fleisch in ein Glas Cola gelegt, und am nächsten Tag war das Stück Fleisch *weg*. Ich habe mich schon damals gefragt, wie man so etwas glauben kann. Wenn das stimmte, hätten Hausfrauen es als Putzmittel verwendet.

Ich liege da, esse Zwieback und trinke Cola, als Else hereinkommt.

»Du-u?«

»Ja?«

»Ich wollte gerade bei der Bank mit deiner Karte Geld abheben. Habe nichts gekriegt.«

»Kann doch nicht sein.«

»Ich habe mir den Kontostand angeschaut. Du bist ziemlich weit im Minus.«

»Wie weit?«

»Ziemlich weit.«

»WIE WEIT?«

Sie hält alle Finger der rechten Hand sowie zwei der linken in die Höhe.

»Ich kümmere mich darum«, sage ich und mache die Augen zu.

Die nächsten Stunden sind geprägt von Fieber, Diarrhöe, Cola, Knut Hamsun und der Frage, wie ich siebentausend Euro auftreibe. Einmal kommt Stanislaus ins Zimmer und wirft sich auf mich, zufälligerweise bin ich kurz zuvor endlich eingeschlafen. Wir spielen eine Weile. Ich bekomme »Bauchhunger« und esse seinen Bauch, er lacht und kreischt und schreit: »Niiicht! Nicht Bauchch-hun-ger!« Schnell merke ich, daß mir bei diesem Gehampel furchtbar schlecht wird. Er ist enttäuscht, als Else ihn mit sich hinausnimmt.

Es hilft nichts, ich muß gegen die Übelkeit Paspertin schlucken, das ich aus Abneigung gegen die Zustände, in denen ich es nehme, französisch ausspreche. Zwanzig Tropfen, dann setze ich mich an den Computer.

Posteingang (1)

IG Autoren	Essen mit den Augen	3k

Liebe Kolleginnen und Kollegen!

Die Berufsvereinigung der Bildenden Künstler Österreichs realisiert eine Ausstellung zum Thema »mit den augen essen«. Ein Programmpunkt beinhaltet – in Abwandlung zu den chinesischen

Glückskeksen – in Grammelpogatscherln eingebackene Texte österreichischer Autorinnen und Autoren zum Thema Essen, die bei einer Eröffnungsveranstaltung vorgestellt werden sollen.
Die Veranstalterin, Sylvie Proidl, sucht dazu Kürzestprosa, Lyrisches, Gedankensplitter, Liedzeilen, Schnipsel (SMS-Länge, höchstens 160 Zeichen), die sich mit Essen als Kunst, als kulturelle Identifikation, als ästhetisches Vergnügen, vertilgbare Bilder, als pure Sinnlichkeit, aber auch als Quelle von Krankheit, Selbstdarstellung, Spiegelung sozialer Gegebenheiten, Lust, Überdruß etc. beschäftigen. Als Kontaktadresse hat die IG Autorinnen Autoren ihre Anschrift zur Verfügung gestellt: IG Autorinnen Autoren, Seidengasse 13, 1070 Wien, z. H. Gerhard Ruiss.
Die Namen der mitwirkenden Autorinnen und Autoren werden selbstverständlich bei allen werblichen Gelegenheiten bekannt gemacht. Honorar kann leider keines angeboten werden.

Herzliche Grüße

Für die IG Autorinnen Autoren: Gerhard Ruiss

Zur Sicherheit nehme ich noch einmal zwanzig Tropfen. Zum Glück ist nichts Schlimmeres gekommen. Als ich meinen Posteingang genauer kontrolliere, bemerke ich, daß ich am Vorabend zwei Mails bekommen habe, an die ich mich nicht erinnere. Das eine stammt vom Hanser-Verlag, das andere von einem Kollegen, den ich nicht besonders mag und der sich mir in regelmäßigen Abständen in Erinnerung bringt. Zu meinem Entsetzen sehe ich an jenem Pfeil neben dem Absender, daß ich *beide Emails beantwortet habe*. Woran ich mich ebenfalls nicht erinnern kann.

Was habe ich da geschrieben?

Nun, was ich dem lästigen Kollegen auch mitgeteilt haben mag, im schlimmsten Fall haßt er mich jetzt, und das wäre nur einer mehr. Aber was habe ich meinem neuen Verlag geschrieben? Höfliches? Freundliches? Oder bin ich aus irgendeinem rätselhaften Grund ausgeflippt und habe wüste Beschimpfungen nach München geschickt? Vielleicht bin ich meinen tollen neuen Verlag auch schon wieder los? Ich stelle mir vor, wie dem Verlagsleiter Michael Krüger ein Schreiben jenes jungen Österreichers vorgelegt wird, dessen Roman der Verlag vor kurzem angenommen hat. Wie er liest und die Stirn runzelt. Wie währenddessen mein Lektor, der nette Herr Matz, enttäuscht in seinem Büro sitzt. Und wie dann ...

Ich versuche mich zu beruhigen. Es steht nicht fest, daß ich irgend jemanden beschimpft habe, ja viel wahrscheinlicher ist es, daß ich höflich und nett war, denn ich habe keinen Grund, mich über Hanser zu beschweren. Vielmehr frage ich mich, ob ich vielleicht noch ein paar andere Mails geschrieben habe, an wen auch immer, die vielleicht nicht so freundlich waren. Denn daß ich noch keine Antworten bekommen habe, heißt ja nicht, daß ich nichts abgeschickt habe.

Ich lege mich wieder ins Bett. Mein Kontostand fällt mir ein, ich bekomme Magenschmerzen. Ich versuche mich mit Knut Hamsun abzulenken. Draußen wird gesprochen.

»Wenn der Stanislaus nicht brav ist, kauft ihm die Oma heute keine Schokolade!«

Ich stehe auf, öffne die Schlafzimmertür und brülle hinaus: »ICH! DU!« Knalle die Tür zu und lege mich wieder ins Bett. Draußen ist es still.

Ich döse ein wenig. Schlafen kann ich nicht, die Geldangelegenheit bedrückt mich. Ab und zu kommt ein SMS. Der Prinz schreibt, seine Allergie wird immer schlimmer, und er muß vielleicht den Hund weggeben. Das klingt nicht gut. Unter anderen Umständen würde ich ihn jetzt anrufen. Ich gehe zur Toilette.

Es muß mir schließlich doch gelungen sein, einzuschlafen. Als ich erwache, wird es draußen dunkel. Halb sechs. Es geht mir besser.

Ich schaffe es hinaus. Niemand da. Auf dem Tisch kein Zettel, auf dem Anrufbeantworter keine Nachricht. Ich setze mich an den Computer. Wen habe ich schon lange nicht mehr um Geld gebeten? Mein Heimatland! Ja, das ist es: Das Land Steiermark muß mir Geld geben. Immerhin stamme ich aus der Steiermark, und das Land ist dafür da, seine Autoren zu unterstützen. Haben sie zwar bei mir noch nie gemacht, aber ich muß etwas tun, um das Gefühl zu haben, auf eine Lösung hinzuarbeiten.

Ich schreibe also einen Bittbrief, besser gesagt, ein Förderansuchen, in dem ich meine Situation erkläre und eine einmalige Zuwendung beantrage. Ich stecke das Schreiben in einen Umschlag, klebe ihn zu, beschrifte ihn und fühle mich etwas besser. Außerdem weiß ich, daß in den nächsten Tagen ein paar Honorare aufs Konto kommen. Das Geld sollte reichen, bis – ja, bis wann? Bis das Land Steiermark mir Geld schickt. Bis ein Wunder passiert. Bis irgend etwas passiert.

Posteingang (1)

Karen Kablier	Re: Wie geht's?	7k

die art und weise zu kommunizieren ist auch immer ein mittel sich zu distanzieren. das habe ich von dir gelernt. und nicht zu kommunizieren ist dein bevorzugtes mittel tom dein bevorzugtes mit-

tel alles auszublenden was du nicht sehen willst. Und dann nach fast fuenf jahren »hallo wie geht's, was machst du so, waere ja schoen« und BLAH BLAH BLAH.
this is so fucking sophisticated.
also was soll das. ich will den markt meiner gefuehle nicht mit aufgesetzten selbstverstaendlichkeiten bedienen lassen.

mein naechstes ausstellungsprojekt hat den arbeitstitel durchhalten und das ich. und ich sehe den abend den wir zuletzt miteinander verbracht haben vor fuenf jahren eher als zitat dessen was man besser nicht ergruenden sollte: die abgruende verweigerter bourgeoisie. der vorhang war gefallen in dem augenblick wo ich von dir two days after being your sex doll auf meine zugegebenermaßen vielleicht etwas draengenden sms eines mit dem eiskalten inhalt erhalte: lass mich. lass mich, hast du damals geschrieben. ist fünf jahre her. but it's in my mind.

ich habe einfach DARAUF keine lust und um mein ausholen noch auszukosten, mir liegt WEIT MEHR an dir als du glaubst und als es dir wert ist.

also let it flow, it get so mind fucked in this city, living three identities. otherwise there is no need to continue. sorry for being so explicit, its my habit to cope with this kind of coincidences.

eine schwaeche von frauen sehe ich in ihrem selbsterklaerenden duktus, der ihre mails zu endloser laenge verfuehrt. ich genieße es trotzdem. ich habe die letzten monate mit einem sehr harschen schnellen austausch von ideen, wuenschen und erwartungen in berlin verbracht und fuehle mich einfach deconnected in wien. der einwurf englisher woerter ist nicht der gepriesene wellness slang, sondern my estate of writing emails to people i feel connected to.

geschriebene sprache ist manchmal unser aergster feind und begeht in unsittbarer weise leichtfertig meuchelmorde.

I am so bored of that, get and change this

cheers
karen

Ich lege mich wieder ins Bett. Ich nehme den Roman von Hamsun zur Hand. Als ich nach einer Weile bemerke, daß ich nur ins Buch starre, lege ich es weg. Meine Verdauung macht mir erneut Schwierigkeiten. Auch übel ist mir wieder. Ich schwitze. Wenn ich an das Email denke, zucke ich zusammen und rufe: »Jesusmaria!«

Das Telefon läutet, es ist der Schriftsteller-Schlaks. Ich erzähle ihm von der Bösartigkeit der Bank, mir nicht unbegrenzt Kredit zu geben. Er bedauert mich und fragt, ob ich Zeit hätte, einen kurzen Blick auf einen seiner Texte zu werfen, ehe er ihn abschickt. Wir verabschieden uns, ich gehe zum Computer.

Das Mobiltelefon läutet. Und weil ich die Angewohnheit habe, meine Adreßliste nur alle paar Jahre zu überarbeiten, steht da jetzt nicht einfach eine Nummer auf dem Display, sondern ein Name: Karen Kablier.

Ich hebe nicht ab. Drei Minuten später läutet es erneut. Fünf Minuten später noch mal. Ich kann mich nicht auf Daniels Text konzentrieren, ich lege mich wieder ins Bett. Das Telefon läutet. Kurz darauf kommt ein SMS.

this is so fucking mean.

Zwölf

Mein Freund Erwin Michenthaler hat in Graz eine Ausstellung. Ich will mir die Eröffnung nicht entgehen lassen, zumal das bei ihm stets groteske Veranstaltungen sind. Am Südbahnhof kaufe ich mir eine Fahrkarte für die erste Klasse. Vermutlich wäre es vernünftiger, erst abzuwarten, ob es in der zweiten Klasse voll oder unangenehm wird, weil ich dann ja noch immer wechseln könnte, aber ich bin zu träge. Außerdem bekomme ich dann keinen Fensterplatz. Und müßte vermutlich jemandem gegenübersitzen, was ich schon gar nicht leiden kann.

Ehe ich einsteige, gehe ich zum Geldautomaten. Ich muß warten. Vor mir ist ein großer, kräftiger, brutal wirkender Mann an der Reihe. Er braucht lang. Als er fertig ist und sich umdreht, erkenne ich ihn, es ist die österreichische Mundartdichterin, die beim Fernsehquiz eine Million Euro gewonnen hat. Die Sendung habe ich nicht gesehen, doch seither war die Dichterin so oft in Zeitungen und im Fernsehen, daß sie wohl jeder kennt.

In der ersten Klasse erwartet mich eine Überraschung: Kein Mensch im Waggon, aber alle Plätze reserviert. Alle. Der ganze Großraumwaggon. Von Wiener Neustadt bis Graz, also etwa die halbe Strecke. Einen zweiten gibt es nicht. Eine Weile wandere ich konsterniert durch den Waggon und frage mich, was ich jetzt tun soll. Meine Karte kann ich nicht zurückgeben.

Ich setze mich auf den einzigen Platz, der nicht von Wiener Neustadt an reserviert ist, nämlich den, der laut Beschilderung den Passagieren mit Expreßreservierung vorbehalten ist. Eine Frau mit Trolley kommt herein. Ungefähr so ratlos muß Minuten zuvor ich ausgesehen haben. Sie liest die Reservierungen und wird sichtlich unruhig. Sie setzt sich zu mir, wir schimpfen über die Bahn. Ein Herr gesellt sich zu uns, dann noch einer. Nun sitzen vier Passagiere nebeneinander hinten im Waggon, auf den Sitzen der Expreßkartenbesitzer, und der Rest der Plätze ist unbesetzt.

Als der Zugbegleiter kommt, ist die Stimmung aufgeheizt, und er bekommt viel Unerfreuliches zu hören. Am wüstesten gebärdet sich ein unrasierter Kerl mit einem Feuermal auf der Stirn, der von den reservierten Plätzen auf den katastrophalen Allgemeinzustand des Waggons zu sprechen kommt und fragt, was an diesem Loch einer ersten Klasse würdig ist. Der Teppich auf dem Boden ist verdreckt, die Sitze sind abgewetzt, wofür bezahlt man eigentlich den Aufpreis usw. In seiner Hilflosigkeit sagt der Zugbegleiter: »Tun Sie sich bitte beruhigen!« Was den Fahrgast noch weiter aufbringt. Geschrei, Frage nach der Dienstnummer, Drohungen. Der Zugbegleiter, die Notwendigkeit einer Rücksprache mit Kollegen vorschützend, flüchtet.

Der Zug fährt los. Meine Laune wird besser, als die Bierbetreuerin kommt. Ich nehme Kaffee und einen Pennesalat mit Oliven und getrockneten Tomaten sowie eine asiatische Suppe. Nach dem Essen bin ich so zufrieden mit der Welt, daß mir meine Attacken gegen den Zugbegleiter leid tun. Ich nehme mir vor, ihm das zu sagen, aber er läßt sich nicht blicken.

Ich lese in der neuesten Ausgabe von *Schach*, ab und zu verschicke ich SMS. Der Schriftsteller-Schlaks erinnert mich, er wird am Abend auf 3sat zu sehen sein. Ich schreibe

Else, sie soll die Sendung bitte aufzeichnen, denn ich bin sicher, daß ich um halb elf noch nicht zurück im Hotel sein werde. Mir ist ein wenig übel, vielleicht war etwas mit dem Pennesalat nicht in Ordnung.

Wiener Neustadt. Niemand steigt ein. Keine Reisegruppe, nicht einmal ein einzelner Gast. Niemand. Einer der Männer beginnt wild zu schimpfen, wir anderen lachen. Der ganze Waggon gehört uns, die Frau bleibt trotzdem neben mir sitzen. Ich überlege. Wäre es unhöflich, wenn ich mir einen neuen Platz suchte? Würde wohl schroff wirken.

Ich betrachte sie von der Seite. Wieso bleibt sie? Ist sie an mir interessiert? Ach was.

Die Fahrt über den Semmering hat mir noch nie gutgetan. Seit meiner Kindheit werde ich leicht reisekrank, und das wird sich wohl auch nicht mehr ändern. Aber was jetzt mit mir passiert, habe ich auf dieser Strecke noch nie erlebt. Innerhalb weniger Minuten bin ich total verschwitzt. Das Gefühl leichter Übelkeit wächst sich zur Gewißheit aus, mich bald übergeben zu müssen, und meine Verdauung spielt auch verrückt.

Ich renne aufs Klo. Erst stehen oder erst sitzen, was ist dringender? Sitzen.

Zugtoiletten gehören zu den widerlichsten Orten, und wenn ich öfter als zweimal auf einer gesessen habe, sollte es mich wundern. Jetzt gibt es kein Zögern für mich, keine Zeit, die Brille mit Papier abzudecken, und um mich wie eine Frau hinzuhocken, bin ich plötzlich zu schwach.

Und so sitze ich da, meine Eingeweide spielen Apokalypse, mir ist zum Sterben übel, und der Zug schwankt so stark in den Kurven, daß ich nicht weiß, ob ich rechtzeitig hinten fertig werde, ehe es vorne losgeht. Mein Gott, was ist das nun wieder? Meine Darmgrippe von vergangener

Woche war offenbar doch noch nicht so ausgeheilt, wie ich angenommen hatte. Sogar Fieber habe ich, ich fühle es, und es macht mir angst.

Der Punkt ist erreicht, an dem es vorne kein Halten mehr gibt. Ich drehe mich um, der Zug schwankt weiter, und ich kotze. Die Magenkrämpfe sind noch weit schlimmer als letzte Woche. Als ich glaube, ich bin fertig, kommt der nächste Schwall. Der letzte ist der heftigste von allen, er ist so heftig, daß er mir die Brücke, die ich trage, seit mir vor fünfzehn Jahren meine damalige Freundin zwei Zähne ausgeschlagen hat, aus dem Mund reißt und ins Klo spült.

Nun liegt meine Brücke vor mir im Zugklo, während ich mit nacktem Hintern auf dem Boden knie, Fieber habe und sich mein Magen zusammenkrampft.

Ich fische sie heraus. Ach du je. Reinige sie, reinige den Rest von mir, der zu reinigen ist. Die Brücke wickle ich in ein Papierhandtuch, das ich in die Tasche stecke. Ohne jemanden anzusehen, hole ich meinen Kulturbeutel. Schritt für Schritt, mich an den Kopfstützen der Sitze festhaltend, wanke ich zur Toilette zurück. Dort reinige ich die Brücke gründlicher, als je eine Brücke gereinigt worden ist auf dieser Welt. Dennoch ist es nicht der glücklichste Augenblick meines Lebens, als ich sie wieder einsetze.

Eine Weile geht alles gut. Ich sitze auf meinem Platz und lese. Ab und zu wirft mir die Frau einen mißtrauischen Blick zu. Inzwischen ist sie von mir abgerückt. Ich merke, sie würde sich gern auf einen anderen Platz setzen, hat aber offenkundig ähnliche Höflichkeitsbedenken wie ich zuvor. Bei mir liegt die Sache nun schon anders, ich würde gern weit weg von diesen Leuten sitzen, die mich anstarren, und ich hätte keine Probleme mehr damit, sie zu kränken. Aber ich würde es nicht schaffen, meine Sachen zusammenzupacken. Ich brauche alle Kraft für meine Konzentration darauf, nicht einem völligen Zusammenbruch zu erliegen. Was für einen Höllenvirus habe ich mir da eingefangen?

Es geht wieder los. Ich schaffe es gerade noch zur Toilette. Fünf Minuten später sieht es darin schlimm aus. Ich zittere, ich stinke nach Schweiß. Als ich denke, es ist okay, und hinausgehen will, merke ich im letzten Moment, daß es keineswegs okay ist.

Ich bleibe eine halbe Stunde. Halb und halb bekomme ich mit, wie der Zug in Mürzzuschlag hält, ich habe das Gefühl, ich werde in dieser Toilette sterben.

Kurz vor Bruck an der Mur unternehme ich einen weiteren Versuch, zu meinem Platz zurückzukehren. Der Zug schaukelt, ich bleibe auf halbem Weg stehen, die drei Fahrgäste sehen mich betreten an, bei ihnen steht der Zugbegleiter.

»Ist Ihnen nicht gut?« ruft er.

Ich deute mit den Händen, mir ist nicht gut.

»Aha!« ruft er, und ich drehe wieder um.

In Graz nehme ich mir ein Zimmer im Hotel Ibis, gegenüber dem Bahnhof, weiter hätte ich es nicht geschafft. Ich lasse die Jalousien runter, gehe zur Toilette, kotze, lege mich ins Bett. Das Fieber steigt wieder, ich döse vor mich hin. Es geht mir ein wenig besser. Kurz darauf wird es wieder schlimmer. So schlimm, daß ich meine, es kann nicht so weitergehen. Ich mache einen Rundruf bei allen Grazer Verwandten und Freunden, ob sie einen Arzt wüßten, der um diese Zeit – es ist bereits sechs Uhr abends – noch da ist. Meine Mutter weiß einen, in Eggenberg, einem trostlosen Randbezirk. Als sie dort gewohnt hat, war er ihr Hausarzt.

Nett ist er, sagt sie. Ich rufe mir ein Taxi und bitte den Chauffeur, langsam zu fahren.

Im Wartezimmer riecht es nach Schweiß und Zigarettenrauch. Es ist schäbig, am liebsten würde ich gleich umdrehen. In den Ecken Schmutz, die Einrichtung stammt aus den fünfziger Jahren, die Stühle wackeln, und dem Tisch sieht man an, daß er nach dem Abbrechen eines Beins schief zusammengeleimt worden ist. Die Zeitschriften darauf sind eineinhalb Jahre alt und schmierig, mir wird beim Gedanken, sie anzugreifen, wieder übel.

Ich sage der Sprechstundenhilfe, ich sei der, der vorhin angerufen habe, und bei mir sei es eine sehr akute Angelegenheit. Sie bittet mich, Platz zu nehmen. Ich betrachte die übrigen Wartenden, es sind ungefähr zwanzig. Da und dort sitzt eine verschleierte Frau. Bei einer sind nur die Augen zu sehen, sie trägt Burka. Die meisten sind aber Männer, sie husten, stöhnen, reiben sich die Hände. Ich bin der einzige, der einigermaßen europäisch aussieht. Vielleicht ist das der Grund dafür, daß ich bald drankomme. Vielleicht hat mir die Sprechstundenhilfe auch angesehen, daß es wirklich eine akute Sache ist.

Die Praxis ist unterteilt in Kojen. In einer davon muß ich mich auf eine Liege legen und warten. Als Trennwand hängt an den Seiten ein nicht sehr sauberer Plastikvorhang. Links und rechts von mir flüstern Menschen. Der Arzt ist gerade in einer vierten Koje beschäftigt. Der Vorhang dort ist schlecht zugezogen, und ich sehe die dicken weißen Oberschenkel einer alten Frau.

Der Arzt kommt zu mir. Ungefähr fünfundsiebzig. Ich erkläre ihm, was mir fehlt. Er beginnt an meinem Bauch herumzudrücken.

»Tut das weh?«

»Ih! Ih! Na ja!«

»Und das?«

»Ah! Ih! Wissen Sie, ich bin empfindlich.«

Er macht eine besorgte Miene.

»Wie lange, sagen Sie, haben Sie das schon?«

»Das erste Mal war vor über einer Woche. Ich dachte, es sei schon vorbei, aber ...«

Er nickt, schaut mich traurig an und sagt:

»Ich muß Sie ins Spital überweisen. Es ist der Blinddarm.«

»*Wie bitte?*«

»Ja, ja.«

»Aber das tut doch weh.«

»Ihnen tut es ja auch weh.«

»Nein, tut es nicht! Ich bin nur empfindlich!«

»Aber sicher tut es Ihnen weh. Ich werde wohl wissen, wann es Ihnen weh tut. Lassen Sie nur, ich kenne mich da aus, ich bin ausgebildeter Anästhesist.«

Er geht hinaus, und nun hört die gesamte Praxis: »RUFEN SIE EINEN KRANKENWAGEN! ICH HABE DA DRINNEN EINEN MIT EINEM AKUTEN BLINDDARM!«

Der Arzt untersucht in den Nachbarkojen weitere Patienten. Ab und zu höre ich Sätze wie HOFFENTLICH KOMMEN DIE BALD und NICHT LUSTIG SO WAS. Als er wieder einmal in seinem schmuddeligen grauen Kittel an meiner Koje vorbeisegelt, halte ich ihn auf.

»Sagen Sie, wie kann man einen akuten Blinddarm ...«

»Hören Sie! Das ist ein schleichender Durchbruch. Deshalb ist Ihnen schlecht!«

Ich werde von den Rotkreuzhelfern auf einer Trage durch das Wartezimmer hinausgeschleppt. Die Wartenden machen Platz. Ein Dutzend dunkler Augenpaare, die mich anstarren. Im Wagen bestehe ich darauf, mich hinzusetzen, weil mir im Liegen bestimmt noch mehr übel würde.

»Tut es nicht zu weh im Sitzen?« fragt die Sanitäterin.

»Mir tut überhaupt nichts weh«, antworte ich.

»Ihnen tut nichts weh?« fragt sie ungläubig.

Ich schüttle den Kopf. Ich sehe sie an. Sie ist ziemlich hübsch.

»Was meinen denn Sie«, frage ich, »kann das mit dem Blinddarm zu tun haben? Wenn mir nur übel ist, aber nichts weh tut?«

»Ich weiß nicht«, sagt sie vorsichtig, »gehört habe ich das noch nie.«

Bei der Aufnahme im Krankenhaus stehe ich zwischen zwei Sanitäterinnen, während eine Frau hinter dem Pult meine Daten abfragt. Zum Schluß sagt sie:

»Und Sie sind – der Angehörige des Patienten?«

»Ich *bin* der Patient.«

Sie sieht auf ihre Papiere.

»Da steht doch: Blinddarm.«

Ich zucke die Schultern.

Ich muß mich trotzdem auf ein Bett legen. Werde in die Ambulanz gerollt. Eine junge Ärztin macht meinen Bauch frei und untersucht mich. Ich gebe wieder spitze Schreie von mir. Ich erkläre ihr, ich sei empfindlich und kitzlig, aber es täte nicht weh usw. Sie nickt.

»Und? Blinddarm?«

»Dann wäre der Bauch hart.«

»Der Arzt, der mich hierhergeschickt hat, sagte etwas von einem schleichenden Durchbruch ...«

»Dann wäre der Bauch auch hart.«

»Sie sehen mich erleichtert«, sage ich.

»Jetzt nehmen wir Ihnen Blut ab, um auszuschließen,

daß es etwas anderes ist, als ich vermute, nämlich eine Darmgrippe.«

»Was? Blutprobe? Und wenn Sie dabei draufkommen, daß ich irgendwelche schweren Krankheiten habe?«

»Dann ist es gut, daß wir draufkommen.«

Nach der Blutabnahme schiebt man mich in meinem Bett auf den Gang. Eine Stunde wird die Analyse dauern, sagt die Ärztin. In einem kleinen Fernseher an der Wand läuft die *Millionenshow*. Ich würde gern zu Günther Jauch umschalten, aber es gibt keine Fernbedienung, ich muß mir den gräßlichen Dialekt des ehemaligen Skirennläufers anhören. Um mich abzulenken, rufe ich Daniel an und erzähle ihm, daß ich mit Verdacht auf eine Blinddarmgeschichte ins Spital gebracht worden und deshalb etwas verängstigt bin.

»Aber wieso?« fragt er. »An einem Blinddarm stirbt man doch nicht.«

»Ich habe trotzdem Angst!«

»Aber wieso denn?«

»Gut, es ist ja nicht der Blinddarm. Jetzt fürchte ich mich vor dem Blutbild!«

»Aber wieso denn?«

»Mein Gott, mit dir ist ja nicht zu reden! Bist du denn überhaupt nicht neurotisch?«

»Nicht daß ich wüßte.«

Ein arabischer Zeitungskolporteur kommt vorbei. Ich kaufe ihm ein *Profil* ab. Ich lese einen Artikel über Jungaristokraten, die einen Klub gegründet haben, der für die Wiedererrichtung des Adelsstandes in Österreich kämpft, oder so ähnlich. Ich kann mich nicht recht konzentrieren und lege das Heft weg.

Nach einer Stunde ist die Analyse noch nicht da. Auch

nicht nach eineinviertel Stunden, auch nicht nach anderthalb Stunden. Nach zwei Stunden: Panik. *Das dauert so lange, weil sie etwas gefunden haben.* Aber was? Irgend etwas Gefährliches natürlich.

Ich rufe Erwin an. Die Veranstaltung ist in vollem Gang, er spricht schon etwas schleppend, im Hintergrund höre ich schrille Frauenstimmen, Männergebrüll und Gläserklirren. Ich erkläre ihm, warum ich nicht da bin, er zeigt Verständnis. Gerade will ich ihn fragen, ob er glaubt, daß ich an einer schweren Krankheit leide, da kommt die Ärztin auf mich zu, ihre Miene ist ausdruckslos. Ich verabschiede mich von Erwin. Der Kloß in meinem Hals ist so groß, daß ich schlukken muß.

Sie rollt mich zurück in das Ambulanzzimmer.

»Und?« frage ich. »Und?«

Sie setzt sich und gähnt. Sie öffnet ein Kuvert.

»Also, was haben wir denn da ... hmmmm ... hmhm ... hmmmm ... hmhm ...«

»Und? Bin ich todkrank?«

»Nein, sind Sie nicht. Der Wert hier ist etwas erhöht ... aber das« – sie deutet auf meinen grummelnden Bauch – »ist mit *dem* Darm auch normal. Diät halten, ich drucke Ihnen einen Plan aus. Und eine Woche lang *Bioflorin*.«

Mit dem Taxi fahre ich zur Nachtapotheke, dann ins Hotel zurück. Es gibt einen Computer. Ich zahle für eine Stunde im voraus. Ich rufe meine Mails ab, nichts Wichtiges. Ich gebe meinen Namen bei Google News ein, keine Meldung. Ich beginne eine Partie Spider Solitär. Es ist zwar blöd, für eine Stunde Internet zu zahlen und dann virtuelle Patiencen zu legen, aber das ist mir egal, ich spiele eine Partie, dann noch eine, dann noch eine.

Irgendwann fällt mir auf, daß ich in Gedanken mit den

Jungaristokraten aus dem Artikel streite. Ich spiele die nächste Partie, ich kaufe noch eine Stunde. Nach ein paar weiteren Spielen merke ich, daß ich in einem heftigen Wortwechsel mit einem der Jungaristokraten verwickelt bin, es geht hin und her, wir argumentieren, ich kann es nicht abstellen, es hört einfach nicht auf in meinem Kopf, egal was ich versuche.

Ich habe Daniel im Fernsehen versäumt, fällt mir ein. Ich nehme das zweite *Bioflorin*.

Dreizehn

Ich kann mich nicht weiter der Erkenntnis verschließen, daß ich zu dem geringen Prozentsatz jener *Capillotin*-Anwender gehöre, die auf das Haarwuchsmittel allergisch reagieren. Meine Kopfhaut ist bis zu den Ohren rot und heiß, und es juckt fürchterlich. Es kann nur das Mittel sein. Also absetzen, ich werde versuchen, meine Glatze mit Selbstbewußtsein zu tragen.

Nachdem mein Organismus dank der Behandlung durch die namenlose Ärztin im Grazer Krankenhaus wieder störungsfrei zu arbeiten scheint, habe ich für diesen Tag zwei Termine vereinbart: beim Friseur – und beim Zahnarzt. Mit meiner Brücke ist etwas nicht in Ordnung, sonst würde die nicht einfach so in Zugtoiletten herumfliegen.

Als ich *Sophie's Salon* betrete, ist Frau Sophie noch nicht da. Die weiblichen Lehrlinge begrüßen mich, Frau Sophie hat angerufen, sie kommt gleich. Ich setze mich, weise dankend den Kaffee zurück, die *Kronen Zeitung* nehme ich an (man muß wissen, was der Feind denkt: Sun-tzu).

Ich schaue mich um. Zwei Stühle weiter wird eine Frau von drei Mädchen gleichzeitig bearbeitet, so daß ich ihr Gesicht nicht sehe, nicht einmal im großen Wandspiegel. Außer mir ist sie die einzige Kundin. Das mag ich, ich kann überfüllte Läden nicht leiden, egal ob Friseur oder Schuhmacher oder Elektrogeschäft.

Nach einer Weile ertönt die Türglocke. Es ist jedoch nicht Sophie, sondern ihr Mann. Ich werde nicht schlau daraus, was seine Aufgabe in diesem Frisiersalon ist. Einmal hat er mir die Haare gewaschen, eine Prozedur, die ich nicht wiederholen möchte, nicht weil er es schlecht gemacht hätte, sondern weil ich fast jede Art von Berührung durch Männer unerträglich finde. Ansonsten sitzt er nur rum.

Allerdings gibt er fachliche Kommentare ab. Meinen Haarausfall möchte er mit irgendeiner Bestrahlung behandeln, ich habe nicht so genau zugehört, weil ich mein Haar nicht bestrahlen lasse. Ich weiß also nicht, was er ist, und eigentlich kümmert es mich auch nicht. Ich komme wegen Frau Sophie hierher, die die einzige Friseurin in der Gegend ist, zu der ich Vertrauen habe. Einmal war der Salon so überfüllt, daß ich zur Konkurrenz ging. Dort schnitt mir eine betrunkene, geistig unterprivilegierte Frau mit Mundgeruch die Haare. Ich lief von dort direkt zu Frau Sophie, um die Sache reparieren zu lassen, seither nehme ich die Wartezeit gern in Kauf.

Der Frisiersalon ist groß. Doch was tut Frau Sophies Mann? Er setzt sich in den Frisierstuhl neben mich.

»Und, wie geht's?«

»Hmhm!« sage ich und lächle ihn an, wie ich es vom größten Starautor der westlichen Welt gelernt habe.

Er spricht weiter. Daß ich in die Zeitung schaue, stört ihn nicht. Er fragt nach Stanislaus. Um nicht unhöflich zu sein, erkundige ich mich nach seiner kleinen Tochter. Sie ist ein halbes Jahr jünger als Stanislaus und hält sich recht oft im Salon auf. Mir gefällt das Bild, das die drei an solchen Tagen bieten: Mama schneidet jemandem die Haare, Papa sitzt in einem Stuhl und spricht quer durch den Raum laut mal mit diesem, mal mit jenem, und die Tochter beschäftigt sich mit diversen Friseurutensilien, also Lockenwicklern und dergleichen.

»Wie machen Sie das eigentlich«, fragt er, »wer von Ihnen beiden geht arbeiten, und wer bleibt zu Hause?«

Ich wittere Gefahr. Aber lügen kann ich nicht, ich hasse es zu lügen. Also sage ich:

»Wir sind gewissermaßen beide zu Hause. DAS IST SEHR GUT FÜR DAS KIND ...«, ich versuche ihn von seinem Thema abzulenken und lieber über die Vorzüge eines Haushalts mit ganztägig anwesenden Eltern zu sprechen, aber natürlich will er davon nichts wissen.

»Beide zu Hause? Wieso? *Was sind Sie denn von Beruf?*«

Ich frage mich, wieso er so laut spricht, man hört es nicht nur im ganzen Raum, sondern vermutlich auch noch draußen auf der Straße. Und was sage ich jetzt? Früher habe ich auf diese Frage oft »Student!« oder ähnlichen Unsinn geantwortet, aber das geht nicht mehr. Und wie gesagt, ich will nicht lügen. Egal, es wird schon nicht so schlimm werden. Frau Sophie hat mich auch einmal gefragt, ich habe geantwortet, und es ist nicht schlimm gewesen. Wenn das auch unter anderen Umständen geschah, da spitzten nicht neben mir drei Lehrmädchen und eine Kundin die Ohren. Und so flüstere ich:

»Ch bn Schrftstllr.«

»WAS, SCHRIFTSTELLER SIND SIE?«

»Mhm.«

»Sie schreiben Bücher?«

»Mhm.«

Ich kann förmlich zusehen, wie es im Hirn des Mannes zu rattern beginnt.

»Und davon können Sie leben?« schreit er.

»Hmja«, sage ich und denke an die sechs- oder siebentausend Euro, die ich der Bank schulde.

»Ist das nicht schwer?« schreit er.

Ich nicke und murmle etwas wie »sehr schwer«. Mittlerweile ist mein Kopf nahezu vollständig in der Zeitung verborgen, aber das irritiert den Mann nicht, er stellt die nächste Frage. In diesem Moment läutet die Türglocke. Frau Sophie und eine andere Dame, wohl Kundin, treten ein. Ich setze mich zurecht.

»HAST DU GEWUSST, DASS ER SCHRIFTSTELLER IST?« ruft er seiner Frau zu und zeigt mit ausgestrecktem Arm auf mich.

»Ja«, sagt sie, und zu mir: »Guten Tag!«

Ich grüße zurück. Ich mag Frau Sophie. Sie ist eine auf eine seltsame Art schöne Frau. Etwas scheint nicht zu stimmen, sie ist attraktiver, als sie sein sollte, es ist fast nicht zu erklären, was ich meine. Immer wenn ich ihr Gesicht über meinem im Spiegel sehe, bin ich irritiert, weil sie so schön ist, schöner, als sie sollte. Vielleicht sind es die Grübchen beim Lachen.

»Wieder oben neun Millimeter und an der Seite drei?«

»Das geht leider nicht mehr, sie sind oben schon zu schütter.«

»Versuchen wir es mal mit oben zwölf.«

Ich bin dankbar, daß sie sofort das Problem versteht und sogar eine Lösungsmöglichkeit parat hat. Sie kommt mit dem Elektroscherer und fängt an. Währenddessen steht ihr Mann nicht etwa auf, um sich vielleicht um die wartende Kundin zu kümmern, im Gegenteil, er bleibt einen Meter neben mir sitzen und starrt mich unablässig an.

»Und was schreiben Sie da so?«

»Was meinen Sie?«

»Die einen schreiben Kinderbücher, die anderen Kriminalromane ... es gibt auch Liebesgeschichten ... Erotik ... was machen Sie?«

»Na ja. Ich schreibe Romane.«

»Ja, was für Romane?«

»Errrrrr ... das ist schwer zu sagen.«

»Du hast das gewußt?« fragt er seine Frau wieder.

»Ja.«

Er versinkt in tiefes Brüten. Aus den Augenwinkeln sehe ich, wie er mich anstarrt.

»Ist das nicht schwer, einen Verlag zu finden?«

»Sehr schwer!« bestätige ich.

»Eine Bekannte von mir hat ein Kinderbuch geschrieben, aber keinen Verlag dafür gefunden!«

»Sehr schwer, ja.«

»Und Sie haben einen Verlag gefunden?«

»Edwin, wieso schreist du so?« fragt Frau Sophie. Und zu mir: »Er schreit immer so.«

»Ich habe einen, ja.«

»Und wie sind Sie zu dem gekommen?«

Ich möchte aufspringen und hinauslaufen. In diesem Moment ertönt neben mir ein lautes, nervöses Piepen, tiet-tiet-tiet, tiet-tiet-tiet, tiet-tiet-tiet. Es ist das Handy der Kundin zwei Stühle weiter. Offenbar weil in meinem Kopf durch das Gespräch mit Frau Sophies Mann einiges durcheinandergeraten ist, möchte ich einen Witz dazu machen, ich sage:

»Na, wessen Herzschrittmacher schlägt denn da Alarm, hehe?«

»Ähähähä«, lacht Frau Sophie verlegen.

Ich schaue hinüber und sehe zum ersten Mal die Kundin, bei der es gebimmelt hat: Sie ist ungefähr neunzig Jahre alt. Ich merke, daß ich rot werde, sogar die Ohren werden rot. *Wieso? Wieso passiert so etwas immer mir?*

»Wann haben Sie denn da angefangen?« will Frau Sophies Mann wissen.

»Früh«, sage ich.

»Und haben gleich Erfolg gehabt?«

»Hm, hm.«

Wieder versinkt er in Schweigen und starrt mich an. Ihm geht allerhand durch den Kopf, das sehe ich ihm an. Ich sehe sogar, was: *Das abenteuerliche Leben des Herrn Edwin – Schriftsteller – Ghostwriter – halbe-halbe.*

»Kannst du dich noch erinnern, wie die Dings da war, die Den ...«

»Ja, Catherine Deneuve hat mal in Wien einen Film gedreht«, sagt Frau Sophie, »und ich war ihre persönliche Friseurin. Aber glauben Sie, sie hätte ein gemeinsames Foto machen lassen? Nicht jetzt, hat sie immer gesagt. Aber ich habe meinen Salon für sie zusperren müssen, damit die gewöhnlichen Kunden sie nicht stören. Und dann gibt es kein Foto.«

Die alte Frau und die wartende Kundin mischen sich ins Gespräch. Es wird über Catherine Deneuves Verhalten diskutiert. Frau Sophie erzählt weitere Details von ihrer Arbeit mit der berühmten Schauspielerin. Alle verurteilen den französischen Star, der sich beschwert hat, Frau Sophie hätte nicht einmal etwas dabei, um einen abgebrochenen Fingernagel sofort zu reparieren. Aber eine tolle Frau, sagt Frau Sophie. Die Unterhaltung, die schon beendet schien, entzündet sich von neuem, es wird über Samantha Fox gesprochen. Diese interessiert Frau Sophies Mann offenkundig nicht so sehr, und er will lieber von mir wissen:

»Wie heißen Sie denn eigentlich?«

»Glanz«, sage ich. Ich melde mich auch am Telefon gern mit »Glanz«, denn da kann ich später immer noch behaupten, ich sei falsch verstanden worden, ich hätte ja Glavinic gesagt.

»Und wie heißt Ihr letztes Buch?«

Ich stottere herum. Ich habe das Gefühl, den Titel eines meiner Bücher hier auszusprechen wäre Verrat, er würde schal klingen, bestenfalls, und im schlechtesten Fall würde mich ein Blitz treffen. Endlich fällt mir ein Ausweg ein:

»Ach was, ich bringe Ihnen einfach mal eines mit.«

»Ja! Das wäre schön! Ja! Eines! Mit!«

Frau Sophie ist mit mir fertig. Ich springe auf, fahre in meine Jacke, zahle.

»Es wäre aber wirklich nett, wenn Sie uns einmal ein Buch borgen könnten«, sagt Frau Sophie.

»Nein, das kriegen Sie geschenkt«, sage ich und schiele zur Tür.

»Aber, das ist doch nicht nötig, wir geben es Ihnen natürlich zurück.«

Vor der Tür sehe ich, ich habe einen Anruf auf meinem Mobiltelefon versäumt. Karen Kablier. Ob man Telefonnummern ebenso wie Emailadressen blockieren kann? Ich glaube schon. Ich hoffe es.

Bis zum Zahnarzt sind noch zwei Stunden Zeit. Zu Hause schreibe ich einen Artikel fertig, den ich dem Mitarbeiter der Wiener *Village Voice* für sein Blatt versprochen habe. Christoph Singer, der Chefredakteur eines Lifestylemagazins aus einem westlichen Bundesland, ruft an, er ist gerade in Wien, und zwar mit einem Fotografen. Da sein Magazin ja oft etwas über mich bringt, aber keine guten Fotos hat, wäre es toll, wenn ... und unbedingt muß es der Naschmarkt sein, Naschmarktfotos sind wundervoll, haben Flair usw. Ich sage, ich komme vorbei. Gleich darauf bereue ich es.

Ich treffe die beiden an der Ecke zur Schleifmühlgasse. Wir begrüßen uns. Die beiden wirken betrunken, dabei weiß ich mit Sicherheit, daß zumindest Christoph nicht trinkt. Ich kenne ihn schon sehr lange, ich kann ihn gut leiden. Ich weiß aber auch, daß er ein Landei ist und Wien ihm angst macht. Wie er das zu überspielen versucht, habe ich schon mehrmals erlebt, und er fängt auch gleich wieder damit an.

»Schleifmühlgasse, da waren wir gerade was essen, die Gasse haben wir umgetauft auf Schwanzlutschgasse, höhö. Klingt gut, nicht? Das wäre eine Schlagzeile: Haben in Wien in der Schwanzlutschgasse gegessen, höhöhöhö.«

Ich sage, ich muß zum Zahnarzt und habe wenig Zeit.

»Mußt du ins Puff? Höhö!«

Der Fotograf sagt keinen Ton, findet aber alle Witze von Christoph lustig. Er knipst drauflos. Im Hintergrund Obst- und Gemüsestände, stehe ich da und schaue knapp an der Kamera vorbei. Und die ganze Zeit über denke ich: *Warum? Warum mache ich das?*

»Ein schöner Scheißdreck, dieses Wetter«, unterhält mich Christoph, während der Fotoapparat klickt. »Da können einem die Eier abfrieren. Das wäre eine Schlagzeile: Haben uns in Wien die Eier abgefroren, höhöhö.«

»Herr Glawatschnig bitte!«

Auf dem Behandlungsstuhl habe ich Zeit, ein wenig nervös zu werden. Ich bin zwar nur wegen der Brücke da, aber man weiß nie. Dr. Paulesker ist nämlich nicht »mein« Zahnarzt, der heißt Dr. Pregel und ordiniert in Graz. Ihn verehre ich, ihm vertraue ich, bei ihm bin ich seit fünfzehn Jahren, zu ihm fahre ich alle sechs Monate zur Kontrolle. Aber wegen einer zu lockeren Brücke kann man schon mal in Wien zum Zahnarzt gehen.

Es gibt Herrn Dr. Paulesker und Frau Dr. Paulesker. Die beiden teilen sich eine Praxis. Ich bin gespannt, wer mich übernimmt, ich habe keinerlei Präferenzen angegeben. Während ich warte, kommt mir in den Sinn, das könnte ein Fehler gewesen sein. Dr. Pregel ausgenommen, sind *alle* meine Ärzte Frauen, sogar mein Urologe. Ich habe zu Frauen mehr Vertrauen. Außerdem sind sie weniger brutal, was speziell beim Urologen ein Vorteil ist.[1]

Herr Dr. Paulesker ist groß und hat ein gewinnendes Lächeln. Ich schildere mein Problem. Er sieht sich die Brücke an, dann schaut er in meinen Mund. Das ist der Moment, in dem ich *wirklich* nervös werde. Ich bin zwar sicher, daß alles in Ordnung ist, aber ...

»Da ist etwas nicht in Ordnung«, sagt Dr. Paulesker. »Eine Füllung hat sich verabschiedet, und deshalb hat die Brücke weniger Halt. Kleinigkeit.«

Er greift zu den Bohrern. Ich quieke auf.

»Anästhesie!«

»Dafür? Also bitte.« Er lacht.

»Ich meine es ernst. Ich will eine örtliche Betäubung. Ist besser für die Nerven, Sie verstehen. Bin von Geburt an Hysteriker.«

Ich versuche, ihm ironisch zuzuzwinkern, aber das geht nach hinten los, er sieht mich an, als hätte ich sie nicht alle. »Na gut«, sagt er, gibt der Assistentin ein Zeichen, sein Ton wird härter, distanzierter, »aber die Kosten für die Anästhesie übernimmt die Kasse nicht!«

Er sticht so mittelprächtig, nicht gut, nicht schlecht, kein Vergleich mit dem genialen Dr. Pregel. Dr. Paulesker geht zum nächsten Behandlungsstuhl, insgesamt vier habe ich gezählt. Während das Mittel Zeit bekommt zu wirken, werde ich Ohrenzeuge einer Behandlung. Zuerst ist das

[1] Ultraschallstab.

Geräusch eines Bohrers zu hören, kurz darauf beginnt die Frau neben mir zu schreien. Das Bohrgeräusch verstummt, Dr. Paulesker spricht mit sanft mahnender Stimme auf sie ein. Wieder ertönt der Bohrer. Die Frau schreit.

Mir wird allmählich schwindlig. Wem bin ich da in die Hände gefallen? Ich halte mir die Ohren zu und fange an zu singen. Die Blicke der Assistentinnen stören mich nicht, sollen sie denken, was sie wollen.

Eine Frau kommt zu mir und begrüßt mich, ich muß die Hand vom Ohr nehmen. Die Frau stellt sich als Frau Dr. Paulesker vor. Ob ich zum ersten Mal da bin, ich nicke. Sie erklärt mir, ich müsse mich nicht sorgen, die kreischende Dame neben mir sei bekannt für ihre übertriebene Schmerzempfindlichkeit. Ich antworte, bei mir liegt die Sache nicht viel anders, auch ich bin überaus empfindlich. Mit ausdrucksloser Miene nickt sie mir zu, als hätte sie nicht gehört, und geht.

Ein grelles Licht wird mir ins Gesicht gehalten, ich öffne den Mund, Dr. Paulesker beginnt seine Arbeit. Es ist nicht so schlimm wie erwartet. Ich liege da, höre das Brummen, denke zur Zerstreuung an zukünftigen Lorbeer. Plötzlich setzt das Bohren aus. Frau Dr. Paulesker steht da und sagt zu ihrem Mann:

»Eine Frau am Telefon. Angeblich dringend!«

»Jetzt? Was soll das?«

»Sie weint.«

»Was?«

»Sie sagt, sie muß dich unbedingt sprechen. Es ist etwas passiert.«

»Wer ist sie denn?«

»Ihren Namen will sie nicht sagen. Sie behauptet, sie war mit dir in Paris.«

»Wie bitte?«

Ich bin ein guter Beobachter und Zuhörer. Und mir ist, als hätte Herr Dr. Paulesker vor diesem »Wie bitte?« geschluckt.

»Ich glaube, die ist verrückt. Aber vielleicht redest du mal mit ihr.«

Herr Dr. Paulesker winkt heftig ab und nimmt seine Arbeit in meinem Mund wieder auf. Keine sechzig Sekunden später steht seine Frau wieder neben uns.

»Schon wieder. Sie ruft dauernd an. Sie sagt, sie muß dich unbedingt sofort sprechen.«

»Sagt sie nicht, was sie will?« fragt er, weiterhin in meinen Mund schauend.

»Sie will es nur dir sagen. Ich soll dich an Paris erinnern. Ich habe ihr gesagt, du warst nie in Paris, darauf hat sie geschrien: *Doch! Anfang Dezember!* Ich habe ihr erklärt, Anfang Dezember warst du bei einem Kongreß in Pula. Sie geht darauf nicht ein, sie will mit dir sprechen. Sie weint und schreit.«

Ich sehe Herrn Dr. Paulesker an. Er kommt mir blaß vor, aber es könnte auch das Licht aus der OP-Lampe sein. Der Schweiß auf seiner Stirn kommt vielleicht von der anstrengenden Arbeit. Aber wieso zittert seine Stimme nun so, als er sagt:

»Ich. Kann. Jetzt. Nicht.«

»Was soll ich ihr sagen? Sie ist völlig hysterisch!«

»SAG IHR, SIE SOLL UNS IN RUHE LASSEN, UND LEG AUF! UND JETZT MUSS ICH HIER WEITERMACHEN, VERDAMMT NOCH EINMAL, DAS SIEHST DU DOCH! HEB EINFACH NICHT MEHR AB! HEB DEN HÖRER NICHT MEHR AB!«

»Und was ist, wenn Patienten anrufen?«

»WIR HABEN GENUG PATIENTEN!«

Als der verschwitzte Dr. Paulesker sich wieder über mich beugt und den Bohrer einschaltet, mache ich die Augen zu.

Vierzehn

Montag. Ich stelle mich auf den Balkon. Vor mir ragt der Grimming auf, ein beeindruckend schroffer Berg. Die Sonne scheint, die Luft ist klar, blauer Himmel. Etwas ist anders als sonst, ich merke es sofort. Wir haben Mitte März. Wahrscheinlich ist es der Frühling.

Beim Frühstück erzählt Gunther, wie er geschlafen hat, dann gibt er uns Ratschläge, wie wir den Tag verbringen sollen. Mit knapper Not können wir vermeiden, uns mit ihm zusammen auf den Weg zu machen. Ursel bleibt wieder bei Stanislaus, sie sagt, wir sollen uns erholen und Ski fahren, sie will sich die Woche nur um ihren Enkel kümmern. Ich finde das sehr nett von ihr. Überhaupt muß es einmal gesagt werden, nicht alle Schwiegermütter verdienen ihren üblen Ruf, meine jedenfalls ganz und gar nicht. Und auch gegen meinen Schwiegervater ist nichts einzuwenden, von gewissen Eigenheiten einmal abgesehen. Als wir ihnen damals mitteilten, wir würden heiraten, sah er mich mit einem Mordgesicht an, das ich nie vergessen werde, aber er hat das, was er sich damals offenbar dachte, nicht ausgeführt, sondern sich im Gegenteil sogar an mich gewöhnt, und das kann man nicht von vielen Leuten behaupten.

In Hochstimmung machen Else und ich uns über die Hänge her. Das Skigebiet hat eine angenehme Größe, etwa zwanzig Lifte, vielleicht ein paar mehr, davon einige moderne Sessellifte mit gepolsterten Sitzen, also genau das richtige für jemanden wie mich. Und die Abfahrten sind nirgends zu schwer. Vielleicht für Else eine Spur zu wenig Herausforderung, ihr Fahrkönnen hat Skilehrerniveau, aber für mich perfekt.

Wir fahren zwei Stunden, essen etwas, fahren weiter. Nach Mittag geht der Schnee »auf«, er wird weich und schwer. Else rät mir, aufzupassen. Ich fahre bereits wie ein junger Gott. Kein Hang ist mir zu steil, kein Tempo zu hoch. Ich fahre und sehe zugleich, wie elegant meine Schwünge sind.

Während ich mir noch denke, wunderbar fährst du, bleibt bei einem Schwung ein Ski im schweren Schnee stecken. Ich wanke und taumele, ein kurzes Stück fahre ich sogar rückwärts, dann folgt der Aufprall, und ich liege da.

Abends, nach dem Essen (Gunther erzählt uns von allen Pisten, die auch wir befahren haben), entdecke ich einen riesigen Bluterguß am Oberschenkel. Ich bin begeistert. Ich fotografiere ihn, aber die Bilder geben weder Ausmaß noch Gewicht der Verletzung wieder. Das Heroische will nicht mein Fach sein.

Dienstag. Schlecht geschlafen. Bis zwei Uhr früh wurde an unserer Tür gerüttelt und geklopft, auf dem Gang gejohlt und gelacht, Kinder schrien, Erwachsene röhrten. Ich war zu müde, um zu reagieren. Else hat gar nichts mitbekommen.

»Sagen Sie, haben wir heute nacht Betrunkene im Haus gehabt?« frage ich die Wirtin beim Frühstück.

»Ja, Entschuldigung, ja, bitte«, sagt sie verzweifelt und zieht sich zurück.

Von Maggie, der Kellnerin aus Halle an der Saale, ist mehr zu erfahren: Unsere direkten Nachbarn haben gesoffen und sind dann durchs Haus getobt. Ich frage, wieso sie niemand zur Ordnung gerufen hat. Maggie zuckt die Schultern.

Else und ich fahren wieder wie die Wilden. Es ist genauso schön wie am Vortag, doch ich kann mich nicht konzentrieren. Aus einem mir rätselhaften Grund fällt mir ein alter Zeitungsartikel ein. Darin stand, in bezug auf meinen damals gerade erschienenen Roman, nach der Lektüre dieses Buches müsse man zwei Monate lang Robert Walser lesen, um sich zu erholen. Nun, wer so etwas schreibt und sogar veröffentlicht, ist jedenfalls unredlich, auf alle Fälle eitel und vielleicht sogar ein bißchen blöd, und damit hätte sich die Sache ja schon. Aber heute ist das anders, heute passiert mir das, was mir mit anderen Dingen auch oft passiert, ich habe ein Flashback. Ich erinnere mich an Kritiken, an gute und schlechte, und frage mich, was mir bevorsteht, wenn im Herbst *Die Arbeit der Nacht* erscheint.

Das geht den ganzen Tag so dahin: Robert Walser, Robert Walser, Süddeutsche Spiegel NZZ FAZ Zeit, *Die Arbeit der Nacht*, Deutscher Buchpreis, Longlist Shortlist, in meinem Kopf wird es nicht ruhig, dabei sollte ich Ski fahren. Wiederholt kontrolliere ich mein Mobiltelefon, aber es hat niemand angerufen. Und niemand hat ein SMS geschickt.

Abends steckt sich hinter mir an einem anderen Tisch ein Gast eine Zigarette an. Weil ich beim Essen phobisch bin, stehe ich auf, schnappe meinen Teller und setze mich an einen freien Tisch, in dessen Nähe niemand raucht. Dem Übeltäter werfe ich böse Blicke zu.

»Was ist denn mit Ihnen?« fragt Maggie.

»Raucht!« Kauend fuchtele ich mit den Händen. »Der raucht!«

»Aha«, sagt Maggie. »Ach!«

Die zweite Kellnerin kommt herbei. »Was ist denn los?«

»Der raucht!«

Die zweite Kellnerin, sie hat ein dickes Bauerngesicht und scheint langsam zu denken, steht eine Weile da, dann dreht sie sich schweigend um und bedient wieder andere Gäste. Ich esse weiter. Die Wirtin kommt.

»Warum sitzen Sie denn hier?«

»Raucher!« Ich mache eine Handbewegung zu meiner Kehle. »Hals ganz zu!«

Ich verbringe mit Else eine Stunde im Zimmer, wir sperren ab. Um neun bekomme ich Durst, und da es keine Minibar gibt, setze ich mich hinunter in die Gaststube, um ein Bier zu trinken. Der Raum ist erfüllt mit Rauch, aber weil ich schon gegessen habe, stört mich das nun weniger. Ich bestelle ein Bier. Trinke und sitze da. Ab und zu kommt jemand vom Personal vorbei. Die Blicke, die sie mir zuwerfen, drücken Mißtrauen und Furcht aus.

Das Telefon läutet. Endlich. Daniel natürlich, sonst ruft mich ja niemand an. Er hat mit dem Chef von Hoffmann und Campe über meinen Roman gesprochen. Dieser findet ihn gut und ist gleichzeitig überzeugt, Hanser und ich werden davon nicht mehr als 8000 Exemplare verkaufen.

»Das ist nur eine Meinung. Auch Günter Berg kann sich mal irren. Hat sich auch schon geirrt.«

Nett, daß er das hinzufügt, aber das hilft mir nicht viel. Jetzt bin ich traurig. Wieso eigentlich, könnte man fragen, 8000 sind ja nicht wenig, wer verkauft das schon. Na Daniel zum Beispiel, könnte ich antworten, der verkauft das. *Am Tag.* Aber solche Vergleiche sollte man nicht anstellen. Jedenfalls betrübt es mich, daß jemand wie Günter Berg, von dem ich viel halte, der *Arbeit der Nacht* nicht mehr zutraut. Robert Walser, Robert Walser.

»Wie viele sind es bei dir gerade?«

»Willst du das jetzt wirklich wissen?«

»Na klar.«

»250.000.«

»Ach komm, wieso erzählst du mir das?«

Noch ein Bier. Rund um mich spielen Männer Karten, es ist warm, ich nehme noch eines. Das Telefon läutet, der Prinz. Er hört sich nicht gut an. Er mußte Baldur weggeben, die Allergie war zu stark.

»Und wo ist er jetzt?«

»Bei seinem früheren Besitzer.«

»Geht es ihm dort gut?«

Der Prinz hustet. »Ja. Ja, es geht ihm gut dort.«

Aber dem Prinz geht es nicht gut, das ist zu hören, er schnaubt und grunzt. Er merkt wohl selbst, wie aufgelöst er klingt, deshalb sagt er: »Keine Angst, ich fange nicht an zu heulen. Geheult habe ich schon genug.« Er lacht traurig.

Das ist wirklich eine üble Nachricht. Mir fällt nichts Tröstendes ein. Während der Prinz mir Details erzählt, muß ich daran denken, wie es war, als er sich von seiner Freundin trennte. Da führten wir ein ähnliches Gespräch. Aber ich werde das Gefühl nicht los, diesmal hat er mehr geweint. Ist auch verständlich, beim einen ging es darum, daß zwei Erwachsene in Frieden eine Entscheidung trafen, beim anderen geht es um: Pech.

Mittwoch. Das Wetter ist schlecht, an Skifahren nicht zu denken. Ich lege mich noch einmal hin. Ich habe die ganze Nacht von Günter Berg geträumt. Was insofern komisch ist, als ich ihn nur einmal getroffen und mit ihm nicht mehr als drei Sätze gesprochen habe. Aber heute nacht hat er mich verfolgt. Außerdem versuchte ich ständig, ein Flugzeug nach Berlin zu erwischen, und nachdem ich es versäumt hatte, verpaßte ich auch den Zug. Sehr durchsichtig, das Ganze. Ich erzähle Else davon. Sie fragt sich laut und ungehalten, ob mir Daniel Günter Bergs Prophezeiung wirklich habe mitteilen müssen.

Donnerstag. Schlechtes Wetter. Ich spiele mit Stanislaus, dann schaue ich Eurosport. Ich esse zu Mittag, dann schaue ich Eurosport. Zu Hause würde ich nie auf die Idee kommen, mir das anzusehen, aber in Hotels sind meine Lieblingssender Eurosport und DSF. Und natürlich MTV, besonders, wenn *Jackass* läuft.

Nach der dritten Runde *Eurogoals* bekomme ich solchen Lagerkoller, daß ich mir ein Bier hole. Es hilft, und ich gehe bald noch mal. Else fragt, ob ich mitkommen will, sie geht mit Stanislaus spazieren. Ich begleite sie, aber nur bis nach unten, und hole mir noch ein Bier.

Eine Weile sitze ich im Zimmer und höre Musik. Ich fühle mich wohl, lasse die Gedanken treiben. Ich hole mir von unten ein großes Glas Schnaps. Die dumme Kellnerin schaut mich entsetzt an, ich zwinkere ihr zu, sie läuft rot an, feixend gehe ich wieder nach oben. Ich trinke Birnenbrand, höre Musik, schaue aus dem Fenster. Nach einer Weile klappe ich den Laptop auf.

Ich weiß nicht, wie ich das, was ich nun tue, beschreiben oder erklären soll. Am besten wohl auf einem Umweg. Ich will es so formulieren: Sollte mich morgen ein Auto überfahren, wird irgend jemand, Else vermutlich, bald darauf mit Überraschung auf meinem Laptop Gedichte finden, die ich von 2005 an geschrieben habe und die höchstwahrscheinlich miserabel sind, ich zeige sie niemandem, ich verstehe nichts von Gedichten und kann sie nicht beurteilen.

Zwei, drei Stunden wandere ich durchs Zimmer, trinke, stelle mich auf den Balkon, betrachte den Berg, gehe zurück zum Schreibtisch und schreibe das nächste Gedicht. Wie immer werde ich keines davon jemandem zeigen, vermutlich werde ich morgen die meisten wieder löschen. Aber jetzt fühle ich mich am einzig richtigen Ort, in diesem ruhigen Zimmer mit dem braunen Bernsteinlicht, in dieser Atmosphäre des Vorübergehenden, Vergänglichen, mit dem Schnaps und den Gedichten in meinem Kopf.

Freitag mittag, strahlend blauer Himmel. Der Schnee ist aufgegangen. Aufpassen, denke ich mir, als ich über den Hang fahre, auf dem ich am Montag gestürzt bin, jetzt aber aufpassen. Ich fahre einfach wunderbar. Diese Eleganz kann nicht nur an den Skiern liegen, das bin ich! Ich!

Ein kleiner Rechtsschwung. Der Ski bleibt im schweren Schnee stehen, ich hebe ab. Nun passiert etwas Seltsames: Ich habe Zeit, meine Lage zu analysieren, so lange dauert der Flug. Mir wird sogar bewußt, daß es beinahe dieselbe Stelle ist, an der ich schon am Montag gestürzt bin. Ich segle sieben, acht Meter durch die Luft, ich weiß, ich war gerade ziemlich schnell unterwegs, und ich weiß, es wird weh tun.

Beim Aufprall krache ich mit den Rippen heftig auf meinen Skistock, und ich spüre, wie sie eingedrückt werden. Es tut wirklich weh, und zwar so, daß ich es kaum wahrnehme, als ich mit dem Kopf aufschlage. Ich brülle ein bißchen. Als die auf den Flug folgende Rutschpartie über den Hang endet, spucke ich sofort aus. Kein Blut, das beruhigt mich, offenbar steckt mir keine Rippe in der Lunge.

Ich sitze im Schnee und ringe nach Luft. Ein Junge, zehn Meter entfernt, etwa zehn Jahre alt, der den ganzen Auftritt mit angesehen haben muß, beginnt zu weinen und fährt davon. Ein Amerikaner bleibt stehen und fragt mich, ob alles okay sei. Ich verständige mich mit ihm darauf, daß an mir keine Verletzungen zu sehen sind und ich allein bis zur nächsten Hütte komme. Else, die vorausgefahren ist, ruft an, wo ich bleibe.

Irgendwie schaffen wir es vom Berg runter. An der letzten Hütte machen wir noch eine Rast. Ich schicke SMS aus: *Woran merke ich, ob eine Rippe gebrochen ist oder nur geprellt?*

Daniel antwortet als erster: *Mit einem Rippenbruch kannst du ganz schnell draufgehen. Bei einer Prellung hast du noch eine Chance.*

Sag nicht solche Sachen, schreibe ich zurück.

Innere Verletzungen? schreibt er.

Hör auf, einen Hypochonder fertigzumachen, schreibe ich.

Mit so was scherze ich nicht, schreibt er.

Besonders ernst nehme ich nicht, was er sagt, denn Daniel ist auch so freundlich, Menschen mit Flugangst während des Fluges von mysteriösen Geräuschen zu erzählen. Dann kommt die Antwort des Prinzen, sie ist sachlich: *Kann man selbst auf dem Röntgenbild oft schwer erkennen.* Von inneren Verletzungen kein Wort. Guter Mann, ich brauche also nicht nach Bad Aussee zum Röntgen zu fahren, zum Glück, ich verabscheue Spitäler. Allerdings steht da auch noch: *Einzelheiten erspare ich dir lieber.*

Im Hotel versuche ich mich hinzulegen, es geht nicht. Ich setze mich an den Tisch. Das Gedichteschreiben ist mir vergangen. Mir ist übel und kalt, obwohl ich zwei Pullover übereinander trage. Ich rufe Beate an, sie sagt, unter den Rippen ist die Lunge, und wenn die wirklich verletzt wäre, würde ich das merken. Es sticht doch nicht beim Atmen, oder? Nein, es sticht nicht beim Atmen.

Beim Essen berichtet mir Gunther, wie viele Rippen er sich schon gebrochen hat, und wen er noch kennt, der sich Rippen gebrochen hat, und wie sich diese Leute dabei gefühlt haben. Er gibt mir Ratschläge, wie die Heilung vorangetrieben werden kann. Er erzählt mir, wie ich mich fühle und wie mir der Unfall passiert ist, bis mir vor lauter Lachen der Schmerz Tränen in die Augen treibt.

Gegen zehn schaffe ich es doch ins Bett. Ich liege auf der Seite. Sticht es nicht doch beim Atmen? Sticht es? Else, sticht es?

»Es sticht sicher nicht. Mach dir keine Sorgen.«

Innere Verletzungen, innere Verletzungen. Die merkt man doch selbst oft nicht, oder? Das hört man immer wieder nach Autounfällen. Die Lunge hat nichts, aber vielleicht bin ich auf den Bauch gefallen und habe nur nichts davon bemerkt, weil die Rippe schmerzhafter war? Womöglich verblute ich gerade innerlich? Und merke es nicht?

»Glaubst du, ich habe innere Verletzungen und bemerke sie nicht?«

»Ja, einen Hirnschaden.«

»Im Ernst! Was glaubst du?«

»Ich glaube, du solltest weniger mit Daniel telefonieren.«

Samstag. Schreckliche Nacht. Die besoffenen Nachbarn haben bis drei Uhr morgens Rülpswettbewerbe veranstaltet und rumgebrüllt. Die einzige Horrorfamilie weit und breit –

natürlich kommt die in mein Hotel, und natürlich kriegt die das Zimmer neben meinem. Welches sonst?

Else packt die Koffer. Ich nehme einen und ziehe ihn hinter mir her. Auf der Treppe wird es schwierig. Ich stöhne. Hinter mir höre ich jemanden sagen:

»Was ist denn mit dir los?«

Es ist der böse Raucher vom Abendessen. Ich erzähle ihm von meinem Unfall.

»Aber dann wirst du doch nicht den Koffer schleppen, gib her – ja gib her, ist doch kein Aufwand!«

Und er trägt mir den Koffer bis zum Auto, verabschiedet sich freundlich, wünscht mir alles Gute, ich sehe ihm nach und schäme mich. Es regnet.

Auf der Heimfahrt denke ich an meine Rippen, an meinen Roman, 8000 Stück, vor allem aber an die Post, die zu Hause auf mich wartet. Ich liebe es, nach längerer Zeit nach Hause zu kommen, denn es hat sich viel Post angesammelt, und da könnte irgend etwas Schönes dabeisein. Irgend etwas, eine Einladung, vielleicht sogar ein Literaturpreis. Und wenn es ein Brief von Karin Graf ist, in dem mir Geld vom Verlag avisiert wird, auch nicht schlecht. Ich freue mich auf Post.

Eine Woche Post, denke ich, noch hundert Kilometer, noch achtzig, noch fünfzig. Eine Woche Post.

Zu Hause. Ein Riesenstapel Post. Ich sortiere aus. Eine Zeitschrift, eine Rechnung, die Korrekturfahnen meines Romans, noch eine Rechnung, eine Broschüre, Werbung, eine Postkarte von Herbert Rosendorfer, wieder eine Rechnung, ein Flugblatt, auf dem für eine Autowaschanlage geworben wird, noch eines, das eine Pizzeria bewirbt, noch eine Rechnung.

Die Korrekturfahnen. Immerhin weiß ich jetzt, wieviel

Seiten mein Buch haben wird und wie es innen aussieht. Und eine Postkarte von Herbert Rosendorfer. Das war's. Eine Woche Post.

Ich setze mich an den Computer und tippe bei Google in die Suchleiste: *Innere Verletzungen*.

Das hätte ich jetzt nicht tun sollen.

Fünfzehn

Gegen Mitternacht kriecht Stanislaus zu uns ins Bett. Damit wenigstens einer schlafen kann, übersiedelt Else ins Gästezimmer. Es ist die dreizehnte Nacht hintereinander, in der das so geht. Ich pfropfe mir Ohropax in die Ohren, und es gelingt mir trotz des fünfzehn Kilo schweren, jammernden und zuckenden Wesens auf mir, wieder einzudösen. Alle paar Minuten bekomme ich Tritte und Püffe, die mich nie richtig tief schlafen lassen, das wäre selbst ohne lädierte Rippen schwierig.

Um sechs ist es vorbei, ich bin zwar müde, aber ich weiß, ich werde nicht mehr einschlafen. Stanislaus schnarcht. Ab und zu hebt er den Kopf und öffnet die Augen. Meist sieht er mich leer an und kippt zurück ins Kissen. Einmal lächelt er, murmelt »Papa lieb!« und küßt mich, um gleich wieder weiterzuschlafen.

Um halb neun steht er auf. Nun kümmert sich Else um ihn, und ich darf mich noch einmal hinlegen. Als ich gegen Mittag aufwache, ist mein Kopf dumpf und leer, ich vertrage diesen Schlafrhythmus sehr schlecht. Höchste Zeit, aufzustehen, am Abend hat Erwin wieder eine Ausstellung in Graz, und diesmal will ich dabeisein.

Auf dem Weg zum Naschmarkt komme ich bei der Buchhandlung Jeller vorbei. Im Schaufenster sehe ich *Train Dreams* von Denis Johnson liegen. Davon haben mir schon mehrere Menschen vorgeschwärmt, zuletzt der Prinz. Ich gehe hinein, obwohl ich bei Frau Jeller sonst nichts kaufe, weil sie die Angewohnheit hat, in ihrer kleinen Buchhandlung zu rauchen, was dazu führt, daß dort erstandenen Büchern noch lange Rauchgeruch anhaftet. Man kann das zickig nennen, aber ich liebe nun einmal den Duft von Papier, ich mag es, in aufgeschlagene Bücher hineinzuschnuppern.

In der Buchhandlung findet sich kein weiteres Exemplar. Frau Jeller holt mir das aus der Auslage. An der Kasse sieht sie mich forschend an.

»Sie sind aber auch ein Autor, oder verwechsle ich Sie mit jemandem?«

»Doch, bin ich«, sage ich, und um irgendwie von diesem Thema wegzukommen, frage ich nach einer Zeitschrift, die sie bestimmt nicht führt. Ein untaugliches Ablenkungsmanöver, sie lächelt mich nicht uncharmant an und sagt:

»Verraten Sie es mir?«

Da kann ich nun nicht mehr anders, zwischen den Zähnen stoße ich hervor: »Glwntsch.«

Frau Jeller nickt und lächelt, sie reicht mir den Kassenbon. Ich sage danke und bin draußen.

Der Inder hat diese Woche Betriebsurlaub, aber das fällt mir erst am Naschmarkt ein. Enttäuscht setze ich mich in den Gastgarten eines Lokals, in dem ich noch nie gegessen habe. Die meisten Sachen auf der Karte klingen schaurig, Cordon bleu, Kalbsstelze, Gebackener Emmentaler, Gebakkener Leberkäse, Gebackene Champignons. Ich bestelle eine Leberknödelsuppe und Naturschnitzel mit Reis. Die Kellnerin versteht mich nicht, sie scheint erst seit kurzem in Österreich zu sein, oder es liegt an meinem Nuscheln, ich muß die Bestellung dreimal wiederholen. Ich bin gespannt, was sie mir bringt.

Während ich warte, beginne ich mit *Train Dreams*. Schon nach zwei Seiten ist mir klar, daß das ein ungewöhnlich gutes Buch ist. Die Geschichte mit dem Chinesen, den sie umbringen wollen und der unverständliche Flüche ausstößt, das ist anschaulich, ohne plakativ zu sein.

Suppe kommt. Schmeckt nicht besonders. Vor allem der Leberknödel gibt mir Rätsel auf, er ist so fest, daß ich ihm eigentlich mit Messer und Gabel zu Leibe rücken müßte. Es gelingt mir, ein Stück abzukneifen. Ich koste, er schmeckt – na ja, schon genießbar, aber ... nein, ich will das nicht essen, das muß nicht sein.

Aber zurückschicken? Diese Diskussionen. Bloß stehenlassen? Auch Diskussionen, und das noch dazu mit der Kellnerin, die mich nicht versteht.

Ich schaue mich um. Außer mir sitzt nur eine Frau im Gastgarten, sie liest am Nebentisch ein Journal. Die Kellnerin ist nicht zu sehen. Ich starre hinüber, ob die Frau nicht zu mir herschaut, und lasse den Knödel von meinem Löffel zwischen meinen Beinen auf den Boden fallen. Natürlich dreht sich die Frau genau in diesem Moment zu mir. Sie sieht mich an, sieht auf den Knödel.

»Oha«, sage ich und rolle den Knödel mit dem Schuh aus dem Blickfeld der Kellnerin.

Ich lasse einige Zeit verstreichen, ehe ich mich an den zweiten Knödel wage. Ich bin der Ansicht, daß man Menschen mit einem intensiven Blick »rufen« kann, sie schauen dann leichter her, und hätte ich daran vorhin gedacht, wäre die Frau am Nebentisch wohl nicht Zeugin meiner Säuberungsaktion geworden. Deshalb starre ich nun vor mich hin, als ich den zweiten Knödel auf den Löffel lade, und verfolge nur aus den Augenwinkeln die Vorgänge am Nebentisch. Unter mir macht es zum zweiten Mal »Patsch!«.

Während ich auch diesen Knödel mit den Schuhen zur Seite rolle, drehe ich den Kopf. Die Frau wirft mir fassungslose Blicke zu. Ich trinke die Suppe aus. Die Kellnerin kommt und fragt, ob alles gut war. »Ja«, sage ich, »danke.«

Das Schnitzel schmeckt auch nicht besser. Ich habe keine Lust, es auf demselben Weg zu entsorgen wie den Suppeninhalt, nicht nur wegen der Frau, sondern weil ich fürchte, hungrige Hunde anzulocken. Als die Kellnerin vorbeigeht, tue ich so, als führte ich gerade ein wichtiges Telefonat, ich stoße Rufe des Erstaunens aus. Mit hektischen Bewegungen winke ich der Kellnerin. Ich deute auf mein Handgelenk, ich habe einen Termin vergessen, leider kann ich nun das wunderbare Schnitzel nicht aufessen. Ich lege einen Zwanzig-Euro-Schein auf den Tisch – »Rest für Sie!« – und renne davon.

Dem Bierbetreuer im Zug kaufe ich eine asiatische Suppe, einen Pennesalat, eine Flasche Cola, zwei Schnäpse und drei Dosen Bier ab. Er zuckt bei der Bestellung mit keiner Wimper und bekommt ein anständiges Trinkgeld. Um nicht für völlig verrückt gehalten zu werden, erkläre ich ihm, ich mag zu kaltes Bier nicht, aber ich merke, es ist ihm egal.

Ich esse, dann trinke ich den Schnaps und das Cola, dann mache ich das erste Bier auf. Kurz vor Wiener Neustadt beginne ich wieder in *Train Dreams* zu lesen. Vielleicht liegt es am Alkohol, aber das ist unwichtig, jedenfalls bin ich glücklich, dieses Buch gekauft zu haben und jetzt lesen zu können. Dieses Gefühl ist etwas Konstantes und Kostbares in meinem Leben, ich kenne es, seit ich sieben Jahre alt war und unter dem Weihnachtsbaum mit *Huckleberry Finn* anfing. Ich sitze im Zug, lese in *Train Dreams* und fühle mich geborgen, ich habe mehr als ein Buch, mehr als einen Gegenstand gekauft, ich habe mir Gedanken gekauft, die Chance, *mehr* zu werden.

Als ich in Graz ankomme, habe ich das Buch ausgelesen. Ein unfaßbares Meisterwerk. Ich fühle mich emporgehoben, und trotz vier Dosen Bier bin ich nicht betrunken. Etwas melancholisch vielleicht, weil ich mich frage, ob ich je imstande sein werde, etwas auch nur annähernd so Gutes zu schreiben.

Ich bringe meine Tasche ins Hotel am Bahnhof. Mir gefällt die Idee, die Lektüre mit einem Whisky aus der Zimmerbar zu feiern. Ich schraube das Fläschchen auf, will ansetzen – und habe im letzten Moment das Gefühl, etwas stimmt nicht. Ich schnuppere. Kann nicht glauben, was ich da rieche. Ich halte die Flasche gegen das Licht. Kein Zweifel, jemand hat den Whisky durch Urin ersetzt. Deshalb hat der Sicherheitsverschluß vorhin nicht geknackt.

Ich liefere dem Mann an der Rezeption einen Auftritt. Er entschuldigt sich, aber so wie er mich ansieht, habe ich den Eindruck, er verdächtigt mich, auf diese geschmacklose Art zu einem kostenlosen Whisky kommen zu wollen. Ich schreie auf ihn ein, ich will wissen, wer vor mir in diesem Zimmer war, wie der Gast heißt, aber er beruft sich auf Datenschutz. Immerhin verspricht er mir, alle anderen Flaschen in der Minibar auszutauschen.

Im *Maykäfer*, meinem Stammlokal in dieser Stadt, trinke ich Schnaps. Eigentlich hatte ich Hunger gehabt.

Mit Heinz, dem Wirt, der aussieht wie ein schmächtiger Ernest Hemingway, rede ich über Erwins Ausstellung. Ich beschließe, erst später hinzugehen, weil Heinz neue Kellnerinnen hat, und wie seit fünfzehn Jahren sind sie jung und hübsch.

Ein Bier, ein Schnaps. Ein Bier, ein Schnaps. Ich denke an Else und Stanislaus und werde ein wenig rührselig. Ich schreibe ein SMS:

Hey, Schneegranate, alles okay? Bussi.

Im Moment des Absendens bin ich unkonzentriert, was dazu führt, daß ich die Nachricht nicht an Else sende, sondern an Daniel, der in meinem Handy der erste im Alphabet ist. Den Rest meines Biers trinke ich in Unruhe, ich trete von einem Fuß auf den anderen und frage mich, was er jetzt wieder von mir denkt.

Kurz darauf kommt eine SMS, nicht von Daniel, ich kenne die Nummer nicht.

Das mag ja sein, daß man von vielen Schriftstellern nichts lernen kann. Aber tu doch nicht so, als wärst du der 23jährige Stürmerstar von Galatasaray. Außerdem sollte man darauf achten, auf Autorenfotos nicht zu gut auszusehen, die Groupies sind sonst enttäuscht.

Ein Verrückter. Tage zuvor habe ich einen kleinen Artikel veröffentlicht, in dem es um literarische Vorbilder ging. Das hier ist eine Reaktion darauf, doch von wem? Und wieso Groupies und gut aussehen, ich sehe fürchterlich aus auf dem Foto, was soll das Ganze?

Ich denke nach. Das Wort Galatasaray macht mir schließlich klar, was ich da bekommen habe: eine subtil ausländerfeindliche Nachricht. Glavinic! Ob das türkisch oder jugoslawisch ist, kümmert einen Nazi nicht.

Aber woher bekommt irgendein Nazi meine Nummer?

Ich bin bedrückt. Ich mag es nicht, verfolgt zu werden. Ich könnte ja die Nummer zurückrufen, aber ich will mich solchen Leuten nicht stellen, ich finde sie so widerlich. Eine Weile trinke ich, erst gegen neun fühle ich mich in der Verfassung, um es mit Erwins Verrückten aufzunehmen. Ich zahle und spaziere zum Café *Känguruh.*

Die Schlagermusik ist laut, der Raum raucherfüllt. Auf Barhockern sitzen ältliche Damen vor halbleeren Bierflaschen, in einer Ecke stehen ein paar Kerle mit Pferdeschwanz und Cowboystiefeln, in der anderen einige Frauen, die sich gegenseitig schminken und dabei torkeln. Der Lärm wird ab und zu von schaurigen spitzen Schreien übertönt, die eine Frau auszustoßen scheint.

Ich sage Erwin hallo, bestelle ein Bier und sehe mir die Bilder an.

Erwin Michenthalers Bilder zu beschreiben fällt mir schwer, ich schreibe ja schon über Literatur nicht gut, wie erst über Malerei. Ich will es so ausdrücken: Seine Bilder sind ausdrucksvoll, klar und kräftig. Er ist ein echter Maler, versteckt sich nicht hinter Abstraktionen. Selten malt er Bilder, mit denen ich weniger anfangen kann, blasse, tastende Werke, und ich weiß nie, ob das so gehört, oder ob er mit Zweifel gemalt hat. Ich habe ein paar zu Hause hängen, aber ich fürchte, in diesem Leben und in dieser Welt werden sie nicht mehr viel an Geldwert gewinnen. Was meines Erachtens nicht so sehr an Erwin liegt.

»Kannst du ein Karl-May-Quiz machen?« flüstert er mir zu.

»Jetzt?«

»Ja.«

»Okay, sorg dafür, daß jeder Papier und etwas zu schreiben hat.«

Ich nehme mir einige Minuten Zeit, um mir zehn Fragen auszudenken. Ab und zu kommt einer von Erwins seltsamen Freunden zu mir, die mich für einen berühmten Schriftsteller halten. Der schöne Oskar, auch ein Maler, der so gern ein Star wäre, um mit anderen Prominenten Champagner zu trinken, hält sich besonders ran. Er hat mich schon auf seiner Homepage verewigt, weil ich mal seine Galerie besucht habe, als Erwin dort zusammen mit ihm ausstellte.

Diese Besuche reißen mich aus der Konzentration, außerdem ertönen immer wieder diese unerklärlichen spitzen Schreie. Trotzdem habe ich schließlich die zehn Fragen beisammen. Erwin stellt mich den ausnahmslos Betrunkenen im Raum vor, es folgt Applaus, ich erhebe die Stimme, um zu grüßen und die Fragen vorzulesen. Sie lauten:

1. Wie heißt Old Shatterhands Pferd?
2. Unter welchem Namen kennt man Fred Cutter?
3. Wie heißt der berühmte Kiowa-Häuptling, den Old Shatterhand zum Krüppel schießt?
4. Old Surehand und Apanatschka sind a) Cousins b) Brüder c) Gespenster d) Nachbarn
5. Wie heißt Dick Hammerdulls bester Freund?
6. Wie heißt der Vater Winnetous?
7. Der Transvestit heißt Tante ... a) Stark b) Kess c) Droll d) Grob
8. Winnetous Lehrer Klekih-Petra wird getötet von a) Rattler b) Pinscher c) Spitz d) Pudel
9. Wie nennt Winnetou seinen Bruder Old Shatterhand?
10. Was trägt Winnetou in Dresden auf dem Kopf?

Gelächter, Gläserklirren, alle reden durcheinander und versuchen voneinander abzuschreiben. Die Musik ist aus, die spitzen Schreie ertönen noch immer, es ist ein furchtbares Falsettgeheul. Eine ältere, etwas füllige Frau kommt zu mir und stellt sich als Kennerin meiner Bücher vor, sie sagt wörtlich Kennerin meiner Bücher. Sie wirkt etwas weniger betrunken als die anderen, ich schätze sie auf sechzig. Sie gratuliert mir zu meinem *Carl Haffner*, so ein schönes Buch, sagt sie. Gerade will ich antworten, da stellt sich eine junge

Frau, deren Gesicht offenkundig vom Alkohol aufgeschwemmt ist, vor mich hin und sagt:

»Wie gefällt dir meine Stimme? Ich singe *Child In Time* von Deep Purple!«

Und dann ertönen die spitzen Schreie direkt vor mir.

Nach einer Weile lasse ich mir die ausgefüllten Antwortbögen aushändigen. In Windeseile werte ich sie aus, während es rund um mich immer lauter wird. Mal da, mal dort ertönen die Schreie, ab und zu überwindet die Sängerin auch den Anfang, und es folgt die Textzeile »Swiiit Scheild in Deimm, juuu sii da leit – siii da bla-hind men – schuuuuuuuding et da wöald« – und dann hört man wieder: »Aaaaaaah-aaaaaah-aah! Aaaaaah-aaaaaah-aah!« Dennoch komme ich zu einem Ergebnis. Ich lese die Antworten vor.

1. Hatatitla
2. Old Wabble
3. Tangua
4. b)
5. Pitt Holbers
6. Intschu-Tschuna
7. c)
8. a)
9. Scharlieh
10. einen Zylinder

Es gibt einen Gewinner – immerhin hat er sieben Fragen richtig beantwortet –, dem als Preis ein Bild von Erwin überreicht wird. Es ist Harri, der bei der Bestattung arbeitet und Gedichte schreibt. Jetzt erst fällt mir auf, daß keines der Bilder an den Wänden einen Rahmen hat, sie sind einfach an die Wand geklebt worden. Darauf angesprochen, erklärt mir Erwin, er habe kein Geld.

Ich werde ein wenig belagert. Die ältere Frau weicht nicht von meiner Seite, auch die Sängerin taucht immer wieder auf, dazu gesellen sich noch Hubert, der braungebrannte Gitarrist, der auch mit seinen fünfzig Jahren noch von einem Erfolg als Musiker träumt, und der schöne Oskar. Auf mich wird Frage um Frage abgeschossen, nach Bestsellern, nach Geld, nach »anderen« Berühmtheiten. Es ist erstaunlich, was die Leute so denken, wenn man ein- oder zweimal in der Zeitung gestanden hat. Ich versuche das Thema zu wechseln. Die Sängerin singt mir ständig *Child In Time* vor und fragt mich, wie ich ihre Chancen einer professionellen Karriere einschätze. Hubert spielt sich in den Vordergrund, er pocht auf seine Erfahrung und läßt sie diverse andere Lieder singen.

Ich flüchte in eine Ecke. Der Weg ist weit. Wäre ich ein Schiff, würde man sagen, ich habe starke Krängung, und ich bin froh, als ich wieder sitze.

Ich denke über das Buch nach, das ich am Nachmittag gelesen habe. Wie so oft, wenn ich getrunken habe, beginne ich allerhand selbstquälerische und von Selbstmitleid nicht gänzlich freie Fragen aufzuwerfen: Mache ich möglicherweise den gleichen Fehler wie so viele andere Schriftsteller, überschätze ich mich? Bin ich in Wahrheit ein durchschnittlich begabter, leichtgewichtiger Autor, der nie imstande sein wird, ein Meisterwerk zu schreiben, ebenso wie er nie imstande sein wird zu erkennen, was in Wahrheit sein Niveau ist? Das Talent, das ich angeblich habe – ein Irrtum?

Gut möglich, gut möglich. Außerdem, jetzt verfolgen mich schon Nazis mit idiotischen Kommentaren.

Ich stelle mich an die Theke. Der Wirt schüttelt mir über dem Tresen die Hand, er heißt Tolja. Ich: »Armdrücken.«

»Was?«

»Armdrücken.«

Er mustert mich von oben bis unten, und offenbar gefällt ihm, was er da sieht, denn was sieht er, einen Bleistiftlutscher. Er setzt sich an einen Tisch und stemmt den Ellbogen auf die Tischplatte. Ich setze mich ihm gegenüber. Sofort sind wir von den anderen umringt. Ich beginne zu drücken, er ist stärker, als ich erwartet habe, oder ich bin schon zu betrunken, aber dann gewinne ich doch. Man merkt Tolja an, wie erstaunt er ist. Mein Siegespreis: ein Schnaps.

Erwin zieht mich hoch, wir wanken in seine Stammkneipe, die Jausenstation *Hirschmann*, die er die »Vorhölle« zu nennen pflegt. Das ist ein unbeschreiblicher Schuppen, ein Lokal für gestrandete Existenzen, das vierundzwanzig Stunden am Tag geöffnet hat. Links von mir geht die ältere Frau, rechts die Sängerin, daneben läuft Hubert mit seiner Gitarre, die er irgendwann geholt haben muß.

Als wir ankommen, sitzen am einzigen größeren Tisch des Lokals eine zahnlose Frau und ein Mann unbestimmbaren Alters mit zerstörtem Gesicht. Als er uns sieht, wird sein Blick starr, und er beginnt am ganzen Leib zu zittern, wie bei einem epileptischen Anfall, nur schwächer. Die Frau steht auf, umarmt ihn und flüstert: »Ganz ruhig ... es ist nichts. Ganz ruhig ...«

Wir setzen uns ins Hinterzimmer, ich bestelle Frankfurter und Mineralwasser. Ich bin so hinüber, daß ich meinen Oberschenkel gegen den der älteren Frau dränge. Sie drängt zurück. Bei der Sängerin bin ich abgemeldet, seit ich gesagt habe, sie muß vielleicht noch etwas üben. Hubert hat die Gunst der Stunde erkannt, und sie besprechen eine Zukunft als musikalisches Duo.

Ein SMS von Daniel: *Was???*

Ich will von der älteren Frau wissen, ob sie einen Freund hat usw. Erwin verpaßt mir einen Hieb in die Rippen. Er tippt sich gegen die Stirn. Schließlich flüstert er mir ins Ohr:

»Was willst du von der alten Frau?«

Gegen vier Uhr früh ist es soweit. Ich frage, ob sie mich mit nach Hause nimmt. Sie sagt nein.

»Wie?«

»Nie am ersten Abend.«

»Aber ... einen zweiten wird es wohl nicht geben.«

»Na sicher! Hier hast du meine Nummer! Wenn du wieder in Graz bist, rufst du an. Und vielleicht ...«

Ich staune. Ich bin zwar überzeugt, ich hätte einen Rückzieher gemacht, schon weil ich Else nicht erklären müssen will, warum ich die Nacht bei einer dicken Sechzigjährigen verbracht habe. *Aber wieso sagt sie nein?* Ich dachte, ich sei hier der junge bekannte Schriftsteller, attraktiv, beliebt, charmant, und was ist sie? Sie ist die, die nein sagt. *Nein.* Ich fasse es nicht.

Bald darauf verabschiedet sie sich. Ich gehe auf die Toilette und schaue in den Spiegel. Alles beim alten.

Mit dem Wirt spiele ich ein paar Partien Schach. Ich gewinne. Es ist halb sechs.

Sechzehn

Frühmorgens, nach weniger als drei Stunden Schlaf, schleppe ich mich in die Küche. Dort steht meine Mutter. Sie trägt nichts als ein Nachthemd, das einem Außenzelt ähnelt. Sie hat schon wieder keine Zähne im Mund.

»Der Hed geht nt!« klagt sie.

Es ist nicht ihr erster Besuch bei uns, und noch nie hat sie es morgens auf Anhieb geschafft, den Herd in Gang zu setzen. Dabei ist es ein gewöhnlicher Herd, nur muß man die Platten per Tastendruck anstellen. Ich tue dies nun, ich zeige ihr, wie sie den Herd an- und ausschaltet, dann fülle ich Wasser in die Babyflasche und gehe zurück ins Bett. Stanislaus liegt auf meiner Seite, ich muß ihn vorsichtig zur Mitte schieben. Er röchelt wie ein Schloßgeist. Else auf der anderen Seite macht ein Auge auf. Wir sehen uns an und grinsen. Wir betrachten unseren Sohn, der zwischen uns liegt.

Schlafen kann ich nicht mehr. Um zehn stehe ich auf. Else sitzt in der Küche, sie hat dieses ironische Rate-mal-was-war-Lächeln aufgesetzt. Meine Mutter steht auf dem Balkon und raucht.

»Was war?« frage ich.

»Dr Wafferkocher war kputt!« mümmelt Else.

Ich dusche, beim Abtrocknen sehe ich aus Versehen kurz meine Hoden, und ich bilde mir ein, eine Schwellung wahrzunehmen.

Es nieselt. Angeblich war schönes Wetter angekündigt, zumindest verrät mir das ungefragt eine keifende Nachbarin. Ich weiß nie, wie das Wetter werden soll, es ist mir ein Rätsel, wieso man sich um Wettervorhersagen kümmert, es sei denn, man ist Bergsteiger.

Als ich vor dem Café *IO* auf die glatten Steinfliesen trete, mit denen der Boden vor dem Eingang ausgelegt ist, rutsche ich aus und donnere gegen die Tür. Durch die Glastür sehe ich, wie drinnen im Lokal die Leute die Köpfe rekken.

Ich rappele mich auf. Ich habe mir nichts getan, nur die Hände haben etwas abgekriegt. Die Kellnerin kommt heraus.

»Du hast dich jetzt aber nicht wieder verletzt, oder?«

Vor kurzem hat sie mir beim Niesen zugesehen, Niesen ist mit verletzten Rippen schmerzhaft, ich wurde laut, so kamen wir ins Gespräch. Allerdings waren wir per Sie, der Schock über den Anblick eines gegen ihre Tür segelnden Kerls hat sie offenbar unwillkürlich zum Du wechseln lassen. Innerhalb einer Sekunde taxiere ich sie. Es geht automatisch, ich kann nichts dagegen tun.

Während ich zum Händewaschen nach hinten gehe, vorbei an den anderen Gästen, deren Mund seltsam starr bleibt, deren Augen jedoch fröhlich leuchten, wird mir eine interessante Tatsache bewußt: Ich habe mehr Sex mit Kellnerinnen gehabt als mit Angehörigen jeder anderen Berufsgruppe.

Ich wasche mir die Hände, sehr gründlich, weil ich Angst vor Tetanus habe, obwohl ich gegen Tetanus geimpft bin, aber vielleicht hat das Serum ja nicht gewirkt. Als ich zurück in den Gastraum trete, verstummen Gäste an verschiedenen Tischen und sehen in alle mögliche Richtungen, nur nicht zu mir. Ich bestelle Croissant und Kaffee und schlage die Zeitung auf.

Gegen elf hört es auf zu regnen, um halb zwölf strahlt die Sonne, und es ist so warm, daß ich mich nach draußen in den Gastgarten setze. Der Fotograf Korn ruft an, er muß mich für die Wiener Village Voice knipsen. Er schlägt den Naschmarkt als Treffpunkt vor, und, jawohl, *er* ist es, der zum Inder will. Wir verabreden uns für eins.

Ich trinke einen Grappa. Weil er schmeckt, noch einen, diesmal einen großen. Ich gehe nach Hause und ziehe mir passende Kleidung für Fotoaufnahmen an. Noch ehe Mutter, Frau und Kind über mich herfallen können, bin ich wieder weg. Sie wollen nach Schönbrunn in den Tierpark fahren. Nein, ich kann leider nicht mitkommen.

Die Sonne scheint, es ist warm, die mögliche Hodenschwellung vergessen. Naschmarkt. Normalerweise kann ich mich nicht rasch genug durch die träge an den Obst- und Gemüseständen vorbeiziehenden Menschen drängen, normalerweise nerven sie mich, und ich gestehe, ich habe ein einziges Mal jemanden, der sich allzu dumm in den Weg gestellt hat, zur Seite gestoßen. Diesmal lasse ich mir Zeit. Ich verstehe nicht, wieso ich es an anderen Tagen eilig habe. Es ist angenehm, sich von der Geschwindigkeit der Menge dahintreiben zu lassen. Guter Grappa.

Mir kommt eine pummelige Asiatin entgegen, wohl eine Koreanerin. Auf den Armen trägt sie einen kleinen Hund. Als wir auf gleicher Höhe sind, sage ich zu ihr: »Mahlzeit!« Ich lache, aber sie sieht mich nur verängstigt an und läuft weiter.

Beim Inder finde ich gleich einen freien Tisch im Freien. Ich bestelle das volle Menü – Cola, Mulligatawnysuppe, Samosa, Chicken Methi. Als das Cola gebracht wird und ich trinken will, entdecke ich eine graue Masse an meiner Hand. Sie klebt. Mein Blick fällt auf meine Hose. Auf Höhe des Knies ebenfalls graue Masse. Kein Zweifel: Ein Vogel hat auf mich geschissen.

Unter Flüchen versuche ich mich an dem winzigen Waschbecken im ersten Stock des Pavillons notdürftig zu reinigen. Um nach Hause zu laufen und mich umzuziehen, ist es zu spät. Auf meinem Knie prangt ein großer nasser Fleck, durchzogen von schlierigen Vogelkackeresten, die nicht rauszubringen sind. Das Bein naßkalt, humple ich nach unten, ich bestelle ein Kingfisher.

Bettler kommen vorbei, ich weise sie ab. Mein schlechtes Gewissen ist nicht darunter. Es kommt der sich langsam dahinschleppende Alte, den ich neulich nach Feierabend über die Straße rennen sah, was in mir ein Gefühl sympathisierender Heiterkeit auslöste. Es kommt die verschleierte Romafrau, die jedem schroff und wortlos irgendeine Gazette unter die Nase hält. Es kommen Musikanten. Es kommt der junge Kerl im Rollstuhl, er zeigt auf sein hochgelegtes Bein und ruft: »Bitte! Operation!« Er trägt eine Jacke, auf der steht: *A.S.S. Anlagen System Service.* Ich frage mich, ob die das wissen.

Die Vogelgrippe fällt mir ein, ich werde nervös. Könnte das sein? Aber nein, das wäre doch zu verrückt, von einem vogelgrippekranken Vogel angekackt zu werden und daran zu sterben, nein. Keine Unruhe. Es soll sogar Glück bringen, von einem Vogel beschmutzt zu werden.

Nach einer Weile wird mir die ständige Bettelei so lästig, daß ich, als ein Tisch weiter weg vom Strom der Passanten frei wird, aufstehe und beginne, meine Sachen an den neuen Tisch zu schaffen. Als ich meine Jacke holen will, fummelt gerade irgendein Penner daran herum. Ich reiße sie ihm weg. Er greift nach meinem Besteck. Ich bin schneller.

»Verschwinde!« zische ich.

Ein Psychopath. Natürlich. Und zu wem kommt er, zu mir. Ich dränge ihn weg, laufe mit Jacke und Besteck zum neuen Tisch, laufe zurück. Der Psychopath hält gerade mein Cola in der Hand.

»He!« schreie ich.

Nun sehe ich ihn zum erstenmal an. Es ist der Fotograf Korn, der mir helfen will, meine Sachen an den anderen Tisch zu tragen. Ich entschuldige mich, er lacht, doch er lacht sowieso immer. Wir setzen uns, Herr Chandihok fragt leise, wie es ihm geht, Korn lacht, sagt »Gut!« und bestellt sich das Menü.

Der Fotograf Korn hat Leukämie. Ich weiß es von einem gemeinsamen Freund, aber Korn selbst scheut sich nicht, darüber zu sprechen. Wir reden über Flugangst. Er sagt, bis zur Diagnose (das Wort »Diagnose« hat einen grauenvollen Klang) hat er auch unter Flugangst gelitten, aber die ist ihm dann schnell vergangen. Wir reden über Hypochondrie. Er sagt, bis zur Diagnose war er auch sehr hypochondrisch. Er lacht, er lacht laut, die Leute ringsum hören uns zu, er verwendet für meinen Geschmack etwas zu oft grobe Wörter, und seine Lieblingsfloskel ist »Abteilung«: »Das ist eine andere Abteilung«, wenn er sich bei einem Thema nicht auskennt oder etwas nicht schätzt, »das ist nicht meine Abteilung«.

Ich bemühe mich, nicht zuviel von meiner Hysterie zu reden und von meinen Ängsten, an Vogelgrippe infolge einer Taubenkotattacke zu erkranken, denn das wäre gegenüber einem Leukämiepatienten nicht sehr taktvoll. Korn lacht und redet und lacht, und er tut es laut. Meine Hände, meine Arme, meine Beine zucken, ab und zu schnellt mein ganzer Körper in diese oder jene Richtung. Ich trinke noch ein paar Bier, bis ich Korn zuhören und ihn ansehen kann, ohne ständig das Gefühl zu haben, mich gleich in alle Bestandteile aufzulösen.

Er hat eine kleine Tochter. Wir reden über Kindererziehung. Ich erwähne, ich werde Stanislaus in eine Privatschule schicken, sofern ich es mir leisten kann. Er ist entrüstet, seine Frida kommt natürlich in eine öffentliche Schule. Ich erkläre, in öffentlichen Schulen ist der Anteil von Kindern, die kaum Deutsch können, eklatant, die Lehrer müssen sich verstärkt um diese Kinder kümmern, wodurch weniger Zeit für Stanislaus bleibt. Er soll aber etwas lernen.

»Ich finde es wichtiger, daß meine Frida lernt, daß Mehmet ihr Freund ist«, sagt Korn und schießt ein Foto von mir.

»Das finde ich weniger wichtig als Lesen, Schreiben, Rechnen«, sage ich. »Zumal sie das auch woanders lernen kann. Z. B. bei dir zu Hause.«

Er beharrt darauf, öffentliche Schulen sind die einzige Möglichkeit. In seiner Schulzeit waren Kinder aus Privatschulen die gräßlichsten Schnösel, mit denen konnte man nicht reden. Ich sage ihm, siehst du, bei dir lernt Frida, daß Mehmet ihr Freund ist, aber Mario, der in die Schnöselschule geht, ist pfui. Korn lacht, macht wieder ein Foto. Gerade stellt mir Herr Chandihok meine Nachspeise hin, Mango Melba, und der skrupellose Korn fotografiert mich, als ich die Hohlhippe in den Mund schiebe.

Er erzählt mir, er und seine Freundin wollen vielleicht noch ein Kind, aber diesmal ein adoptiertes. Er hätte gern ein schwarzes, eines aus Uganda, dort war er und dort ist es wunderbar. Ich frage ihn, wieso sie es nicht selber machen, wozu einfliegen lassen.

»Auf keinen Fall. Ich liebe Kinder, aber ich will nicht selbst dafür verantwortlich sein, was sie sind.«

»Wieso? Das ist doch das Schöne – man gibt seine Gene weiter, man sieht, was man gemeinsam mit einem Menschen produziert hat, den man liebt.«

»Nein, genau das ist das Üble«, sagt er und knipst mich. »Ich will meine Gene nicht weitergeben. Wollte ich nie.«

Mir wird klar, daß das stimmt – er wollte es wirklich nie. Sein Selbsthaß ist enorm, und er hatte ihn schon vorher.

Als ich hier angelangt bin mit meinen Überlegungen, kommt mir der Gedanke, Korn könnte diese kleine Diskussion nur inszeniert haben, um mich lebhaft werden zu lassen und lebendigere Bilder zu bekommen. Ist er nun sehr schlau, oder bin ich sehr paranoid? Ich verzichte darauf zu fragen, und wir verabschieden uns.

Ich rufe Gerrit an, meinen niederländischen Übersetzer, der seit einigen Wochen in Wien lebt. Wir hatten gestern vereinbart, ich melde mich, wenn ich in der Nähe bin.

»Hallo?«

»Hallo Eiergespenst, wer sagt Sau zum Hengst?« rufe ich sinnlos.

»Wie bitte?«

»Na, du Hühnermanöver! Was ist los? Zeit?«

»Wen wollen Sie sprechen, bitte? Wer sind Sie?«

»Äh? Äääääh? Thomas hier. Glavinic. Bist das nicht du, Gerrit?«

»Hier ist Robert Menasse.«

»Holla. Bah. Broah. Äääää ... ntschuldigung, Verzeihung, ich wollte Sie nicht ... ich meine ...«

»Schon in Ordnung.«

»Öhm, ja, hmmm, also wirklich ...«

Menasse ist freundlich und verzeiht mir. Wir kennen einander persönlich nicht, er schlägt vor, wir könnten uns mal in seinem Stammcafé, dem *Sperl*, treffen. Sehr nett, sage ich. Ich begreife allmählich. Früher hat Gerrit, wenn er in Wien war, in Menasses Wohnung gewohnt, und in dieser Zeit war Menasse meist in Amsterdam. Statt *Gerrit* habe ich *Gerrit Wien* gewählt. Aber Gerrit ist nun *Gerrit*, denn so habe ich es Tage zuvor eingespeichert, und *Gerrit Wien* ist noch immer Robert Menasse. Mit irrem Lachen verabschiede ich mich.

Zu Hause alles ruhig, offenbar sind sie noch im Zoo. Ich setze mich vor den Fernseher. Es läuft ein alter Don-Camillo-Film. Eigentlich wollte ich lesen, aber ich komme nicht vom Bildschirm weg. Ich verstehe genau, warum diese Filme genial sind, es liegt einerseits an den zwei Feinden, die in Wahrheit Freunde sind, und das ist tröstlich, und es liegt andererseits an Jesus, der zu Camillo spricht, und das ist noch tröstlicher. Ich verstehe diesen Film, aber das ändert doch nichts daran, daß ich mir immer wieder die Augen wischen muß.

Ich schreie mich an, schlage mir auf die Backe, aber es hilft nichts, ich bin gerührt. Erst als der Film aus ist, werde ich wieder vernünftig. Ich lege mich hin und versuche in den recht verschwurbelten Roman eines unbekannten Südamerikaners hineinzufinden, aber es gelingt mir nicht. Statt dessen schnappe ich mir die Autobiographie einer ehemaligen Pornodarstellerin.

Eine Stunde lese ich, dann ist das Buch aus, und ich setze mich an den Computer. Keine Mails. Ich schreibe Daniel ein SMS. Er schreibt zurück, er kann jetzt nicht, weil er bei einem Essen mit dem Außenminister von Brasilien sitzt, Gilberto Gil ist auch da. Richtig, ich hatte es vergessen, Daniel ist diese Woche mit dem deutschen Außenminister in

Südamerika unterwegs. Ich rufe die Homepage der Austrian Airlines ab und lese, was da über Flugangstseminare steht. Das nächste wäre im Sommer. Ich schreibe ein Email, ob noch Plätze frei sind. Zugleich frage ich mich, was ich mache, wenn sie wirklich etwas frei haben.

Die drei kommen nach Hause. Sie erzählen mir vom Tierpark, ich höre müde zu, unauffällig trage ich ein Bier in mein Arbeitszimmer. Else zeigt mir ein gerahmtes Foto, das ich gut kenne. Jahrelang hing es im Büro meiner Mutter. Ich bin darauf zu sehen, ich bin etwa acht Jahre alt.

»Hat sie mir geschenkt«, sagt Else.

»Wie, geschenkt?«

»Weil sie Angst hat, es könnte herunterfallen.«

Wir wechseln einen Blick. Sofort ist mir alles klar. Meine Mutter ist sehr abergläubisch. Daß das schon solche Formen angenommen hat, war mir aber nicht bewußt. Ich weiß, was sie denkt: Wenn mein Bild herunterfällt, ist mir etwas zugestoßen. Davor fürchtet sie sich, und ihre Lösung sieht so aus, daß sie das Bild verschenkt.

Es wird Abend. Ich sperre mich in meinem Arbeitszimmer ein. Ich schaue in die Aufzeichnungen, die ich mir zu meinem nächsten Roman gemacht habe. Da und dort notiere ich etwas, ergänze, arbeite noch weiter aus. Ich sehe ihn vor mir, nicht handfest als Buch, sondern als Idee, und bin – ja, es ist schwer zu sagen, was ich bin.

Ich trinke einen Schluck. Eine Weile lese ich in den Fahnen von *Die Arbeit der Nacht.* Gefällt mir. Dieser Roman erscheint in drei Monaten. Der andere existiert bislang nur in meinem Kopf. Ich gehe durchs Arbeitszimmer und denke an diese beiden Bücher, sehe sie vor mir, als ein Teil von mir und zugleich als etwas Fremdes, von mir Geschaffenes. Ich fühle mich wie ein Siebzehnjähriger.

Als ich ins Wohnzimmer komme, sind Else und meine Mutter dabei, Anekdoten auszutauschen, und nicht selten stehe ich in deren Mittelpunkt. Meine Mutter erzählt, wie ich als Schüler einem Kameraden beim Skikurs ins Bett gepißt habe. Else fällt daraufhin ein, daß ich früher dafür bekannt war, an lustigen Abenden im dritten oder sechsten Stock aus dem Fenster zu pinkeln, man habe mich nicht aus den Augen lassen dürfen, plötzlich sei ich verschwunden, und man habe mich mit offener Hose auf dem Fensterbrett gefunden, den Kopf als Sicherung gegen den Absturz zwischen Innen- und Außenfenster verkeilt.

Meine Mutter wird von einem Lachanfall geschüttelt. Ich bitte, mit diesen Geschichten aufzuhören. Das hilft natürlich nichts, sie machen weiter, und ich lege mich aufs Sofa. Es war zuviel Bier, ich bin schläfrig. Im Fernsehen gibt es nichts Interessantes, außerdem würde ich sowieso wenig mitkriegen.

Ich halte die Augen geschlossen und döse vor mich hin. Else und meine Mutter sprechen leiser. Es geht um mich, aber nicht nur. Ich bin zu müde, um hinzuhören, auf dem Sofa ist es bequem. Ab und zu höre ich das Klirren von Tassen, ab und zu wird eine Schublade zu laut geschlossen. Sie reden und reden. Es fallen Namen, Ortsbezeichnungen, Jahreszahlen werden genannt.

Plötzlich merke ich, daß jemand über mir steht. Die Person verharrt eine Weile vor dem Sofa, dann setzt sie sich wieder zum Tisch.

»Häßlich ist er schon«, höre ich meine Mutter sagen.

Siebzehn

Ende Mai. Für mich gibt es nichts zu tun. *Die Arbeit der Nacht* erscheint im August. Leere, Leerlauf, Warten.

Ich sehe überall schlechte Vorzeichen, oder anders: Ich bin zweckpessimistisch und fühle mich schon durch Kleinigkeiten in meiner Sorge bestätigt. Gestern kam die Verlagsvorschau. Sieht gut aus, aber ich fand natürlich sofort Grund zur Beunruhigung. Bei einigen Autoren wird gleichzeitig das Hörbuch ausgeliefert, bei mir nicht. Wurde also vom Deutschen Hörverlag abgelehnt. Das gefällt mir nicht. Aber egal, selbst wenn mich Michael Krüger morgen anruft und sagt, bis auf einen Kerl in Greifswald lieben alle Kritiker mein Buch, werde ich verzweifelt sein, denn dieser Jemand in Greifswald ist das Böse unter der Sonne.

Ich sitze in meinem Arbeitszimmer, wo ich mich verborgen halte, weil die halbe Verwandtschaft zu Besuch ist. Nicht, daß ich etwas gegen sie hätte – ich bin nur zur Zeit zu sehr mit mir selbst beschäftigt. Außerdem habe ich mir vorgenommen, drei Wochen lang keinen Alkohol zu trinken. Die ersten sieben Tage habe ich hinter mir. Ich bemerke eine gewisse Steigerung meiner Reizbarkeit, gestern in der U-Bahnstation war ich knapp davor, einen hinter mir auf der Rolltreppe singenden Mann zu beleidigen. Dabei ist es natürlich nicht das Singen, das mich stört – alles stört mich, *ich* störe mich. Ich fühle mich wie bei einem Wettbewerb, der durch Publikumsvoting entschieden wird. Alle Telefonleitungen sind zu, das Ergebnis steht fest, aber noch kennt es keiner.

Daniel ruft an. Er geht auf Sylt im Regen spazieren. Es sind schon über 520.000 Exemplare, erzählt er mir, und mehr als zwanzig Lizenzen für Übersetzungen wurden vergeben. Der Erfolg seines Buches nimmt immer ungeheurere Formen an. Angela Merkel will ihn treffen.

Früher Abend. Der Großteil der Verwandtschaft verabschiedet sich, nur Ursel bleibt noch bis morgen, um Else und mir einen erholsamen Abend zu verschaffen. Sie hat blutige Mulltupfer am Nacken kleben. Ich erfahre, daß sie sich am Nachmittag vier Blutegel hat ansetzen lassen.

»Aber warum?«

»Das ist gesund! Der Egel spritzt dir am Ende ein Enzym ein, das dem Körper guttut.«

»Bist du denn krank, weil du …«

»Nein. Vorbeugend.«

»Tut das nicht weh?«

»Naaaain. So wie eine Injektion eben.«

Ich schalte den Fernseher ein. Der Sprecher sagt:

Das ist Josef. Josef ist krank. Er hat Krebs.

»LALALALA!« Else ist schneller als ich, sie hat die Hände gegen die Ohren gepreßt und singt lauthals: »LALALAAAAALALA!« Ich folge ihrem guten Beispiel, auch ich halte mir ein Ohr zu und intoniere etwas, das sich anhört wie der einzige existierende Ausschnitt aus einer klingonischen Oper[1], also tiefes, machtvolles Gebrüll, während die freie Hand die Fernsteuerung bedient. Ursel schaut von Else zu mir, von mir zu Else.

Wir kochen. Mir wird von großen Dingen berichtet, die sich heute morgen ereignet haben. Gunther drehte beim Frühstück das Radio an. Es kam klassische Musik. Nach

1 Star Trek DS9 5.03

ein paar Sekunden rief Stanislaus: »Das kenne ich! Mozart ist das!« Und es stimmte, es war Mozart, eine Sinfonie, die Stanislaus vor einem Jahr gehört hatte. Den Rest des Tages verbrachte Opa damit, allen zu versichern, sein Enkel sei ein Genie. Auch Ursel, die mir die Geschichte erzählt, ist noch ganz begeistert.

Ein Genie? Stanislaus ist zwei Jahre und vier Monate alt und erkennt nach wenigen Sekunden eine Mozart-Sinfonie. Was bedeutet das? Stanislaus ist kein Genie. Mozart ist das Genie.

Plötzlich Geschrei. Else hat sich mit dem neuen Küchengerät die Fingerkuppe des Daumens halb weggehobelt. Blut fließt heftig, sie hält den Finger unters Wasser, dann pressen wir saubere Tücher auf die Wunde, erst das fünfte wird nicht mehr gänzlich durchweicht.

Ich will wissen, wie das zugegangen ist. Else erklärt, sie hat ohne den dazugehörigen Aufsatz gehobelt und ist an der feuchten Karotte abgeglitten, so daß der Daumen mit voller Wucht in das Messer gefahren ist. Ich schüttle den Kopf, mir gefällt es nicht besonders, wenn Else oder Stanislaus zu Schaden kommen, und wenn es aus Blödheit passiert, noch weniger. Ich schimpfe mit ihr. Warum kauft sie so ein tödliches Gerät überhaupt, und wenn sie es schon kauft, warum verwendet sie es nicht sachgemäß?

Während Ursel Else verarztet – ich muß immer wieder auf den blutigen Nacken starren –, kümmere ich mich um das Gemüse. Ich nehme den Aufsatz und ziehe die Karotte damit drei-, viermal über das Küchengerät, aber schnell stelle ich fest, daß mit diesem Aufsatz nicht zu arbeiten ist und ich auf diese Weise noch in einer halben Stunde mit der Karotte dastehen werde. Ich lege den Aufsatz zur Seite und nehme die Karotte in die Hand, ich ziehe sie ein paarmal über das Gerät, dann macht es Flatsch!, und ich fühle ein Brennen am Daumen. Gerade kann ich noch erkennen, daß ich mir ebenfalls die halbe Daumenkuppe weggehobelt habe, dann strömt das Blut stark heraus, und von der Wunde selbst ist nichts mehr zu sehen.

Ich halte den Finger unter die Wasserleitung. Ursel schaut uns an.

Nach dem Essen verziehe ich mich in ein Lokal eine Straße weiter, das *D-Zug*. Wer Stammgast im a^2 ist, ist es auch hier, und umgekehrt. Ich setze mich an die Theke, Judith, die Kellnerin, grüßt ausgelassen, ich grüße zurück, ein paar andere Stammgäste sind da, sie winken, ich soll mich zu ihnen setzen, aber Else hat versprochen, nachzukommen, und so bleibe ich für mich.

Der süßliche Geruch von Whisky liegt in der Luft. Das ist zuviel für mich, ich pfeife auf drei Wochen Abstinenz und bestelle mir ein Bier. Plus einen White Russian.

Bernd, der Fernmeldetechniker aus Liechtenstein, läßt sich nicht abschrecken. Er läuft auf mich zu und will mich in Teletubbies-Manier begrüßen, ich soll aufstehen, damit wir unsere Oberkörper zusammenprallen lassen können wie Dipsy und Tinkie-winkie, aber das verweigere ich. »Komm schon, Baby«, sagt er, »stell dich zu uns!«

Ich bleibe, wo ich bin. Ich kenne das schon, er sagt immer Baby zu mir, und wenn wir diskutieren, sagt er manchmal: »Du tust mir gerade mit Worten weh.« Ich vermute, es wäre besser, mit so jemandem nicht zu diskutieren. In Stammkneipen entwickeln sich eben manchmal Beziehungen und Konstellationen, die überall sonst undenkbar wären, die aber an diesem einen Ort funktionieren.

Eine halbe Stunde später, ich bin bei der dritten Runde, wird mir bewußt, daß ich ständig jemanden beten höre. Ich blicke mich um, in meiner Nähe sitzt niemand. Weit und breit keiner, der für das einschläfernde Gemurmel rings um mich verantwortlich sein könnte. Aber immer wieder dringt es an mein Ohr, es hört sich genau so an, als würde jemand beten.

Werner, der hier als Kellner arbeitet, an diesem Abend jedoch privat da ist, stellt sich kurz zu mir und gibt mir einen B-52 aus. Ein seltsames Getränk, süß, stark, es wird brennend getrunken, was vor allem die Jugend in der Ecke begeistert, die sich eine Runde nach der anderen kommen läßt. Werner hat seinen Hamster im Käfig dabei, ein putziges Vieh, es ist bekleidet. Es hat winzige Hosen und Strümpfe an, sogar ein T-Shirt. Werners Tante hat das Zeug gestrickt. Ich höre wieder den Betenden, frage ihn, ob er das auch hört, er hört es nicht. Kurz darauf sagt er, er stellt sich zurück zu seinen Freunden, ob ich ... Nein, ich möchte nicht mitkommen. Ich schreibe Else ein SMS, wo sie bleibt.

Über meinem nächsten White Russian denke ich über Paranoia nach. Es ist so schwer, die Grenze zu ziehen, wo gesunde Vorsicht, vernünftige Zweifel, verständliche Ängste in Paranoia übergehen. Interessante Frage.

Ich trinke und denke weiter nach. Mir fällt eine Geschichte ein, die ich vor zehn Jahren erlebt habe. Meine damalige Freundin und ich lebten auf einem einsamen Bauernhof. Sie hatte die Angewohnheit zu kiffen, was mir nicht paßte, erstens weil mich Graskonsum paranoid macht (einmal lag ich nach ein paar Joints stundenlang auf dem Boden im Glauben, eine Gehirnblutung zu haben), weswegen ich das Zeug seit ewigen Zeiten nicht anrühre, zweitens weil ich Angst vor Razzien hatte, die Bauernpolizei da draußen hatte ohnehin schon ein Auge auf uns geworfen (glaubte ich), vor allem, weil Astrid Berlinerin war (diese Logik ist mir jetzt nicht mehr eingängig).

Eines Morgens wurde ich gegen sieben von Klopfen an der Tür geweckt. Ich sprang auf und lief verschlafen in die Küche, um vom Fenster aus zu sehen, wer da war. Und wer war es – die Polizei. Zwei Angehörige einer Eliteeinheit. Sie trugen schwarze Uniform und seltsame Mützen, am Gürtel des einen baumelte eine eindrucksvolle Waffe.

Ich, ins Schlafzimmer stürmend: Astrid, schnell, alles Gras ins Klo, die Polizei ist da.

Astrid, schlagartig hellwach: WAS?

Ich: Schnell, schnell, wo ist die Schuhschachtel mit dem Gras? Alles runterspülen!

Astrid, im Bett stehend: Die Polizei? Wo?

Ich: An der TÜR!

(Wie zum Beweis ertönt erneutes Bollern.)

Astrid schleicht hager und nackt durch die Küche. Mit steifem Rücken späht sie aus dem Fenster. Nach ein paar Sekunden sagt sie:

Du Trottel. Das ist der SCHORNSTEINFEGER!

Ich trinke und male mir aus, was mir Astrid erzählt hätte, wenn ich ihre gesamten Grasvorräte ins Klo gekippt hätte. Weitere Episoden aus meiner Vergangenheit fallen mir ein, deren Pointen meine Paranoia zugrunde liegt, und ich beginne mich zu beschimpfen. Bis ich bemerke, daß ich von den meisten Gästen an der Theke angestarrt werde. Judith lächelt mir zu, offenbar hat sie gerade mit dem Kerl hinter den Zapfhähnen über mich und mein Herumhampeln geredet. Oder ist das jetzt wieder nur Paranoia?

Ein altes Leiden von mir, wenn ich zuviel getrunken habe, ist die plötzliche Anwandlung, überall Homosexuelle sowie Swingerclubbesucher zu sehen (der Prinz behauptet, das sei reine Projektion, ich sei eigentlich bisexuell und swingerclubaffin). Gerade habe ich damit begonnen, gerade enttarne ich einen feisten Mann an der Bar als schwul und ein überdreht wirkendes Paar in der Ecke als geile Schweinchen, da kommt endlich Else herein.

»Wie siehst du denn aus?« ruft sie. »Was hast du denn aufgeführt?«

»Sag mir bitte, hörst du das auch?«

»Was?«

»Da betet doch jemand!«

Else will mich sofort nach Hause schleppen. Ich muß ihr versprechen, nur noch Kaffee zu trinken. Ich willige ein, sie bleibt. Nach einer Weile bin ich in der Lage, einigermaßen vernünftige Gespräche zu führen.

Wir reden über meine Flugangst. Else hat ja auch Flugangst, aber sie überwindet sie, ich hingegen bin seit 1983 nicht geflogen, da war ich elf. Sie rät mir dringend, ein Seminar zu besuchen, denn sie will endlich mit mir Städtereisen unternehmen und nicht immer nur Kurzurlaub in irgendeinem Thermenhotel in der Oststeiermark machen.

»Du meinst, Fliegen ist sicher?«

Else sieht mich scharf an, es ist der Ich-sag-dir-jetzt-was-Blick: »Ein Linienmaschinenpilot, weißt du, was der für einen normalen Piloten ist? Ein Au-to-bus-fahrer!«

Mir geht es allmählich besser. Else geht es auch gut, weil sie zu Hause mit Ursel auch eine Flasche getrunken hat, und bald geht es uns beiden so gut, daß wir uns von einem Taxi zum Hotel Orient bringen lassen. Eine Stunde später fahren wir wieder nach Hause. Das heißt, Else fährt nach Hause, ich steige eine Straße vorher beim *D-Zug* aus.

Was steht mir bevor, wenn das Buch erscheint? Schon

wieder taucht dieser Gedanke auf. Schaffe ich es auf die Shortlist des Deutschen Buchpreises? Unter die ersten Sechs? Da muß ich es vorher erst mal unter die ersten Zwanzig schaffen, also auf die Longlist. Wäre schön, denn ein Erfolg kann mich materiell weitgehend sorgenfrei machen, zumindest für eine Weile, ein Mißerfolg hingegen hat nicht nur auf mich, sondern auch auf Else und indirekt auf Stanislaus negative Auswirkungen. Ich erinnere mich noch gut daran, wie mein erster Verleger, als mein erster Roman erschien, mir erklärte: *Ein Buch muß krachen.* Seit Wochen laufe ich im Kreis. Ich denke immer dasselbe. Zeitungsartikel, Fernsehauftritte, Lesungen, und dabei abwarten, ob es kracht. In jeder Saison lassen es nur sehr wenige Romane krachen.

Ich trinke White Russians, ab und zu lädt mich Werner auf einen B-52 ein, und ich revanchiere mich. Langsam wird es rund um mich finster. Ich gehe pinkeln, danach wasche ich mir am Gang die Hände, die Tür zur Damentoilette fliegt auf, Judith und irgendein Kerl kommen heraus. Sie kichert, als sie mich sieht. Ich bin zu betrunken, um mir darauf einen Reim zu machen, mir ist es im Grunde egal, was andere Leute tun.

An der Theke unterhalte ich mich mit Werner. Mir fällt eine Geschichte ein, die ich seit Jahren anderen Schriftstellern erzähle. Ich behaupte, Schriftsteller seien besondere Schützlinge Gottes, er schätze sie besonders, das stehe in der Bibel. Manchmal erzähle ich auch, es sei Jesus, der die Schriftsteller besonders liebe. Egal, welche Version ich erzähle, ich erlebe immer die gleiche Reaktion: Jeder Schriftsteller horcht auf, selbst der zynischste Misanthrop, jeder staunt und fragt erfreut: Ach ja? In welchem Widerspruch diese Behauptung zur christlichen Lehre steht, in der alle

Menschen gleich viel wert sind, fällt keinem auf, alle, alle, alle freuen sich. Und deshalb erzähle ich sie noch immer.

Aber wieso ist mir das jetzt eingefallen?

Ich erzähle die Geschichte Werner, ich erzähle ihm auch, daß sie nicht stimmt, und frage ihn, ob er weiß, warum sie mir eingefallen ist. Er weiß es auch nicht.

Judith geht schon wieder in Begleitung aufs Klo, diesmal ist es ihr Freund.

»Was ist denn da los«, sage ich zu Werner, »ich will ja nicht Moralapostel spielen, aber zuerst der eine ... dann wieder ihr Freund ... also ich weiß nicht ...«

Werner fährt sich mit dem Zeigefinger an den Schnurrbart und zieht die Nase auf.

»Ach sooooo«, sage ich. Ich höre wieder den Betenden. Zwei Schwule kommen herein.

Achtzehn

Als ich mittags in die Küche komme, ist meine Mutter zu Besuch. Ich winke ihr einen Gruß zu, sie winkt zurück, sie ist gerade mitten im Erzählen einer Geschichte, die sich ihrem Ton nach schon einige haben anhören müssen. Mit einer bewußten Willensanstrengung schließe ich die Ohren, ich öffne sie wieder, als Else neben mir steht und mich fragt, ob sie mir Rührei machen soll. Ich schüttle den Kopf, statt dessen wärme ich mir zwei Tütensuppen, asiatisch.

»Wißt ihr, was mir imponiert?« fragt meine Mutter ansatzlos. »Wenn jemand ›Sie ...‹ sagen und dann furzen kann.«

Else und ich schauen uns an. Sie sagt übrigens nicht *furzen*, sie drückt es landschaftlicher aus.

»Nicht daß ich es gutheiße«, versichert meine Mutter, »ich finde es nur imponierend, wenn jemand auf Kommando furzen kann.«

Mit meinen Suppen und meinem Kaffee verziehe ich mich ins Arbeitszimmer. Ich nehme ein Aspirin. Ich setze Kopfhörer auf und höre Musik, Stereolab, mit voller Lautstärke, doch es ist nicht laut genug, um nicht in gewissen Abständen das hysterisch-wahnsinnige Gelächter meiner Mutter aus der Küche zu hören.

Posteingang: (0)

Ich durchsuche meine Taschen nach den Notizen der vergangenen Nacht. Wenn ich allein trinke, fallen mir über einen bestimmten Zeitraum allerhand geniale Dinge ein, die ich auf Gasthausrechnungszetteln notiere. Gestern war ich im *a²*, und ich glaube mich zu erinnern, daß ich mir wichtige Dinge notierte, ehe ich begonnen habe, mit den Kellnern armzudrücken (Armdrücken ist bei mir immer Indiz für das Erreichen des Stadiums totaler Gottlosigkeit und Stumpfheit). Aber wo sind die Zettel?

Das Telefon läutet, ich erkenne die Nummer sofort: der Absender des Galatasaray-SMS. Jetzt ruft er also an. Mein Herz schlägt schneller, erst will ich ihn abweisen, aber dann hebe ich doch ab, das Weglaufen und Nichtkonfrontieren muß ein Ende haben.

»Hallo, hier Klaus«, höre ich.

Und brauche ein paar Sekunden, bis ich kapiere, daß ich mit dem Mitarbeiter der Wiener Village Voice rede.

Mit weniger als einem halben Ohr höre ich zu. Er will einen Text von mir. In meinem Kopf arbeitet es. Wieso bitte hat mir der Mitarbeiter der Wiener Village Voice ein ausländerfeindliches SMS geschickt? Der ist doch alles, nur kein Nazi. Ich kontrolliere die Nummer, sie stimmt.

»Klaus, wir müssen reden.«

Ich erzähle ihm die Geschichte. Als er hört, ich hätte ihn für einen mich verfolgenden Nazi gehalten, ist er betroffen. Galatasaray sei ein kreativer Witz gewesen, er habe sich dabei nichts gedacht.

»Du hast doch meine Nummer, du weißt doch, daß ich das bin«, sagt er. Ich muß ihm erklären, daß ich damals bei Heidis Party in einem Anfall von Literaturbetriebswiderwillen auch seine Nummer gelöscht habe. Komme mir ziemlich blöd vor.

Die Zettel vom Vorabend, wo? Ich finde sie neben dem Laptop. Dadurch erinnere ich mich, daß ich nach dem Nachhausekommen noch »Gedichte« geschrieben habe. Ich lösche sie, ohne sie anzusehen, dann lese ich die Notizen, vielleicht ist etwas Brauchbares dabei.

»Wo Handy gekauft? Nicht verdächtigen, aber gestohlen.«

»Glavinic der bessere ...«

»Länger nicht schreiben ist wie länger keinen Sex haben.«

»Ein Schriftsteller ist ein Soldat!«

»Durch Schach habe ich«

»Steirische Landesausstellung 1984«

»Vater Kohl Daniel«

»Egal, wo Menschen zusammenkommen (Film etc.) – sie schlafen miteinander«

»Story: Homophiler, politisch korrekter Typ schlichtet Streit (verteidigt Schwule), wird zus.geschlagen, von 2 Schwulen mitgenommen, helfen verarzten ihn, Pflege ihre Wohnung, dann ihn festgebunden und in den A. gef.«

»Mit einem (unleserlich) Pluto (?) ausschalten«

»dünne Frauen Heuschrecken«

»(unleserlich) aus unserer Mitte«

»(unleserlich) Motiv Herz – Narr – (unleserlich) – N:V:T«

(plus sechs nicht mehr entzifferbare Notizen)

Einiges ist selbsterklärend, einiges rätselhaft, schade, daß ich so viel nicht lesen kann. Vielleicht war etwas Brauchbares dabei, wenngleich der Anschein nicht dafür spricht. Die »Story« werde ich jedenfalls nicht schreiben. Was einem alles einfällt. Und was ist mit Daniel oder Daniels Vater oder Kohl? Helmut Kohl?

Ich rufe Daniel an, vielleicht kann er sich die Sache erklären. Er ist gerade in New York, bei ihm ist es früh am Morgen, trotzdem hebt er gleich ab. Er kann mir auch nicht helfen, er hat vor dreißig Stunden eine Ecstasy-Tablette geschluckt und ist nicht recht zugänglich. Ich nehme mir vor, ihn in zehn Stunden noch einmal anzurufen.

Wenigstens weiß ich, was es mit der Handysache und mit der Steirischen Landesausstellung auf sich hat. Zu Beginn des Abends sprach mich eine Frau neben mir an der Theke an: »Entschuldigen Sie, wo haben Sie Ihr Handy gekauft, das da liegt? Ich will Sie ja nicht verdächtigen, aber mir wurde vorige Woche meines gestohlen, und das war genau so eines.«

Und Steirische Landesausstellung 1984: das ist interessant. Wie bin ich darauf gekommen?

Welches Thema die Steirische Landesausstellung damals hatte, weiß ich nicht mehr, ich weiß nur, daß wir alle so um die zwölf Jahre alt waren, als unsere Schulklasse eingeladen wurde, einen Raum der Landesausstellung in der weststeirischen Kleinstadt Stainz zu gestalten. Jeder malte ein Bild, das sich auf das Thema bezog. Als die Ausstellung eröffnet wurde, waren wir eingeladen, Anzug, weißes Hemd, Scheitel, Eltern usw.

Und dann kamen wir in den Raum, in dem unsere Bilder hingen, und dann suchten vierunddreißig Schülerinnen und Schüler ihr Bild, und dann merkten sie, daß nur dreiunddreißig Bilder da hingen, und dann merkte ich, daß ich der war, dessen Bild fehlte, und dann erfuhr ich, daß meines wegen seiner niederschmetternden Qualität nicht akzeptiert worden war.

Zeichnerisch war ich immer schon ohne jedes Talent, ein Vierjähriger zeichnet besser als ich, ein Handloser, und vermutlich sogar ein handloser Vierjähriger. Ich kann wirklich nicht zeichnen, deshalb erfreuen sich auch Karikaturen von meiner Hand bei meinen Freunden keiner großen Beliebtheit, was ich sehr betrüblich finde.

Am Nachmittag gehe ich zum Inder. Beim Zahlen bekomme ich einen Lolly für Stanislaus, das hat sich in letzter Zeit so eingebürgert. Im Supermarkt kaufe ich Himbeeren. Das Plakat darüber fasziniert mich:

Himbeeren! 1 Becher: 1,99 € 2 Becher: je 0,99 €

Erst halte ich es für einen Witz. Aber es ist ein gedrucktes Plakat, das hat nicht irgend jemand aus der Obst- und Gemüseabteilung mit Kreide rasch auf eine Tafel gekritzelt. Es ist eines jener Plakate, die in allen Filialen im ganzen Land aufgehängt werden.

Weil ich es nicht glauben kann, frage ich eine Verkäuferin. Sie bestätigt mir: Wenn ich einen Becher nehme, kostet er 1,99 €. Wenn ich zwei nehme, kostet jeder davon 0,99 €. Weiter fällt ihr nichts auf.

Auf dem Nachhauseweg fliegt mir irgendein Insekt an den Kragen. Automatisch greife ich hin, streife es von meinem Hals, in dieser Sekunde spüre ich ein schmerzendes Brennen. Vor mir am Boden zappelt eine Wespe. Das Mistvieh hat mich gestochen.

Der Hals schmerzt enorm. Es brennt höllisch. Und ich weiß nicht einmal, ob ich gegen Wespenstiche allergisch bin oder nicht.

Panik. Wie ist das mit dem anaphylaktischen Schock? Man bricht zusammen und erstickt, oder? Wenn mir das jetzt passiert, wer soll mir helfen? Die Leute gehen doch vorbei, wenn jemand erstickt, weil sie glauben, da macht ein Besoffener Theater (schon deshalb trage ich gern mal Krawatte).

Ich meine ein leichtes Würgen im Hals zu spüren. Seit einiger Zeit weiß ich, daß ich gegen Flieder (und noch so einiges, was blüht) allergisch bin, und von daher kenne ich dieses Würgen, es ist ein Allergiewürgen.

Die Einkaufstüte schleudernd, in der die Himbeeren herumfliegen, renne ich so schnell ich kann in Richtung nächste Apotheke. Ich muß es schaffen. Nicht vorher zusammenbrechen. Wenn ich erst dort umkippe, kann mir vermutlich jemand helfen.

Ich schaffe es. Eine hübsche junge Apothekerin fragt, wie sie mir helfen kann. Ich zeige ihr die Stichstelle: »Wespe ... gestochen ...«

»Aha«, sagt sie freundlich, »na, dann nehmen Sie *Insecticum*. Ein kühlendes Gel, bewirkt das Abschwellen des ...«

»Nehme ich. Aber bitte, sagen Sie, wie lange dauert es, bis ich merke, ob ich ... na ja ... Allergie ...«

»Was Sie meinen, geht sehr schnell. Wann wurden Sie gestochen?«

Ich schaue auf die Uhr. »Vor drei Minuten!«

»Normalerweise geht das sehr schnell. Wenn Ihnen nicht innerhalb einer Viertelstunde schwindlig und übel wird ... Nach einer Stunde spätestens müßten Sie etwas gemerkt haben.«

Ich kaufe das Gel, schmiere es mir gleich auf der Straße auf die Haut. Und jetzt? Nach Hause gehen? Ich schaue auf die Uhr: sechs Minuten.

Ich lungere vor der Apotheke herum, um im Bedarfsfall hineinlaufen zu können. Durch das Fenster sehe ich, wie sie mich beobachten. Wahrscheinlich reden sie. Mir egal. Ich gehe lieber auf Nummer Sicher.

Nach einer halben Stunde, in der das Würgen weder stärker geworden ist noch nachgelassen hat, wage ich mich weg. Weiter als bis zum a^2 jedoch nicht. Dort bringe ich den zweiten Teil der Stunde rum, dann gehe ich nach Hause. Niemand da. Ich schaue mir die Einstichstelle an. Nicht mehr geschwollen. Überhaupt nichts mehr zu sehen. Gutes Mittel, dieses *Insecticum*.

Ich lege mich hin. Eine Stunde, zwei, es beginnt zu regnen, Else und Stanislaus kommen nach Hause, sie haben meine Mutter zum Zug begleitet. Ich spiele eine halbe Stunde mit Stanislaus, ich lasse den »Kitzelflieger« erscheinen und mache Faxen. Dann ist es neun, der Kleine geht schlafen, und ich sperre mich wieder im Arbeitszimmer ein.

Ich nehme die Notizen, die ich bis jetzt für meinen nächsten Roman gesammelt habe, es sind ungefähr zwanzig DIN-A4-Zettel. Ich lese sie. Ja, klingt alles gut. Ich will jetzt arbeiten.

Draußen Gewitter, der Regen kommt mir waagrecht entgegen. Die Zettel unter der Jacke geschützt, laufe ich vorbei am a^2, hinter dessen Fenstern ich die üblichen Verdächtigen sehe, die mir das Arbeiten schwermachen würden. Ich laufe zehn Minuten, bis ich am *Kiosk* ankomme, einem lauten Laden, in dem es Qualitätswürste gibt. Ich bestelle eine Bosna und ein Bier und mache mich an die Arbeit.

Ein weiblicher DJ zieht meine Aufmerksamkeit auf sich. Das Mädchen ist ungefähr zwanzig, dick, nicht besonders attraktiv, schwarz gekleidet, sie legt passable Sachen auf. Ich stehe ja all dieser Jugendkultur fern bzw. finde alles, was unter *alternative* bekannt ist, eher langweilig. Aber die Musik hier paßt gerade, und ich beobachte in Nachdenkpausen die Frau an den Mischpulten. Sie hat Kopfhörer auf und macht, was ich schon tausendfach an anderen Musikhörenden gesehen habe: die Nein-Bewegung des Kopfes. Mit geschlossenen Augen lauscht sie, dazu wiegt sie den Kopf. Alles an ihrer Miene ist Hingabe, doch wie fast bei allen Menschen, die Musik hören, sagt ihre Mimik ein leidendes Nein. Es drückt Leidenschaft aus, aber wieso ein Nein? Wieso nicht Ja? Nie werde ich das verstehen.

Und noch etwas fällt mir auf: Wie alle DJs steht sie da und *besitzt* die Musik. Den Menschen, die hier ringsum sitzen und stehen, ist sie aus ihrer Sicht überlegen. Was sie uns vorspielt, das *ist sie*. Die Musik gehört ihr, und deshalb ist *sie besser*, besser jedenfalls als ohne die Musik. So wie manche Leute Handke *besitzen* oder meinetwegen Arno Schmidt.

Das fünfte Bier hat mir sichtlich nicht gutgetan, und weil ich heute ohnehin schon weiter gekommen bin als in den Monaten zuvor, lege ich den Kugelschreiber weg. Mich starrt ein junger Kerl an. Ein Bier in der Hand, steht er da und starrt, er sieht aus wie ein Hillbilly, lange fettige Haare, abgerissene Kleidung, die hungrigen Augen des Schwätzers. Ich sehe ihn und weiß im selben Moment, was passieren wird.

»Darf ich dich stören?« fragt er und setzt sich neben mich. »Ich will dich nicht stören, aber ich sehe, du schreibst. Bist du Schriftsteller? Menschen, die sich etwas notieren, sind nachdenklicher als andere, und ich fühle mich wohler unter ihnen, ich gehöre zu ihnen. Gewissermaßen gehören wir beide zusammen ...«

Ich sage nichts. Er starrt mich an wie ein Uhu. Ich lächle, drehe mich weg. Er bleibt sitzen. Starrt.

Mir ist nicht danach, mir den Abend ruinieren zu lassen, ich stehe auf, zahle, ich habe nicht die Kraft und nicht den

Willen, höflich zu sein. Draußen ist es kühl, es regnet, ich spanne den Schirm auf. Ich möchte wirklich wissen, wieso sie immer, immer, immer mich auswählen, überall, in der U-Bahn, auf der Straße, im überfüllten Lokal.

Neunzehn

In der Nacht vor dem dritten und letzten Tag des Flugangstseminars schlafe ich schlecht. Ich habe solche Angst vor dem bevorstehenden Flug, daß ich mich von einer Seite auf die andere wälze, nichts beruhigt mich, keine Tricks, keine Selbstbeschwichtigung, kein Musikhören. Ich frage mich, ob es das gewesen ist. Ob ich am Abend abstürzen, ob ich sterben werde. Auf dem Weg nach Brüssel. Oder auf dem Rückweg.

Und dann bekommt Stanislaus einen Weinkrampf. Plötzlich brüllt er auf, beginnt zu weinen, und nun ist er es, der durch nichts zu beruhigen ist. Er weint und weint und schreit immerzu: »Nein!« Und ab und zu: »Papi!«

Natürlich bedeutet das, er hat Vorahnungen. Ich werde abstürzen.

Wenigstens verstehe ich jetzt endlich, nach so vielen Jahren, den Schluß von *Winnetou.* Ich hatte mich schon immer gefragt, wieso Winnetou, wenn er Todesahnungen hat, sich trotzdem darauf versteift, den Kampf gegen die Ogellalah anzuführen, als erster am Seil in den Hancock-Berg hinabzuklettern, zumal ja Scharlieh ihn anbettelt, am Kampf nicht teilzunehmen, er würde die entführten Siedler schon ohne ihn befreien. Auch ich kann jetzt nicht daheim bleiben und die anderen Neurotiker allein nach Belgien fliegen lassen. Ich würde mich so elend fühlen, wenn das Flugzeug nicht abstürzt. Da gehe ich lieber das Risiko ein, daß meine bösen Ahnungen zutreffen. Denn eine kleine Chance besteht ja, davonzukommen. Nicht *jede* Maschine stürzt ab.

Irgendwie bekomme ich doch ein wenig Schlaf. Als der Wecker läutet, finde ich mich nicht zurecht. In der Sekunde, in der ich an den Flug denke, bin ich hellwach.

Ich ziehe mein Nacht-T-Shirt aus. Eigentlich wollte ich es zur Wäsche geben, doch jetzt fällt mir auf, was für ein Zeichen das wäre: Ich lege es ab, und ein neues liegt nicht bereit. Also werfe ich es aufs Bett.

Das gleiche im Bad, nach dem Duschen will ich mein Badetuch in den Wäschekorb stopfen. Bis mir zum Glück einfällt, daß ich ja wiederkommen will. Ich darf es mir nicht erlauben, irgend etwas fertigzumachen. Sonst wird es passieren, sonst wird Else danach überall Zeichen gesehen haben. Das Badetuch hat er weggegeben, das T-Shirt hat er weggegeben … – es war klar, er kommt nicht zurück. Nein! Ich muß mein Schicksal selbst mitgestalten. Borges hat einen Satz geschrieben, den ich schon als Kind, also lange ehe ich ihn kannte, verinnerlicht hatte, an den ich immer schon geglaubt habe: »Die Wirklichkeit pflegt mit dem Vorausgesehenen nicht übereinzustimmen. Daraus folgt, daß etwas vorhersehen soviel heißt wie verhindern, daß es eintritt.« Ich kann ihn auswendig, und ich denke oft an ihn.

Beim Kaffee sehe ich die Post durch. Ein Packen Fotos ist darunter, die Isolde Ohlbaum vor ein paar Wochen von mir in München gemacht hat. Entsetzt starre ich auf die Bilder. Ich im Regen. Mit Schirm, ohne Schirm. Ausgerechnet heute müssen sie kommen. Ein letzter Gruß, das, was übrigbleibt. *What you leave behind*: der Titel der letzten Folge von Deep Space 9. Ich wollte seit Jahren ein Buch so nennen. *Das, was du zurückläßt.* Else wird sagen: Und genau an dem Morgen sind die Bilder gekommen. Als ich die Nachricht gehört habe, lagen die Fotos vor mir. Ich habe sein Gesicht gesehen und gedacht …

Gegen das T-Shirt und das Badetuch konnte ich etwas unternehmen. Die Fotos kann ich nicht schlagen. Die sind gekommen, und ich kann sie nicht abwehren.

Beim Abschied stehen Else und ich herum, offenbar weiß auch sie nicht recht, was sie sagen soll. Ich muß unentwegt schlucken, Stanislaus hängt sich an mein Hosenbein, ich hebe ihn hoch und gebe ihm einen Kuß. Er sagt: »Auf Wiedersehen, Papi!«

Im letzten Moment kommt mir der richtige Gedanke. Ich gehe noch mal in die Küche und stecke die Fotos ein. Wenn sie bei mir sind, kann Else sie nicht gesehen haben, als die Nachricht usw ..., also besteht Hoffnung, daß die Nachricht überhaupt nicht kommt, weil ich ja die Fotos bei mir habe.

Auf dem Weg zum CAT, dem City Airport Train, bekomme ich Bauchweh. Was, wenn das so weitergeht? Im Seminar kann ich das nicht brauchen, und im Flugzeug schon gar nicht.

In der Apotheke kaufe ich eine Schachtel Kohletabletten, im Zeitschriftenladen daneben die *Presse*. Heute sind die ersten Seiten von *Die Arbeit der Nacht* vorabgedruckt. Mit einem Foto von mir. Aber dieses Bild ist etwas anderes, das nehme ich positiv. Heute, an dem Tag, an dem ich fliege, wird mein Roman erstmals von vielen Menschen gelesen, das ist ein gutes Omen, jedenfalls für den Roman. Abstürzen sollte ich allerdings nicht, das wäre auch für den Roman ein schlechtes Vorzeichen.

Ich habe nicht das Gefühl, es sei mein letzter Tag. Aber welche Gewähr bietet dieses Gefühl? Ich bin nicht Winnetou, ich ahne nicht. Oder wenn, vielleicht falsch.

Am Flughafen. Gut sieht keiner aus. Mike, mit dem ich mich an den vergangenen Tagen ab und zu ausgetauscht habe, erzählt mir, er sei seit halb fünf wach. Der Mann, den wir den Mönch nennen, hat seine Selbstsicherheit verloren, er tritt von einem Fuß auf den anderen und redet nichts. Überhaupt gibt es plötzlich kaum noch Kommunikation, alle sind mit sich selbst beschäftigt. Der Blonde mit dem Silberblick, der immer die Fäuste ballt, in dessen Gesicht es zuckt und der aussieht, als würde er uns alle töten wollen, uns, weil niemand anderer da ist, er würde jeden nehmen, dieser Mann macht einen so bedrohlichen Eindruck von Grenzgang und Überforderung, er strahlt etwas so Zerrüttetes, Krankes, Verschobenes und Wildes aus, daß ich gar nicht mehr wegschauen kann und sogar meine Angst vergesse. Dieser Mensch ist so offenkundig gestört, richtig und wirklich gestört, mir ist es ein Rätsel, wie er in der Gesellschaft bis jetzt funktionieren konnte.

Wir steigen in ein im Hangar stehendes Flugzeug. Zur Ansicht, zur Vorbereitung, es ist nicht das, mit dem wir fliegen. Ein Airbus 330. Die Angst kommt wieder, aber mein Gehirn spielt allmählich nicht mehr mit. Es weigert sich, dauernd Angst zu haben, und so marschiere ich recht teilnahmslos, ja benommen durch die Maschine. Die Männer lassen sich im Cockpit die Technik erklären. Mich interessiert das kein bißchen, ich bleibe hinten in der Business-Class bei den Frauen. Eine dicke alte Spanierin hat ihr Namensschild so an ihrer Bluse befestigt, daß sein Gewicht diese hinunterzieht, ich weiß gar nicht, wo ich hinschauen soll vor lauter Dekolleté.

Ich höre mich ein wenig um. Eine Frau hat das Seminar von ihren Kindern zum Geburtstag geschenkt bekommen, eine andere will ihren Sohn, der nach London gezogen ist, regelmäßig besuchen können, eine dritte ist einfach nur neugierig. Ich rede mit diesen Menschen, mit denen mich nichts verbindet, und habe dabei ständig eine Frage im Kopf: *Sind das Menschen, die bei einem Flugzeugunglück ums Leben kommen werden?*

Mittags kommt ein SMS von Daniel: *Hab keine Angst, es ist wie Busfahren.*

Schon wieder dieser Busvergleich. Ich finde das ja nett, aber gleichzeitig weiß ich, daß Fliegen eben *nicht* wie Busfahren ist, denn sonst würden übergewichtige Bauernlümmel in den Cockpits sitzen. Es muß einen Grund haben, warum sie nur Helden und Genies an den Steuerknüppel lassen.

Am Nachmittag verschlechtert sich mein Zustand. Ich kann fast nicht mehr reden. Es ist der Mund, er geht nicht mehr auf. Ich bin müde.

Wir sitzen mit den Piloten und der Chefflugbegleiterin in einem Seminarraum und besprechen den bevorstehenden Flug. Die Frauen wollen von der Flugbegleiterin wissen, wie der Job ist, sie machen Ah und Oh, sind fasziniert und scheinen ihre Angst zu vergessen. Die Männer sitzen schweigend da und schauen beim Fenster raus. Oder auf ihre Schuhe. Oder haben die Augen geschlossen. Wie der Silberblickmann, in dessen Gesicht es unablässig zuckt, und um den ich mir Sorgen machen würde, wäre ich dazu noch in der Lage.

Eine Frau erzählt von einem Bekannten, der Pilot war, aber leider bereits verstorben ist. Wie sie darauf gekommen ist, habe ich versäumt, dafür höre ich deutlich, was Kapitän Wolfauer antwortet: »Piloten sterben entweder jung oder werden sehr alt.«

Ich frage mich, ob er uns damit aufmuntern will. Wenn ja, geht es daneben, denn ich finde, er sieht noch ganz jung aus und ist somit durchaus Kandidat für einen heutigen Absturz.

Mike und ich gehen als erste in die Maschine. In der Hand halte ich die *Presse*, die Seite mit meinem Roman vorn. Ich habe das Gefühl, jemand ist dicht hinter mir. Ich schaue nach hinten, und da ist wirklich jemand. Mike und ich reden nicht, gehen, ich habe mehr Angst als je zuvor in meinem Leben. Der Mann bleibt hinter uns, er ist unangenehm nahe, er klebt förmlich an uns. Ich drehe mich um. Er gehört nicht zu unserer Gruppe, ich habe ihn noch nie gesehen. Er hat einen irren Blick, liest laut murmelnd in der Bibel, um den Hals trägt er ein Werbeplakat für den *Wachturm*, die Zeitung der Zeugen Jehovas. Man braucht ihn nur anzusehen, und man erkennt, dem ist nicht mehr zu helfen.

Trotz meiner Angst muß ich lachen. Weil es einfach unmöglich ist, daß dieser Kerl hinter jemand anderem herschleicht als mir. Ich muß es sein. Ich bin es immer. Das sind die Geheimnisse des Seins. Ich glaube an Netze, ich glaube an Felder, ich glaube daran, daß alles auf rätselhafte Weise miteinander verwoben ist, daß sich bestimmte Dinge, die zusammenhängen, immer wieder finden. Nur: Wieso finden mich die Gestörten und Verrückten? Ich habe nicht das Gefühl, wirklich zu ihnen zu gehören. Ich will nicht zu ihnen gehören. Ich will ans Licht, immer schon, aber es dauert ziemlich lang.

Das Heulen der Turbinen ist das furchtbarste Geräusch, das ich je gehört habe. Ich habe solche Angst, daß mir übel ist. Ich überlege auszusteigen, ich tue es nicht, weil ich weiß, wie ich mich hinterher fühlen würde.

Ein Kerl, der nicht zu uns gehört, tippt in seinem Mobiltelefon herum. Der Mann spielt mit meinem Leben. Hätte ich die Kraft dazu, ich würde hingehen und ihm irgend etwas über den Schädel ziehen. Nein, das sage ich nur so, das stelle ich mir vor. Aber trotzdem.

Auf der Startbahn, kurz vor dem Start, schaltet er es aus.

Den Start erlebe ich wie in Trance, weil sich mein Hirn mittlerweile weigert, alle Angstimpulse zu verarbeiten, und ich das Gefühl habe, neben mir zu sein. Was ich nicht weiß, was mir Else später erzählen wird, ist, daß wir in den Sekunden nach dem Start über die Badener Bahn fliegen, und in dieser Bahn sitzen Else und Stanislaus, die bei IKEA waren, und schauen hoch zu dem Flugzeug. Stanislaus sitzt auf Elses Schoß, sie zeigt zum Himmel und sagt: »Schau, vielleicht sitzt Papa in diesem Flugzeug!« Später werden wir anhand der Uhrzeit und des Aussehens des Flugzeugs feststellen, daß es meines war, daß ich wirklich in diesem gesessen habe. Und Else wird mir erzählen, daß sie sich, Stanislaus auf dem Schoß, gefragt hat, ob das jetzt ein Zeichen ist – sie mit dem Jungen allein am Boden, ich am Himmel davonfliegend, ein Zeichen dafür, daß ich nicht zurückkomme.

Zum Glück weiß ich das in diesem Moment nicht. Ich versuche mir etwas zu notieren, aber ich kann den Kugelschreiber nicht fest genug halten und bringe nicht mehr als ein unleserliches Gekrakel zustande. Wir steigen und steigen, ich schaue benommen aus dem Fenster. Was ich fühle, ist eigentlich nicht mehr Angst zu nennen, ich bin schon jenseits der Angst, die Angst ist hinter mir, ohne daß das bedeutet, daß ich angstfrei wäre.

Das Anschnallzeichen erlischt. Ich stehe auf, als allererster, und gehe herum. Ich sperre mich in der Toilette ein. Über diese winzige Zelle haben mir sogar Menschen ohne Flugangst berichtet, sie würden sie nur ungern betreten. Ich stehe da, pinkle, horche in mich hinein, finde keine Angst. Es ist seltsam.

Ich setze mich wieder. Eine wunderschöne junge Flugbegleiterin bringt mir Kopfhörer. Die Schonbezüge fallen ab, und ich versuche ungefähr zehn Minuten lang, sie wieder dranzukriegen. Schließlich gebe ich es auf, meine Feinmotorik ist nicht besser als die eines Menschen mit Gipsarm. Das ist der Moment, in dem mich die Flugbegleiterin ins Cockpit holt.

Die Piloten begrüßen mich, sie sitzen so entspannt, als wären sie irgendwo in einer Eisdiele. Kapitän Wolfauer sagt, wir hätten 100 km/h Seitenwind, was ich erstaunlich finde, denn man merkt nicht das Geringste davon.

Als wir über 8500 Meter kommen, muß ich daran denken, daß sich in dieser Höhe Menschen bewegen, daß mein Freund Gerfried Göschl, der ohne Sauerstoff auf dem Everest war, sich immer wieder in diese Höhe wagt. Der Kerl muß verrückt sein.

Ich sehe zum ersten Mal in meinem Leben die Erdkrümmung. Meine Ohren knacken, ich sage danke und mache einem der anderen Teilnehmer Platz. Es ist der Mann mit dem Silberblick. Wirkt vollkommen weggetreten. Besorgt warte ich, ob ich meine schwachen Kräfte einsetzen muß, um beim Niederringen eines Wahnsinnigen zu helfen. Als ich in den Passagierbereich zurückkehre, nehme ich die Blicke eines orientalisch aussehenden Mannes auf, der im Koran liest. Er sieht beunruhigt aus, mißtrauisch verfolgt er das Kommen und Gehen im Cockpit.

Der Landeanflug auf Brüssel. Mein Puls steigt wieder. Wir ziehen Schleifen. Kurvenfliegen, stelle ich fest, gefällt mir nicht so gut wie Geradeausfliegen. Wir sinken, sinken, neben uns sieht man Häuser, und ich denke fröhlich: Jetzt wäre es gut, wenn da unten eine Landebahn wäre. Ich lache hysterisch.

Das Flugzeug setzt auf, bremst ab, ich bin in Brüssel.

In der nächsten halben Stunde plündert unsere Gruppe die Duty-free-Shops. Ohne Angst gehe ich zurück in die Maschine. Wir starten, wir fliegen nach Wien, wir landen, wir verabschieden uns voneinander.

Ich setze mich in den CAT und rufe Daniel an. Er fragt mich, ob ich stolz bin, ich sage nein. Es ist ja nicht mehr als die Rückkehr zur Normalität, die ich geschafft habe, und keine Heldentat. Aber froh bin ich doch, und glücklich, am Leben zu sein. Ich habe nämlich ein naßgeschwitztes Exemplar der *Presse* dabei, in dem mein Roman vorabgedruckt ist.

Zwanzig

Furchtbar geschlafen. Den ersten Teil der Nacht hatte ich Angst vor Gespenstern. Dann kam Stanislaus, die Angst ging weg, dafür wurde ich den Rest der Nacht getreten, doch besser Tritte als Angst. Außerdem kann ich derzeit sowieso nicht gut schlafen, denn es dauert nicht mehr lang. In vier Wochen erscheint *Die Arbeit der Nacht.* Die Jury des Deutschen Buchpreises hat die Exemplare bekommen, der Verlag ist guter Dinge. Die Shortlist könnte zu schaffen sein. Aber niemand will etwas verschreien.

Ich sehe mir die Homepage des Deutschen Buchpreises an. Diese Jury, was sind das für Leute?

John von Düffel, Schriftsteller. Ein Kollege also. Er und ich waren unter den etwa zwanzig Teilnehmern der Bayerischen Literaturtage 1999. Ich kenne seine Sachen nicht gut genug, um beurteilen zu können, ob er mag, was ich schreibe.

Volker Hage, Journalist beim *Spiegel.* Geschrieben hat er noch nie über mich. Ob der etwas mit der *Arbeit der Nacht* anfangen kann?

Elmar Krekeler, Journalist bei der *Welt.* Vor sechs Jahren habe ich für ihn einen Artikel über Fußball gemacht. Kann nicht einschätzen, was er mag.

Terézia Mora, Schriftstellerin. Hat den Bachmannpreis gewonnen. Keine Ahnung, ob Bachmannpreisgewinner mit meiner Literatur zurechtkommen, umgekehrt sieht es nämlich nicht so gut aus.

Pia Reinacher, Germanistin. Da mache ich mir keine

Sorgen, eine Schweizerin und Germanistin, die mag mein Buch. Na ja, oder auch nicht.

Stephan Samtleben, Buchhändler. Ein Buchhändler! Der ist bestimmt auf meiner Seite.

Denis Scheck, Literaturredakteur beim Deutschlandfunk. Daniel erzählt mir, Scheck hat die *Vermessung der Welt* vor einem Jahr über die Maßen gelobt. Seit ein paar hunderttausend Exemplare verkauft wurden, äußert sich Scheck in seiner Sendung von Monat zu Monat schlechter über dasselbe Buch. Neulich sagte er sogar, es sei ein Buch ohne jede Relevanz. Na ja. Ich muß ja nicht *alle* Stimmen kriegen.

Ich gehe über den Naschmarkt. Im Gastgarten eines chinesischen Lokals ist jemand kollabiert. Ich weiß ja, warum ich nur zum Inder gehe. Ich bleibe stehen, bis ich sicher bin, daß genug Leute sich um den jungen Mann kümmern. Hinter ihm steht ein fetter Chinese mit besorgter Miene, dabei schleift er ein riesiges Küchenmesser.

Die ORF-Redakteurin, die mich bei *Umar* vor der Kamera zu Peter Handke und Serbien befragen will, ist ein wenig älter als ich und wirkt nett. Umar, der Wirt, erlaubt uns, an einem seiner Tische draußen zu drehen, und wir fangen gleich an. Es geht nicht nur um Handke, es geht darum, ob Autoren sich politisch äußern sollen. Eigentlich habe ich zur Sache nicht viel zu sagen, ich finde, Autoren sollen gute Bücher schreiben, und Politik ist mir ziemlich egal. Ich sage das auch.

Ringsum stehen ungefähr zwanzig ältere Leute, die Wurstsemmeln und Leberkäse essen und mich dabei anstarren. Ein alter Mann wankt sogar in einer kurzen Pause zu uns und fragt: *Ist das für Willkommen Österreich?* Die Redakteurin fertigt ihn ab: *Nein, wir drehen ein Interview mit Herrn Glawienitsch für Treffpunkt Kultur.* Das alles macht mich ein wenig unkonzentriert, vor allem die schmausenden alten Frauen, und ich sondere nicht viel Geistreiches ab. Fast bereue ich, zugesagt zu haben. Aber wie meint Gore Vidal? Zwei Dinge darf ein Schriftsteller nicht ablehnen: eine Einladung ins Fernsehen und eine Möglichkeit zum Sex.

Ich kriege erstere übrigens häufiger. Ist auch gut so. Ich würde, gäbe es Else und unsere Vorstellungen von Treue nicht, mit fast jeder willigen Frau ins Bett gehen, einfach weil ich so neugierig auf Menschen bin.

Am Nachmittag sitze ich im Arbeitszimmer und telefoniere mit Daniel. Wir diskutieren das Problem, für 650.000 verkaufte Exemplare Steuern zu zahlen, als Else hereinstürzt und ruft: »Leg auf, wir müssen ins Krankenhaus fahren! Stanislaus hat sich das Ohr aufgeschlitzt!«

Hinter ihr steht mein brüllender Sohn. Blut rinnt ihm vom Ohr auf das T-Shirt, auf den Boden, er weint und schreit. Ich werfe Daniel aus der Leitung und wähle den Notruf. Zu meiner Überraschung geht jemand ran. Er will vor allen Dingen wissen, wo genau der Notfall ist. Ich sage es ihm, dann bitte ich ihn, uns einen Krankenwagen für Stanislaus zu schicken. Ich erwarte, er wird uns raten, für so etwas ein Taxi zu nehmen, aber er: In fünf Minuten ist der Wagen da.

Ich trage Stanislaus herum, er weint und schreit, mir tropft sein Blut über den Hals und auf das Hemd. Bruchstückhaft kann mir Else erzählen, was geschehen ist, er ist auf die Kante des Couchtisches gestürzt. Wir verständigen uns: ist mehr passiert? Was ist mit dem Kopf, wie heftig war der Anprall? Bewußtlos war er nicht, also keine Gehirnerschütterung. Aber wie kann so etwas passieren? Beim bloßen Umfallen?

Ich betrachte die blutige Wunde. Es klafft ein riesiges Loch in seinem Ohr, es sieht aus, als hätte ein Hund ein Stück herausgebissen, auch der Knorpel ist durchtrennt. Mir wird ein wenig anders, doch ich muß annehmen, dies ist kein geeigneter Zeitpunkt, Hypochondrie und Hysterie zu pflegen. Ich trage meinen Sohn herum, bis der Krankenwagen da ist. Wir gehen hinunter, es schüttet, wir laufen zum Wagen. Es darf nur eine Person mitfahren, Else fährt.

Ich gehe hinauf, um den Autoschlüssel zu holen. Meine Hände zittern, ich knacke mir ein Bier auf und trinke es leer, ohne abzusetzen. Eine Minute sammle ich mich, dann gehe ich hinunter und steige in den Mitsubishi. Ich vergesse das Hemd zu wechseln, ich sehe ziemlich wüst aus, was ich erst auf Höhe des Westbahnhofs merke, also zu spät.

Das AKH ist riesig, aber gut ausgeschildert, und so habe ich keine Schwierigkeiten, die Ambulanz für die Frischverletzten zu finden, wohin mich Else per SMS bestellt hat. Schon von weitem sehe ich Stanislaus herumlaufen, er grinst, das hebt mein Herz. Schon vorbei? denke ich. Das ging ja schnell.

Er läuft mir entgegen, ruft »Hallo Papiiii!«, stürzt sich lachend auf mich, und erst als ich ihn hochhebe, sehe ich das nach wie vor klaffende Loch in seinem Ohr. Wenigstens hat es aufgehört zu bluten.

Ich mache Druck bei einer gelangweilten Schwester hinter dem Schalter, und wir dürfen in den Ambulanzraum eintreten. Die Ärzte schicken uns gleich zum Röntgen. Ohne Nähen wird es nicht abgehen, meinen sie, Kleben hilft da nichts mehr.

»Und was wird er dazu sagen?« frage ich.

Der Arzt legt den Kopf schief. »Wir werden es mit Lokalanästhesie versuchen.«

Der Schädel ist okay, zeigt das Röntgen. Wir gehen in den OP. Wir sind zu viert, neben Else und mir ein Arzt und eine Ärztin. Der Arzt ist schwarz und aus Ghana, die Ärztin ist weiß und aus Serbien. Sie ist die, die nähen wird. Der Arzt ist der, der Stanislaus' Kopf halten wird. Ich bin der, der Stanislaus' Körper halten wird, deswegen bekomme ich eine Plastikhaube und einen Mundschutz, so wie sie die Ärzte auch tragen. Else schließlich ist die, die bei Stanislaus unter der Folie liegt, um ihn zu streicheln und zu beruhigen.

Ich setze mich auf den OP-Tisch und halte die kleinen Arme und Beine fest, dann geht es los. Sie träufeln ihm ein Anästhetikum auf das Ohr. Er bleibt ruhig. Sie gehen daran, die Wunde zu säubern. Er bleibt ruhig. Dann der erste Stich. Jede Naht besteht aus zwei Stichen. Ab jetzt brauche ich meine ganze Kraft, um Stanislaus niederzuhalten. Der Arzt redet sanft auf ihn ein, er ist nett. Die Ärztin fragt mich, ob ich ihr wohl nicht vom Tisch kippe, ich sage, es geht schon, aber ich muß mich zusammenreißen.

Die nächste Naht, Schreien und Weinen. Unter den OP-Lampen wird mir immer heißer. Die dritte Naht, also die Stiche fünf und sechs. Stanislaus heult, ich erkenne die Stimme kaum. Minuten vergehen, alle Beteiligten sind sichtlich angeschlagen. Vierte Naht. Er weint und zuckt. Und dann noch eine, die fünfte und letzte. Stanislaus wird verbunden. Mir tut alles weh, ich ziehe mir das Plastikzeug von Kopf und Gesicht, nehme Stanislaus auf den Schoß und kneife ihn in die Seite. Er lacht.

Im Auto schläft er vor Erschöpfung ein. Ich betrachte ihn im Rückspiegel, sein Gesicht, die entspannten Züge. Ohne zu wissen warum, kaufe ich einem Kolporteur an der Kreuzung eine Zeitung von morgen ab. Else und ich reden leise.

Im nachhinein sind wir froh, wenigstens ist nichts noch Schlimmeres passiert. Ich bin ein wenig stolz, nicht umgekippt zu sein, durchgehalten zu haben. Aber nur so lange, bis ich höre, was Else erlebt hat. Sie mußte die ganze Zeit über sein Gesicht sehen.

Zu Hause trage ich Stanislaus ins Bett, auch Else legt sich gleich hin. Ich kann nicht, ich schlage die Zeitung auf. Ein Bericht über einen Mord. In der Nähe unserer Wohnung hat jemand seinen Nachbarn erschossen. Das Opfer war ein hochaggressiver Psychotiker, der, wenn er nicht gerade im Irrenhaus saß, seine Nachbarn Tag und Nacht terrorisierte. Der Täter, ein Unteroffizier des Heers, stellt den Mann um Mitternacht wegen zu lauter Musik zur Rede, zu seiner eigenen Sicherheit hat er die Dienstwaffe dabei. Der Randalierer geht auf ihn los, der Unteroffizier schießt, eine Kugel trifft die rechte Achselhöhle. Der Mann stirbt.

Merkwürdige Geschichte. Ich lese den Artikel noch mal. Einiges daran finde ich sonderbar. Ich betrachte das Foto des Toten. Ein Kahlkopf mit wirklich irrem Ausdruck, das hat die Fotoredaktion gut ausgesucht.

Den kenne ich.

Kein Zweifel. Es ist der Mann, der mir vor fast einem Jahr gegenübergestanden hat, der auf der Wienzeile viehisch herumbrüllte und Autos aufhielt, der kahle Riese mit dem psychotischen Schub.

Einundzwanzig

Ich habe geträumt, ich sei Bundespräsident geworden. Ein achtköpfiges Gremium hat mich gewählt. Eigentlich wollten mehrere Mitglieder im ersten Wahlgang nur ein Zeichen des Protests setzen, indem sie mir eine Stimme geben, doch die Dummköpfe hatten sich nicht untereinander abgesprochen. So daß ich plötzlich fünf der acht Stimmen hatte und Bundespräsident war. Danach wollten sie mich zu einem freiwilligen Rückzug bewegen, aber ich blieb hart, als ich erfuhr, ich würde 20.000 Euro im Monat bekommen.

Ich habe keine Ahnung, woher dieser Unsinn in meinem Hirn stammt. Vielleicht sind es die Kritiken. Diese Woche erscheint *Die Arbeit der Nacht*, und in Österreich gibt es allerhand gute Besprechungen. Auf den Fotos sehe ich schokkierend übergewichtig aus. Na, egal. Daniel wurde vom *Spiegel* gefragt, ob er über mich schreibt, er hat es gemacht, und nun bin ich gespannt, was passiert.

Zu Mittag habe ich das fünfte Interview. Ich finde es interessant zu beobachten, daß auch dieser fünfte Journalist die Wikipedia-Seite über mich vor sich liegen hat. Ich finde es schon deswegen interessant, weil ich die selbst geschrieben habe. Also zumindest die erste Fassung. Ist schon eine Weile her, zwei Jahre bestimmt, ich hatte keine Lust, darauf zu warten, bis irgendein Lump Bösartigkeiten über mich verbreitet. Ein wirklich sachlicher Artikel übrigens, ich lobte mich nicht besonders, über mein zweites Buch schimpfte ich sogar, natürlich im Rahmen. Aus taktischen Gründen von mir hinterlassene Detailfehler (falsches Geburtsjahr etc.) wurden von eifrigen Usern bald korrigiert, die seither den Artikel auch immer wieder auf den neuesten Stand bringen, so daß er keine große Ähnlichkeit mehr hat mit meinem.

Karin Graf ruft an, sie freut sich über den Artikel im *Spiegel*. Christina Knecht, die Pressebetreuerin des Hanser Verlags, erzählt mir von einer klugen und positiven Besprechung in der *Neuen Zürcher Zeitung*, sogar Michael Krüger sei beeindruckt gewesen. Wolfgang Matz schließlich sagt, wir werden einige Auflagen drucken. Dann ruft meine Mutter an.

»Wieso bist du nicht auf der Bestsellerliste und dein Freund immer noch?«

Unvermittelt fällt mir die Geschichte ihres ersten Treffens mit Else ein. Wir saßen in einem Café in Graz, einer scheußlichen Spelunke, in der meine Mutter aus unerfindlichen Gründen gern zu Mittag ißt. Ich erwähnte, ich hätte eine neue Freundin, und als sie so interessiert dreinschaute, sagte ich, wenn sie will, kann sie sie gleich kennenlernen, Else war nämlich gerade in der Nähe einkaufen. Meine Mutter verstand mich falsch, sie begann den Kopf ungeniert nach allen Seiten zu drehen, weil sie annahm, Else sei bereits hier. Sie deutete auf eine übergewichtige, blasse Mittfünfzigerin mit abgearbeitetem Gesicht, vor der ein Glas Rotwein stand: »Ist sie das?«

Ich habe den Humor eines Achtjährigen. Ich stehe mit Stanislaus am Fenster und schieße mit einer Wasserpistole auf die Leute im Garten. Die kreischen, schauen zu uns hoch, und ich rede mich auf meinen Sohn heraus, der ebenfalls eine Wasserpistole in der Hand hält. Ihm gefällt das. Else nennt mich einen Kindskopf, ich höre trotzdem nicht auf. Eine Viertelstunde lang hole ich immer wieder neues Wasser, bis die da unten richtig durchnäßt sind. Aus einem Nachbarfenster dudelt Musik, irgendein Gute-Laune-Trottel aus dem Radio erzählt etwas von einem bevorstehenden Robbie-Williams-Konzert, normalerweise würde mich das jetzt stören.

Am späten Nachmittag kommt Ursel und übernimmt Stanislaus. Else und ich gehen zu Akakiko essen. Danach ist sie mit einer Freundin verabredet. Ich weiß nicht recht, wohin ich soll. Ich rufe Daniel an. Der kann nicht, weil er einen Artikel für die *New York Times* schreiben muß. Ich rufe den Prinzen an. Der ist irgendwo in Kärnten, wo er Baldur an seinem neuen Zuhause besucht. Der Professor ist in Brasilien. Und sonst fällt mir niemand ein, den ich jetzt fragen könnte, ob er mit mir etwas unternehmen will. Ich kenne nur unspontane Leute.

Weil ich ja mein Englisch verbessern will, komme ich auf die Idee, ins English Cinema zu gehen. Sie spielen *Pirates Of The Caribbean 2*. Johnny Depp, also gut, ich versuche es.

Im Wartesaal des Haydn-Kinos stelle ich mich in eine Ecke. Die Leute erkennen mich. Sie schauen zu mir her, schauen wieder weg, reden miteinander, schauen wieder her. Ich stehe da und tue so, als bemerke ich nichts. Es muß sich sonderbar anfühlen, wirklich bekannt zu sein. Wenn das bei mir jetzt schon solche Dimensionen hat, denn mehr und mehr Leute schauen unauffällig zu mir. Gefällt mir aber irgendwie. Was ein paar Rezensionen ausmachen können.

Ich beobachte eine junge Frau, die ihrerseits mich beobachtet. Sie hat einen Silberblick, aber sonst sieht sie recht gut aus. Ich frage mich, wo sie über mich gelesen hat. Sie sieht nicht aus wie jemand, der viel liest. Sie schaut mich an, als würde sie mich kaum sehen. Diese Fehlstellung der Augen.

Diese Fehlstellung der Augen. Ist überhaupt keine Fehlstellung der Augen. Die schaut woandershin. Schaut über mich. Wo ...?

Ich stehe unter dem Bildschirm, der Trailer zeigt. Die Leute, die mich anstarren, starren nicht mich an, sondern informieren sich über bevorstehende Kinopremieren.

Der Film ist ein Reinfall. Erstens verstehe ich zuwenig, zweitens geht mir die Geschichte auf die Nerven. Mittendrin verschwinde ich, und ich bin froh, als ich auf der Straße stehe, obwohl ich nicht weiß, was ich jetzt anfangen soll.

Zwei SMS. Eines von Thomas Maurer, der eine Besprechung gelesen hat und gratuliert. Das andere von Bernd: *Baby, wir warten auf dich im a2!*

Eigentlich sollte man sich nicht mit Männern treffen, die einen Baby nennen, aber mir bleibt nichts anderes übrig, es ist kein Abend, allein zu Hause zu sitzen.

Alle Stammgäste und Kellnerinnen, die dienstfrei haben, sind da, und alle sind betrunken und überdreht. Bernd sitzt unansprechbar in einer Ecke. Enrico, der Student, der gegenüber wohnt, fällt mir um den Hals, auf der anderen Seite umarmt mich seine Freundin Tanja. Sie ist so hinüber, daß sie schwuppdiwupp auf der Nase liegt. Wir helfen ihr hoch, Enrico setzt sie auf einen Barhocker. Ich frage, ob sie nicht vielleicht, wenn sie schon nicht nach Hause gehen will, lieber an einem Tisch sitzen würde, aber sie beginnen gleich fröhlich auf mich einzubrüllen, und mir bleibt nichts übrig, als mich dieser Atmosphäre von Dunkelheit, Unmoral und Rausch zu ergeben. Ich bestelle B-52.

Alex, der Wirt, regt sich fürchterlich darüber auf, daß

jemand in seinem Klo etwas an die Wand geschrieben hat: »Bitte, wer ist so verrückt und schreibt *Samen* an die Wand?« Er kann sich kaum beruhigen. Nicht, daß er wirklich wütend wäre, er kann sich nur nicht von dem Gedanken an einen Menschen befreien, der solche Dinge an Wände schreibt.

Ich gehe auf die Toilette, es stimmt. Die ganze Wand ist unbeschriftet, keine Klosprüche, keine Graffiti, nur ein kleiner Schriftzug: *Samen*. Das heißt, eigentlich steht da *Somen*. Ich habe keine Ahnung, was ihn so erschüttert, er sollte froh sein, daß da nicht ganz andere Sachen stehen. Kurz habe ich den Verdacht, er könnte es selbst geschrieben haben.

Zwei Stunden später bin ich betrunken. Ständig schmeißt jemand eine Runde, und man muß mittrinken, ob man will oder nicht. Ich will eigentlich. Mich stört nicht einmal, daß Tanja ihr Glas umschüttet und jemandem ein Viertelliter Weißwein in den Schuh hineinrinnt. Es ist der rechte. Ich versuche das unangenehme Gefühl am Fuß zu ignorieren.

Auch Enrico wird allmählich verhaltensauffällig. Ich kenne das bei ihm schon. Gerade hat er allen Ernstes gesagt: »Ich bin ein Ausländerfreund.« Ich weiß gar nicht, was die da um mich reden und wie er auf so etwas kommt. Ich lache.

»Und Israel tötet Kinder«, sagt er da plötzlich neben mir.

»Was?«

»Na, sie haben im Libanon wieder mal Zivilisten bombardiert.«

»Aber das heißt doch nicht, daß Israel Kinder tötet!«

»Das ist ein Terrorstaat«, sagt Enrico.

Ich stelle ihm einige scharfe Fragen, er sagt immer wahnsinnigere Sachen. Mir wird schlecht. Ich sehe sein freundlich-argloses Gesicht vor mir, und ich sehe darin den arabischen Laden am Naschmarkt, in den er so gern geht, das Falafelhaus ein paar Häuser weiter, wo er so gern mit dem Kurden Wasserpfeife raucht, und all die anderen Kneipen ringsum, wo er sich so links und korrekt fühlt, weil er mit Arabern raucht und säuft und ein Freund von ihnen ist, egal, was für Meinungen sie vertreten. Ich stehe vor diesem politisch korrekten Menschen, der es in Ordnung findet, daß in Nordisrael seit Jahren Woche für Woche Raketen neben Altersheimen und Kindergärten einschlagen, weil ja, so steht es geschrieben, Israel ein Aggressor ist. Ich sehe diesen Kerl vor mir, sehe, was ihn eigentlich antreibt, und aus mir bricht solcher Ekel, bricht solche Wut hervor, daß ich zu heulen anfange und aus dem Lokal laufe.

Max Goldt hat über seine Gefühle beim Besuch eines KZ geschrieben. Er schildert, wie ihm die Tränen hochsteigen, und wie er sie unterdrückt, weil er nicht weiß, ob seine Gefühle lauter sind in diesem Moment. Und wie einige Monate später, er sitzt allein zu Hause, plötzlich die Tränen kommen, und da kann er dann Vertrauen zu sich und seinen Tränen haben.

An diese Geschichte denke ich jetzt, während ich nach Hause gehe. Ich weiß nicht, was mit mir los ist, wieso wirft mich das jetzt so aus der Bahn?

Ich rufe Daniel an. Er weiß auch nicht, wieso ich so durchgedreht bin und ins Telefon weine, aber er sagt: »Du bist wirklich sehr betrunken«, und tröstet mich, so gut man einen ausgeflippten Betrunkenen eben trösten und beruhigen kann. Wir reden über Antisemitismus, über seine Formen und Ursachen, es ist kein sehr erfreuliches Gespräch, aber durch Daniels sachlichen Ton verringert sich meine Hysterie auf das übliche Maß.

Drei Uhr früh. Ich leere den Weißwein aus meinem Schuh ins Waschbecken, ziehe den tropfenden Strumpf aus und werfe ihn in den Wäschekorb. Ich ziehe mich bis auf die Unterhose aus. Dann drehe ich mich vom Spiegel weg, fixiere einen Punkt an der gekachelten Wand und schiebe den Slip runter. Mit zusammengekniffenen Augen steige ich in die Dusche. Ich drehe das Wasser auf, in jeder Sekunde eingedenk, auf keinen Fall nach unten schauen zu dürfen. Also dieselbe Prozedur wie jeden Tag.

Ich weiß nicht, was diesen Impuls in mir auslöst, der Alkohol allein kann es nicht sein, denn ich habe schon oft betrunken geduscht. Plötzlich finde ich es so idiotisch, daß ich seit fast zwei Jahren meine Hoden nicht mehr gesehen habe, so albern, daß ich mich über mich selbst sehr ärgere. Ich steige aus der Dusche, ohne mich abzutrocknen, und betrachte mit heftig klopfendem Herz im breiten Schrankspiegel meine Hoden.

Der eine ist GRÖSSER. Mein Gott, der eine ist GRÖSSER! Ach ja, der war ja schon immer ... Aber war er soviel ...?

Ich setze mich auf den Badewannenrand, nehme Rasierschaum und Rasierer. Ich beginne mit einer Totalrasur meines Intimbereichs. Immer wieder muß ich mich zwingen, die Augen aufzumachen. Hinzuschauen, mir bewußtzumachen, daß alles in Ordnung ist. Daß diese oder jene Unregelmäßigkeit keinen Tumor anzeigt. Bei einer schnellen Bewegung rutscht mein Hintern vom Wannenrand, und ich fliege auf den Duschvorleger. Ich rapple mich auf, nichts tut mir weh, und ich mache weiter. Blutstropfen vermischen sich mit Wasser und Rasierschaum, werden dünner, verschwinden, kommen wieder, verschwinden wieder. Ich hole mir einen Handspiegel, dabei mache ich den nächsten Abflug, diesmal erwischt es mein Kreuz. Ich setze mich, nehme den Spiegel, schaue, es ist eine schwierigere Arbeit, als ich gedacht habe, jedenfalls für einen Betrunkenen. Wieder liege ich plötzlich auf dem Vorleger, wieder stehe ich auf. Der Spiegel fällt mir aus der Hand, zerbricht jedoch zum Glück nicht.

Und dann bin ich fertig. Ich betrachte mich im Spiegel. Zwei unausgebeulte Hoden. Zwei krebsfreie Hoden. Ich bin nicht krank. Oder? Ich bin nicht krank. Oder?

Ich brause mich ab. Setze mich an den Computer, um Mails zu schreiben.

Zweiundzwanzig

»Das mußt du dir vorstellen. Im Hotelfoyer kommt eine Frau mit Hund auf mich zu. *Danke für das wunderbare Buch, das Sie geschrieben haben!*«

»Nett.«

»Die Frau war Iris Berben.«

»Oh.«

»Ja.«

»Iris Berben hat sehr schöne Beine.«

»Einen netten Hund hat sie. Einen Mischling namens Pauli. Und der Fahrer, der mich ins Studio brachte, kannte die *Vermessung der Welt* ebenfalls. Stell dir das mal vor, ein Fahrer, der liest.«

»Daran merkt man, daß du nicht in Österreich warst.«

»Allerdings.«

»Ich glaube, ich habe gestern nacht wieder Emails geschrieben.«

»Na und? Ich habe auch Emails geschrieben.«

»Ja, aber *du* warst nicht betrunken.«

»Vielleicht doch.«

»Zum Kuckuck, du weißt schon, was ich meine.«

»Na sagen wir, ich kann es mir vorstellen.«

»Eben.«

»Ja, was willst du jetzt von mir hören? Schreib keine Emails, wenn du betrunken bist.«

»Ich hab es ja schon mit Zusperren des Arbeitszimmers versucht. Aber ich weiß ja vorher nicht, ob ich betrunken nach Hause komme.«

»Das würde ich so nicht sagen.«

»Ich habe das erzählt, damit du mich beruhigst.«

»Entschuldige.«

»Bitte.«

»Entschuldige bitte.«

»Nein, ich meine, ist schon okay.«

»Ach so.«

»Und was mache ich jetzt?«

»Weiß nicht. Wem hast du denn geschrieben?«

»Keine Ahnung. Hoffentlich nicht Michael Krüger.«

»Wieso denn Michael Krüger?«

»Oder Wolfgang Matz.«

»Wieso denn Wolfgang Matz?«

»Na, keine Ahnung. Die kennen mich nicht gut. Die könnten so ein Email falsch verstehen.«

»So kann man es auch ausdrücken.«

»Du bist wirklich nicht sehr konstruktiv heute.«

»Entschuldige. Ich bin etwas abgelenkt, ich habe bis jetzt mit dem Hund gespielt.«

»Mit Pauli?«

»Nein! Mit meinem eigenen!«

»Na schön. Und was mache ich jetzt wegen der Emails? Stell dir vor, ich hätte Denis Scheck irgendwas Unangenehmes geschrieben in meinem Nebel, irgendwas Unfreundliches.«

»Wieso denn Denis Scheck?«

»Mein Gott. Weiß nicht. Einfach so. Denis Scheck ist in der *Jury*.«

»Das ist alles falsches Wähnen, sagt Buddha.«

»Jetzt hör aber auf.«

»Nein, sagt er wirklich.«

»Was hilft mir Buddha, wenn ich Denis Scheck geschrieben habe, daß er gefälligst was für mein Buch tun soll?«

»Viel hilft er dir! Für Leute wie dich hat er doch gelehrt! Du mußt verstehen, daß Denis Scheck nicht existiert, dann geht es dir besser. Außerdem ist ohnehin alles Sein leidhaft, sagt Buddha. Falsch, das sagt er nicht, das wird immer falsch übersetzt, er sagt: unzulänglich. Unbefriedigend. Wenn du erkennst, daß Denis Scheck nicht existiert, wird es dir bessergehen.«

»Aber er existiert doch!«

»Denis Scheck existiert nicht wirklich. Denis Scheck ist ein Knoten von Gegebenheiten.«

»Du, ich lege gleich wieder auf.«

»Alles samskara ist dukha.«

»Ja ja, schon gut. Ich war heute im Sexshop.«

»Das ist auch dukha.«

»Bestimmt, aber da hab ich wenigstens was davon. Weißt du, was mir da passiert ist? Die Verkäuferin ...«

»Ich will gar nicht wissen, was du da gekauft hast!«

»Ich spreche nicht davon, was ich gekauft habe. Ich will dir erzählen, was mir passiert ist.«

»Bitte.«

»Die hübsche Verkäuferin zeigt mir Handfesseln ...«

»Äh ...«

»... und sagt, die sind die besten, halten Sie mal die Hand her. Na, ich halte die Hand hin, fesselt sie mir das eine Handgelenk und sagt, die andere Hand her ...«

»Ich hab gedacht, du sagst mir nicht, was du gekauft hast.«

»... ich halte die andere hin, die hübsche Verkäuferin fesselt mir das andere Handgelenk. Ich bin gefesselt. Sie sagt: *So*. Und schaut mir tief in die Augen.«

»Na ja.«

»Das hab ich mir auch gedacht.«

»Ich wollte nicht wissen ...«

»Ich habe mir die Fesseln ja nicht gekauft.«

»Ich wollte auch nicht wissen, was du dir nicht gekauft hast.«

»Wieso bist du da so empfindlich?«

»Nicht empfindlich. Nur vorsichtig.«

»Wieso bist du da so vorsichtig?«

»Weil man nie weiß, was man von dir zu hören kriegt. Du hast mir mal erzählt, daß du als Kind bei der Mastu ... nein, lassen wir das.«

»Doch, ich will das jetzt hören.«

»Aber ich nicht darüber reden.«

»Dann hättest du nicht damit anfangen dürfen. Ich habe so eine Ahnung, was du sagen willst, aber das kann nicht sein, darüber kann ich doch nicht gesprochen haben.«

»Ich habe dich schon ganz unglaubliche Sachen sagen hören.«

»Jahre her. Was war also mit mir als Kind?«

»Na, du hast erzählt, daß du bei der Masturbation ins Klo gestiegen bist ...«

»JA JA DANKE REICHT.«

»Das mit der Verkäuferin darfst du übrigens nicht falsch verstehen, ich bin ein treuer Mensch.«

»Treue ist bürgerlich.«

»Na und?«

»Nichts und.«

»Darauf ist vor dir auch schon Rainer Langhans gekommen. Ich bin halt eher konservativ. Obwohl ich ein Linker bin.«

»Du bist ... nein, du bist nicht links.«

»Wieso lachst'n jetzt so?«

»Weil du nicht links bist.«

»Was ist eigentlich aus dem Koffer geworden, den dir die ÖBB verschlampt haben?«

»Verschlampt ist das richtige Wort. Ein Koffer, auf dem groß mein Name draufsteht, nein, sie finden ihn nicht, nein, er ist nicht da, nein, wir können nicht verfolgen, wo er gerade ist, das österreichische System versteht die französischen Trackingnummern nicht, du kannst dir nicht vorstellen, wie sehr ich diese Menschen hasse. Sowohl die von der Post als auch die von den Bundesbahnen. Ein Koffer! VIER! VIER WO-CHEN UN-AUF-FIND-BAR!«

»Vielleicht hilft es dir, wenn ich dir versichere, daß der Koffer gar nicht existiert.«

»Du meinst, er liegt schon zerfetzt neben den Schienen?«

»Nein, ich meine, alle Koffertransporte sind dukha.«

»Also die der ÖBB sicher.«

»Da fällt mir ein, Stanislaus hat früher zu allem bukabuka gesagt.«

»Weißt du, mich ärgert das derartig, wenn ich nur darüber spreche ...«

»Jetzt ist aber gut.«

»Nein, im Ernst. Ich könnte jetzt hundert Bahnbeamte erschießen lassen und den anderen sagen, sie haben Bewährung.«

»Und so jemand kommt mir mit Buddha, wenn ich sage, ich habe Angst, jemand könnte mein Buch nicht mögen.«

»Ich komme zum Schalter, wo Gepäckannahme steht. Warte eine halbe Stunde. Bin endlich an der Reihe. Sagt mir der Kerl, sie nehmen keine Koffer an, Bahn-Kurier, das hat er noch nie gehört. Ich gehe zum Bahnreisebüro, dort sagt mir die Frau am Schalter, natürlich gibt es das, und gibt mir eine Broschüre. Ich also zurück zum Schalter. Ich warte noch eine halbe Stunde. Zeige ihm die Broschüre. Er sagt, das interessiert ihn nicht, im Reisebüro arbeiten ungelernte Hilfskräfte, und die Broschüre hat er noch nie gesehen. Er weigert sich, den Koffer anzunehmen. Also gehe ich zur Post. Und jetzt das!«

»Das erinnert mich an einen Film mit Bud Spencer. *Banana Joe.*«

»Bud Spe … Wieso schaust du dir solchen Dreck an? Das ist doch wirklich das Allerletzte.«

»Das befriedigt eben mein Kitschbedürfnis.«

»Wieso Kitschbedürfnis?«

»Ja nun, ich sage halt so dazu. Jeder hat doch das Bedürfnis, sich ab und zu Trash anzusehen. Bei mir verhält es sich eben so, daß ich mir gern ansehe, was ich schon als Kind gern gesehen habe. *Die rechte und die linke Hand des Teufels, Vier Fäuste gegen Rio, Vier Fäuste für ein Hallelu …*«

»Ist gut. Jedenfalls, wenn man drei Stunden auf einem österreichischen Bahnhof zubringt und ständig mit diesem unendlichen Ausmaß des Mißlingens zu tun hat, beginnt man zu verstehen, warum jemand wie Trotzki überall Saboteure gesehen hat.«

»Während wir hier quatschen, habe ich ein Email bekommen. Es ist ein Retourmail. Auf ein Mail, das ich heute nacht geschrieben habe, und an das ich mich nicht im geringsten erinnern kann.«

»Aber nicht von Denis Scheck.«

»Nein. Es ist …«

»Und auch nicht von Michael Krüger!«

»Ich lese da, ich habe einer alten Malerin geschrieben, was für eine Wahnsinnsfrau sie ist, und ich bedauere, jetzt kommt's, ich bedauere, daß sie nicht jünger ist und ich sie vor Jahren getroffen hätte ...«

»Sehr höflich ist das nicht. Du hättest schreiben müssen, du bedauerst, daß du nicht älter bist. So rum wäre es richtig gewesen.«

»Jaja. Sie ist mir jedenfalls nicht böse, sondern findet das sehr nett. Und will mich treffen. Wieso hab ich ihr das bloß geschrieben? Ich kenn die ja gar nicht.«

»Du warst eben betrunken.«

»Du bist mir wirklich keine Hilfe.«

»Es gibt keine Hilfe, sagt Buddha.«

»Was ist eigentlich aus deiner Malergeschichte für dieses Magazin geworden? Du weißt schon, für die du 2000 Euro bekommen hast. Haben sie die gebracht?«

»Natürlich haben sie die gebracht. Aber ... jetzt fällt mir ein ... von denen habe ich nie Geld gesehen. Danke, daß du mich erinnerst. Denen muß ich schreiben.«

»Wie, jemand bleibt dir 2000 Euro schuldig, und du merkst das gar nicht?!«

»Ja offenbar.«

»Das finde ich allerhand.«

»Ich eigentlich auch.«

»Übrigens, ich treffe demnächst Journalisten von zwei verschiedenen Zeitungen, die eine Kolumne von mir wollen. Die haben mich für nächste Woche eingeladen.«

»Mich hat man gerade eingeladen, in Berlin Kissinger zu treffen.«

»Welchen Kissinger?«

»Kissinger. Aber ich will nicht. Hab keine Zeit. Außerdem müßte ich den Flug selber zahlen.«

»Was findest du eigentlich an Bud-Spencer-Filmen schlimm?«

»Na, daß es Schrott ist.«

»Du siehst dir doch sicher auch mal was zur Entspannung an.«

»Ja, Horrorfilme.«

»Du weißt aber schon, daß das nicht viel besser ist?«

»Wie soll ich sagen? Es gibt Stimmen, die da meinen, es gebe für das innere Gleichgewicht eines Menschen Zuträglicheres als das Ansehen von Filmen, die einem nächtelang den Schlaf rauben, und obwohl ich der Ansicht bin, daß man ihnen nicht ganz unrecht geben kann, will ich festhalten, daß solche Filme mir auf eine gewisse Art sehr wohl zur Entspannung gereichen.«

»Moment, Stanislaus ist da ... Stanislaus, geh raus zu Konstantin! Spiel mit deinem Freund! Oder geh zu Mama! Ja, so! Nein, draußen bleiben! Ich komme bald!«

»Hast du übrigens gewußt, daß Konstantin auf Russisch *Tschernenko* heißt?«

»Wie, Konstantin heißt übersetzt Tschernenko?«

»Ja. Hat mir ein Russe mal gesagt.«

»Aber dann hätte der alte Kerl im Kreml doch Tschernenko Tschernenko heißen müssen.«

»Hallo? Noch da?«

»Stimmt. Großer Gott, mir kann man aber auch alles erzählen.«

»Gräm dich nicht. Mir geht es viel schlimmer als dir. Ich weiß nicht, ob sich mein Buch gut verkaufen wird ...«

»Wird es!«

»... und ich weiß nicht, ob ich heute nacht nicht ein Email an Denis Scheck geschrieben habe ...«

»Du solltest die Nichtexistenz von Denis Scheck akzeptieren.«

»... und ob mich das Feuilleton wahrnimmt ... «

»Wird es schon. Und wenn nicht, auch kein Malheur.«

»So etwas kann auch nur jemand sagen, der von seinem letzten Buch 700.000 Exemplare verkauft hat.«

»Eigentlich sind es erst 680.000.«

»Sorry.«

»Also erstens wirst du bestimmt Erfolg haben. Den Preis kriegst du nicht, aber du kommst auf die Shortlist. Unter die letzten sechs kommst du, auch wenn dann Endstation ist und sie den Preis jemandem geben, auf den sich alle einigen können. Und zweitens, ja, es wird dir kein Trost sein, aber alles samskara ist dukha.«

»Ein wenig hörst du dich an wie meine Großtante, aber die ist 82.«

»Weil es stimmt. Buddha sagt, alles Streben ist unbefriedigend. Was immer du machst, es hätte auch besser laufen können. Alles könnte besser sein. Es ist immer unbefriedigend. Du mußt dich damit abfinden, daß alles passieren kann, daß viel passieren wird, viel Gutes, aber daß es auch besser hätte laufen können. So ist die Welt.«

»Was du mir da erzählst, ist ziemlich unbefriedigend.«

»Nein.«

»Kommst du zur Lesung ins Museumsquartier?«

»Wer liest denn da?«

»Sehr witzig. Kommst du?«

»Und was wird gelesen?«

»Ha, ha. *Die Arbeit der Nacht.*«

»Ach so. Donnerstag ist das, nicht? Da wollte ich mit Till Fellner Horrorfilme ansehen.«

»Dann laß dich davon nicht abbringen. Lesungen sind ja langweilig. Und was mache ich jetzt wegen der Emails?«

»Wegen welcher Emails?«

»Die ich vielleicht geschrieben habe. Und vielmehr, die ich möglicherweise demnächst mal in der Nacht an irgendwen schreiben werde: Wie verhindere ich, daß sie in die Welt gelangen?«

»Du könntest dein Mailprogramm so einstellen, daß immer eine Fußzeile mitgeschickt wird: *Der Inhalt dieses Mails sollte nur gelesen werden in Berücksichtigung des Umstands, daß der Verfasser Borderline-Psychotiker ist.*«

»Und was werden sich die Leute dann denken?«

»Daß du Borderline-Psychotiker bist.«

Dreiundzwanzig

Am Abend findet meine erste Lesung aus *Die Arbeit der Nacht* statt, unter freiem Himmel im Wiener Museumsquartier. In den Stunden davor habe ich ein paar Interviews, und morgen früh wird die Longlist bekanntgegeben.

Stanislaus hat mich wenig schlafen lassen in der Nacht, er will seit neuestem morgens aufs Klo gehen, anstatt in die Windel zu machen, weswegen ich um sechs mit ihm rausmußte. Er schlief weiter, ich nicht. Um neun steht er auf, ich lege mich noch einmal hin, als ich aufwache, ist es halb eins. In einer halben Stunde habe ich eine Radiosendung. Live, ich sollte also nicht unbedingt zu spät kommen.

Mit dem Taxi zum ORF, der Moderator wartet schon. Herr Kaindlgruber, den ich seit der Jurysitzung für den *Viennale*-Filmpreis nicht mehr gesehen habe. *Von Tag zu Tag* ist eine beliebte Sendung von Ö1, dem einzigen österreichischen Kulturradio. Zuhörer dürfen anrufen und mitreden. Am Beginn bin ich nervös und stammle. *Mensch, das ist live, reiß dich zusammen!* denke ich, und zu meiner Überraschung geht es nach ein paar Sätzen besser. Kaindlgruber ist nett, macht es mir leichter, hat schnell eine neue Frage bereit. Allmählich gewinne ich Sicherheit. Wir reden über Einsamkeit und Angst.

Kaindlgruber: Und wir haben den ersten Anrufer, Herrn Peschl. Herr Peschl, bitte.

Herr Peschl: Also ich wollte nur sagen, ich bin auf Seite 64 des Buches, und es ist sehr spannend.

Glavinic: Danke sehr, das freut mich.

Kaindlgruber: Danke, Herr Peschl. Die nächste Anruferin ist Frau Mitterlöhner.

Frau Mitterlöhner: Ich wollte nur sagen, oft ist es so, daß solche Themen in der Luft liegen. Und heute ist es die Einsamkeit! Die Einsamkeit ist ein großes Thema! Weil immer mehr Menschen in unserer Gesellschaft einsam sind! Das wollte ich nur sagen.

Kaindlgruber: Herr Glavinic?

Glavinic: Ja, Einsamkeit ist ein großes Thema. Ich bin aber nicht sicher, daß die Menschen heute einsamer sind als früher. Oder depressiver, Depression ist ja auch ein großes Thema, nicht wahr, es gibt viel mehr depressive Menschen als früher, sagt man, dabei stimmt das vermutlich nicht ... *laber ... dröhn ...* (*Was rede ich da? Wie komme ich von diesem Blödsinn wieder runter?*) Das ist wie mit dem Feinstaub. (*O Gott.*) Früher gab es sogar mehr Feinstaub als heute, nur wußte es niemand, erst heute wird darüber geredet. (*Ich kann nicht glauben, daß ich das sage.*)

Wir reden über literarische Vorläufer. Kaindlgruber bringt Marlen Haushofer ins Gespräch.

Kaindlgruber: Und wir haben wieder eine Anruferin, Frau Plank. Bitte, Frau Plank.

Frau Plank: Ja, ich wollte nur sagen, der Autor hat da ein Motiv aufgegriffen, das es schon gibt, ich denke da an Marlen Haushofer, nicht wahr. Weil geschrieben wurde, es sei ein Plagiat und so. Haushofer, ja, in den sechziger Jahren.

Kaindlgruber: Herr Glavinic?

Glavinic: (*Denunziantenschlampe.*) Ja, als mir das Buch eingefallen ist, nannten mir Freunde als Vorläufer vor allem Rosendorfer, Großes Solo für Anton. Kannte ich auch nicht. Dann bekam ich einen Brief von Herbert Rosendorfer. (*Ich kriege Briefe von Rosendorfer und du vom Versandhaus.*) Darin stand, daß er meinen »Kameramörder« mochte (*oja!*) und gern von mir einen Beitrag für eine Literaturseite hätte, die er in einer Südtiroler Tageszeitung betreut. Ich schrieb ihm zurück, ich hätte keinen Text, aber dafür eine Frage ... Ich schilderte ihm mein Problem ...

Kaindlgruber: Das heißt, Rosendorfers Brief kam ganz zufällig und hatte nichts mit Ihrem Buch zu tun?

Glavinic: Hatte nichts mit meinem Buch zu tun. (*Hehe.*) Er schrieb mir auf meinen bangen Brief zurück, ich solle mir keine Sorgen machen, er sei auch nicht der erste gewesen, dem diese Idee gekommen ist.

Wir reden darüber, daß ich nachts ohne Licht und Radio nicht schlafen kann, jedenfalls nicht, wenn ich allein bin.

Kaindlgruber: Wenn Sie nachts Radio hören, hören Sie da Ö1?

Glavinic: (*Mir reicht's. Es muß etwas passieren.*) Oft ist es so, daß ich gar nicht Radio höre, sondern Fredl Fesl.

Kaindlgruber: Da gibt es doch diesen Jodler.

Glavinic: Den Königsjodler. Aber ich werde Ihnen den jetzt nicht vorjodeln.

Kaindlgruber: Hätte ich auch nicht verlangt. Wir haben den nächsten Anrufer, Herrn Mustafa. Herr Mustafa, bitte.

Herr Mustafa: Äh, äh, äh. Äääääh, äh, äh. Daaank fir Seeenduung! Daank! Kann redeeen von Aaangst ... ist viel schlimm ... auf Laand ... ist aaainsam ... vieel Aaangst ... außen ... äh, äh, äh ... macht ihr und andere Maaannschen ... er ist allaain ... Auslander aainzig ... Dooorf ... aainsam ... Aaangst ... ähhhhhh, äh, äh ...

Kaindlgruber: Herr Mustafa, Sie meinen, Sie fühlen sich einsam, weil Sie der einzige Ausländer im Dorf sind?

Herr Mustafa: Niiiecht füühle aainsam! Biiiien aainsam!

Kaindlgruber: Danke, Herr Mustafa. Der nächste Anrufer ist Herr Schoiswohl.

Herr Schoiswohl (lallend): Also, ich muß sagen, der Autor scheint ein schlichtes Gemüt zu sein, wenn er ... wenn er Fredl Fesl hört!

Kaindlgruber: Herr Schoiswohl, das ist nicht in Ordnung, daß Sie das sagen!

Herr Schoiswohl: Also ich, ich höre die GANZE NACHT Ö1! Und ich schaue Bildung... Bildungsfernsehen! Und ich habe Tausende Bü... Bücher gelesen! Aber das von dem Autor im Studio werde ich... werde ich mir nicht kau ... kaufen, weil der Freeedl Feeeeeesl hört!

Vor der Lesung bin ich mit dem Prinzen bei *Umar* zum Fischessen verabredet. Als ich über den Karlsplatz gehe, höre ich ein sirrendes Geräusch, gefolgt von einem Krachen. Auf der Straße ist ein Lastwagen mit ausgefahrenem Baggerarm in die Oberleitung der Straßenbahn gekracht. Der Fahrer scheint nichts zu merken, fährt noch ein Stück, es kracht wieder, Funken sprühen, ringsum beginnen Laternenmasten zu wackeln. Das Wackeln und Taumeln pflanzt sich immer weiter fort. Hier und da stürzen die Kabel zu Boden.

Ich hebe den Kopf. Ich stehe direkt unter einer der Stromleitungen, die von den Oberleitungen zum Straßenrand gespannt sind. Ich springe zur Seite. Neben mir beginnt die Laterne zu wackeln, beinahe stürzt sie um. Zehn oder fünfzehn Passanten merken erst an meinem Verhalten, daß wir nicht nur Zeugen eines Unfalls sind, sondern Beteiligte, und laufen in verschiedene Richtungen, weg von den nun überall herunterkommenden Stromleitungen. Alles geht gut.

Ich bin über die Schnelligkeit meiner Reaktion überrascht, aber so ist das eben mit Angsthasen, sie haben eine

Witterung für Gefahren. Ich beobachte noch eine Weile, wie die Polizei und die Feuerwehr die Straßen absperren. Es entsteht Chaos, weil keine Straßenbahn mehr weiterkommt. Ich hoffe, niemand hatte vor, zu meiner Lesung mit den öffentlichen Verkehrsmitteln anzureisen.

Am Naschmarkt begegnet mir mein schlechtes Gewissen. Wir grüßen einander, ich drücke ihm die Zwei-Euro-Münze in die Hand, er dankt und zeigt auf das Leseexemplar von *Die Arbeit der Nacht*, das ich mit mir trage.

»Was hast du denn da?«

»Ein Buch«, sage ich zögernd.

»Was denn für eines? Zeig her! Aaah, von Glavinic! Der ist toll! Nicht wahr?«

Fassungslos schaue ich auf seinen zahnlosen Mund.

»Kennst du sein erstes?« fragt der Bucklige. »Den Krimi? Den Kamera … Kameramann?«

»Kameramörder?«

»So heißt er! Kameramörder! Das ist ein tolles Buch! Hast du es gelesen?«

»Ich habe nicht viel Zeit zu lesen.«

Bei *Umar* treffe ich den Prinzen, wir bestellen uns Wolfsbarsch für zwei. Wir bekommen ein Riesending von Fisch. Etwas juckt mich am Nacken. Ich greife hin, ein Insekt, ich packe es und schleudere es weg. Kurz bevor es hinter der Tischkante verschwindet, sehe ich, daß es ein Käfer war, irgendeine mir unbekannte Art. Sekunden darauf stinkt es am Tisch infernalisch. Was ist jetzt los, frage ich mich, bis ich verstehe, es sind meine Finger, die so stinken, meine Finger und mein Nacken. Ich habe einen Stinkkäfer zu einer Abwehrreaktion getrieben.

Auf der Toilette wasche ich mich mit Seife ab. Ich rubble, bis mir der Nacken weh tut, ich spüle mir ein halbes dutzendmal die Hände, aber es hilft nichts, ich rieche wie ein Baubudenklo.

Ich frage mich, wie ich jetzt vor der Lesung zu einem kräftigen Parfüm komme, denn die Läden haben schon geschlossen. Es ist halb acht, um acht muß ich im Museumsquartier sein, um halb neun geht es los. Ich rufe Else an. Die ist gerade am Weggehen, verspricht aber, mir etwas mitzubringen.

Im Museumsquartier stelle ich mich am Büfett um ein Bier an. Ich rede mit Gabi Hegedüs und Christoph Mödern-dorfer, den Veranstaltern. Else kommt und gibt mir ein Parfüm. Ich laufe aufs Klo, sprühe mich ein, in meiner Aufregung erwische ich zuviel, ich kehre zu den anderen in einer abscheulichen Duftwolke zurück.

Es wird dunkel. Der Stadtrat kommt und begrüßt mich: »Long time no see!« Darauf fällt mir nichts ein, ich stehe da, bis er mir ein neues Bier in die Hand drückt. Ich setze mich in die erste Reihe, der Kasuar nimmt neben mir Platz, sein Leibfotograf schleicht herum und macht Fotos. Gabi hält eine kurze Ansprache, Applaus, ich steige aufs Podium, rings um mich ist es Nacht, die kleine Lampe auf meinem Pult die einzige stärkere Lichtquelle weit und breit, binnen Sekunden bin ich umschwärmt von Hunderten Insekten. Ich beginne zu lesen. Sie fliegen mir in die Haare, in die Ohren, in die Nase, sie fliegen mir in den Mund, sie ersäufen sich in meinem Bier, sie lassen sich beim Umblättern zwischen den Seiten zerquetschen, und ich fuchtle herum und lese. Es klappt ganz gut.

Nachher sind wir ungefähr zwanzig Leute. Else ist da. Gerrit, mein niederländischer Übersetzer ist da, Beate, die Ärztin ist da, Gabi und Christoph sind da, der Prinz ist da, Elses Bruder ist da, Michaela Puchberger vom Hanser-Vertrieb ist da, der Verlagsvertreter Schlieber ist da, auch die Rabenhofleute, wenigstens kurz, nur Daniel sitzt mit Till Fellner zu Hause und schaut sich *Shining* an.

Irgendwann landen wir auf der Dachterrasse des Café *Leopold*, und hier ist es nun richtig angenehm. Über dem Naturhistorischen Museum geht der Mond auf. Der erste warme Abend im August, drei Wochen hat es geregnet, heute sind die Wolken weggezogen. Zeichen! Zeichen! Ich sitze im ärmellosen T-Shirt da. Die Besitzer des Lokals stellen uns eine Flasche Metaxa auf den Tisch.

Etwa gegen drei Uhr sitze ich neben Christoph in dessen Auto. Wir fahren zur *Gräfin am Naschmarkt.* Um fünf Uhr früh bestelle ich mir Spiegelei, oder etwas völlig anderes. Ich bin in einer Runde von sechs oder acht Übriggebliebenen. Alle schwer betrunken. Um acht gehe ich nach Hause. Mache mir ein Bier auf. *Keine Emails schreiben*, denke ich noch, dann setze ich mich an den Computer und beginne, Emails von fragwürdigstem Inhalt zu schreiben. Um neun Uhr hole ich mir noch ein Bier, dann lese ich auf ORF.at die Nachrichten.

<u>Deutscher Buchpreis: Drei Österreicher auf der Longlist</u>

Der Deutsche Buchpreis wird in diesem Jahr zum zweiten Mal vergeben. Heute gab die Jury ihre Auswahl für die Longlist bekannt. Die zwanzig Titel umfassende Liste wird am 12. September auf sechs reduziert, aus diesen sechs wird im Rahmen der Frankfurter Buchmesse im Oktober der Gewinner gewählt. Die Jury hat sich auch für drei Titel österreichischer Autoren entschieden: Daniel Glattauers »Gut gegen Nordwind«, Wolf Haas' »Das Wetter vor 15 Jahren« und Paulus Hochgatterers »Die Süße des Lebens«.

Link zur vollständigen Liste

Ludwig Fels: Reise zum Mittelpunkt des Herzens
Daniel Glattauer: Gut gegen Nordwind
Wolf Haas: Das Wetter vor 15 Jahren
Katharina Hacker: Die Habenichtse
Thomas Hettche: Woraus wir gemacht sind
Paulus Hochgatterer: Die Süße des Lebens
Felicitas Hoppe: Johanna
Thomas Hürlimann: Vierzig Rosen
Martin Kluger: Die Gehilfin
Judith Kuckart: Kaiserstraße
Sibylle Lewitscharoff: Consummatus
Steffen Popp: Ohrenberg oder der Weg dorthin
Bernd Schroeder: Hau
Ingo Schulze: Neue Leben
Peter Stamm: An einem Tag wie diesem
Sasa Stanisic: Wie der Soldat das Grammofon repariert
Heinrich Steinfest: Ein dickes Fell
Ilija Trojanow: Der Weltensammler
Martin Walser: Angstblüte
Feridun Zaimoglu: Leyla
Matthias Zschokke: Maurice mit Huhn

Vierundzwanzig

»Herr Glawischnig, guten Tag, Hirschmugl mein Name, von der Steirischen Landesregierung, ich habe hier Ihr Förderungsansuchen vor mir liegen!«

»Förderansuchen, was für ein Förderansuchen?«

»Sie haben uns einen Antrag auf Förderung geschickt.«

»Ach! Stimmt ja! Aber das ist doch … das ist schon ziemlich lang her.«

»Wir könnten die Druckkosten übernehmen.«

»Wie bitte?«

»Als Unterstützung.«

»Was?«

»Als Unterstützung für Ihre Arbeit! Könnten wir die Druckkosten Ihres Buches übernehmen. Na ja, einen Teil zumindest.«

»Frau Hirschmugl, wer sind Sie?«

»Die Abteilungsleiterin Kultur!«

»Sie sind die höchste … ich meine …«

»Ja, das bin ich.«

»Frau Hirschmugl, ich muß die Druckkosten meiner Bücher nicht selbst zahlen. Ich brauche … wie soll ich es ausdrücken … *mir* sollen Sie Geld geben, nicht …«

»Eben. Und deshalb tragen wir einen Teil der Druckkosten Ihres Buches … ein Roman, nicht?«

»Aber das zahlt doch der Verlag!«

»Sie müssen sich ja beteiligen. Das würden wir übernehmen. Voraussetzung ist allerdings, daß es eine steirische Druckerei ist.«

»Daniel?«

»Wie?«

»Hören Sie, ich zahle keine Druckkosten! *Ich* werde von meinem Verlag *bezahlt* dafür, daß *er* meine Bücher drucken *darf!*«

»Also ... so etwas haben wir ... das kennen wir nicht. Dann kann ich Ihnen wohl nicht weiterhelfen, tut mir leid. Aber wenn der Verlag auf Sie zukommt wegen der Druckkosten, melden Sie sich vielleicht noch einmal bei uns, Herr Glawischnig?«

»Das mache ich ganz bestimmt. Danke. Vielen Dank.«